그래도,
아직은 봄밤

그래도,
아직은 봄밤

황시운 소설

교유서가

차례

매듭

바글바글 끓는 냄비에 낙지 세 마리를 연달아 넣었다. 축 늘어져 있던 낙지가 격렬하게 꿈틀거렸다.

"살아 있는 거예요?"

젊은 여자들 틈에 얌전히 앉아 있던 아이가 눈을 동그랗게 뜨며 물었다. 예닐곱 살쯤 되어 보이는 여자아이였다.

"그럼. 살아 있는 거지."

아이의 천진한 눈을 바라보며 말했다. 긴 유통과정 내내 간신히 연명해온 중국산 낙지는 수돗물로 세척하는 동안 초주검이 되었지만, 그래도 어쨌든 살아 있었다.

"아, 불쌍해! 엄마, 낙지가 불쌍해요."

아이가 제 옆의 여자에게 찰싹 들러붙었다. 일행들과 한창 대화중인 여자가 건성으로 아이의 어깨를 토닥였다. 나는 더 이상 꿈틀대지 않는 낙지를 뒤적거렸다.

"얘들은 아픈 걸 모르니까 걱정하지 않아도 돼."

걱정스러운 얼굴로 낙지를 쳐다보고 있는 아이에게 거짓말을 했다. 낙지도 고통을 안다. 살아 있는 낙지는 통증을 느낀다. 나는 아이의 눈을 바라보며, 아마도 낙지는 숨이 끊어지는 순간까지 끔찍한 고통 속에 있었을 거라는 생각을 했다. 죽어서야 비로소 통증에서 벗어날 수 있었겠지. 통증과 함께 지속되는 삶과 통증에서 벗어날 수 있는 죽음 중 낙지는 어느 쪽을 원했을까. 어느 쪽을 원했든 결과는 마찬가지였겠지만. 삶도 죽음도 당사자의 바람과는 상관없이 흘러가게 마련이었다. 윤의 인생이 그런 것처럼 말이다. 그러고 보면 통증을 느끼지 못하는 몸뚱이나 통증밖에 느끼지 못하는 몸뚱이, 어느 쪽도 이미 죽은 거나 다름없는 것이 아닐까. 살아 있지만 살아 있는 것이 아닌, 지독히도 무의한 존재.

"정말 아픈 걸 몰라요?"

아이가 호기심 많은 강아지처럼 콧잔등을 찡그리며 물었다.

"그럼. 이렇게 가위로 싹둑 잘라도 아픈 걸 모른단다. 신기하지?"

붉은 기가 돌기 시작한 낙지를 건져 대가리를 잘라내며 말했다. 아이는 잘려나간 낙지 대가리를 보자 더 힘껏 제 엄마의 품을 파고들었다. 대화에 푹 빠져 있던 여자가 흠칫하며 무슨 일이냐는 듯 아이와 나를 번갈아 쳐다봤다. 난처한 마음에 속입술을 잘근거렸다. 서둘러 남은 채소를 냄비 속에 쏟아붓고 분리한 낙지 다리는 적당히 잘랐다. 가위질을 할 때마다 손목을 바늘로 쿡쿡 찌르는 듯한 통증이 느껴졌다. 자른 낙지 다리를 두 개의 접시에 나눠 담아 테이블 양쪽에 놓았다.

"채소부터 건져서 낙지 다리와 함께 드세요. 대가리는 이대로 두시면 제가 다시 와서 잘라드릴게요."

한 손으론 아이의 어깨를 감싸고 다른 한 손으론 술잔을 잡고 있는 여자에게 말했다. 여자는 건성으로 고개를 끄덕이며 아이를 감싸고 있던 팔을 풀었다. 아이가 제 앞에 놓인 수저를 들더니 냄비 속의 낙지 대가리를 툭툭 건드렸다. 방금까지 걱정과 두려움이 가득하던 아이의 새까만 눈동자가 어느새 장난스럽게 빛나고 있었다. 문득, 우리에게도 아이가 있었다면 어땠을까 하는 생각이 들었다. 옹이 박인 가슴이 새삼스레 일렁였으나, 체머리를 흔들며 돌아섰다. 가망 없는 희망이나 곱씹으며 낭비할 시간이 없었다. 저렴한 중국산 낙지를 취급하기 시작하면서 손님이 폭발적으로 늘었다. 식사 시간대는 물론 그렇지 않은 시간에도 엉덩이 붙일 틈 없이 바빴다. 그런데도 사장은 종업원을 더 채용하지 않았다. 이 집에서만 삼 년 가까이 일했다는 박여사가 농반진반으로 손님이 늘었으니 종업원을 늘리든 월급을 올려주든 해야 하는 거 아니냐고 하자 사장은 정색을 하며 말했다.

"아줌마, 왜 이래? 손님 없을 땐 아줌마가 월급 덜 챙겨 갔어요? 힘들어서 못 하겠으면 그만둬요. 아줌마 아니어도 일할 사람 많으니까."

이후론 누구도 그런 말을 꺼내지 않았다. 덕분에 잘라야 할 낙지 대가리는 언제나 끝도 없이 밀려 있었다. 서빙 카트를 밀고 다음 테이블로 갔다.

"왔다!"

다 큰 남자들이 어린애들처럼 소리쳤다. 나는 말끝마다 씨발이나 좆나를 붙이는 남자들의 시선을 한몸에 받으며 낙지를 집어올렸다. 시들시들한 낙지를 펄펄 끓는 육수에 담그자 이번에도 격렬하게 꿈틀댔다. 자율신경의 장난이든 실제로 통증을 느껴서 괴로워하는 것이든 무슨 상관이겠는가. 낙지는 그저 낙지일 뿐인데.

"와, 이놈 이거 싱싱한 것 좀 봐라!"

남자들 중 하나가 소리치자 나머지 남자들도 저마다 탄성을 토해냈다. 고통의 몸부림이 싱싱한 생명력으로 둔갑하는 순간이었다. 살짝 데쳐진 낙지의 대가리와 다리를 분리했다. 남은 채소를 냄비에 쏟아붓고, 분리한 낙지 다리를 적당히 잘라 두 개의 접시에 나눠 담았다. 전작이 있었는지 이미 얼큰하게 취한 남자들은 나의 모든 움직임에 탄성을 지르거나 박수를 치며 치근거렸다. 유치하고 무례했다. 두번째 접시를 테이블에 내려놓는데 남자들 중 하나가 손목을 덥석 움켜잡았다. 순간 날카로운 통증이 느껴져 남자의 손을 거칠게 뿌리쳤다. 남자들의 야유가 쏟아졌다. 나를 향한 것인지 내가 뿌리친 손을 향한 것인지는 알 수 없었다.

"이런, 씨발년이!"

손목을 움켜잡았던 남자가 큰 소리로 욕지거리를 내뱉으며 벌떡 일어났다. 왁자하던 식당 안이 순식간에 조용해졌다. 갑작스러운 사달에 카운터를 지키고 있던 사장이 쫓아왔다. 사장은 비굴해 보일 정도로 허리를 굽실대며 남자에게 사과했다. 틈틈이 나를 흘겨보고 옆구리를 쿡쿡 찌르기도 했다. 내 잘못이 아니라는 걸 사장이 모를 리 없었다. 단지 술 취한 손님보다는 얼마든지 대체 가능한 종업원이 후려치기 쉬울 뿐이었다. 사과하지 않을 도리가 없었다. 잠깐의 망설임 끝에 막 입을 떼려는데 남자의 우악스러운 손이 내 뺨을 올려붙였다. 그러고도 분이 풀리지 않는지, 남자는 테이블 위의 술병을 집어 바닥에 패대기쳤다. 요란스러운 소리와 함께 유리 파편이 사방으로 튀었다. 조용하던 가게 안이 다시 술렁이기 시작했다. 사장이 비명을 지르며 주방에 있는 제 남편을 불러댔다. 낙지나 주무르고 있기엔 지나치게 건장한 체격의 최가 뛰어나왔다. 그때껏 비식비식 웃으며 구경만 하고 있던 남자의 일행들이 우르르 일어나 남자를 붙잡았다. 화끈거리는 뺨을 감싸쥐고 주춤주춤 뒷걸음질 치다가 새까만 눈동자의 여자 아이와 시선이 부딪쳤다. 아이는 제 엄마의 팔에 매달려 얼굴을 반쯤 가린 채 이쪽을 쳐다보고 있었다. 나는 도망치듯 가게를 빠져나왔다. 때로 수치심은 모든 감정을 압도한다.

살짝 주저앉은 현관문을 당기자 빽빽한 문에서 쇠 긁는 소리가 났다. 닫을 때도 마찬가지였다. 주인집에 고쳐달라고 해봤지만 휠체어가 드나들다가 문을 망가뜨렸으니 이사 나가기 전에 고쳐놓으라는 소리를 들었을 뿐이다. 건물이 노후해서 생긴 일이 분명했는데도 주인은 막무가내였다. 더는 까먹을 보증금도 남아 있지 않은 주제에 별소리를 다 한다는 투였다. 아귀가 맞지 않는 문은 한번에 닫히는 법이 없었다. 문을 다시 열었다가 힘껏 닫았다. 어김없이 끼이익, 쇠 긁는 소리가 났다. 등줄기와 팔에 오소소 소름이 돋았다.

신발을 벗다 말고 우뚝 멈춰 섰다. 좁아터진 거실의 대부분을 차지하고 있는 전동침대가 한눈에 들어왔다. 집에 발을 들여놓자마자 내가 짊어지고 있는 짐을 확인하는 것 같아 마땅치 않았지만, 방안에 밀어넣을 자리가 없으니 어쩔 수 없었다. 윤은 상판을 세운 침대에 기대앉아 로프와 씨름하고 있었다. 출근할 때 본 모습 그대로였다. 내가 돌아온 걸 아는지 모르는지, 그는 오른손에 걸린 로프를 왼손 손등 너머로 넘기는 데에만 몰두하고 있었다. 로프를 왼쪽으로 넘기고 나면 다시 오른손으로 끌어와야 할 터였다. 모든 매듭은 고리를 만드는 데서부터 시작된다. 매듭법 따위엔 별 관심 없는 나도 그 정도는 알고 있다. 하지만 윤이 고리를 만들어낼 가능성은 거의 없었다. 설사 운좋게 고리를 만들어낸다 해도 그걸 묶고 당겨 매듭지을 능력이 그에겐 없었다.

긴 병원생활을 마치고 집으로 돌아오자 윤은 로프부터 찾았다.

"로프는 왜?"

내 물음에 한참 동안 침묵하던 윤이 대답했다.

"매듭을 묶으려고."

빙벽등반은 그의 오랜 취미이자 사고의 원인이었다. 선등 과정에서 추락사고가 있었다. 사고현장에 있다가 이송 과정까지 함께 하게 된 동호회장은 윤이 오 년 가까이 선등을 도맡아오다시피 했지만 작은 실수조차 없었다며 황망해했다. 어쨌든 그 사고로 경수(頸髓)와 흉수(胸髓)가 손상됐고 윤의 사지는 마비되었다. 잘못 묶은 매듭 하나가 본인은 물론 내 인생까지 한꺼번에 낭떠러지 아래로 처박았는데 또다시 매듭이라니, 어쩐지 불길한 기분이 들었다.

"말도 안 돼. 그걸 지금 어떻게 묶겠다는 거야. 괜한 일에 힘 빼지 말고 할 수 있는 것부터 하자."

그후로도 그는 틈만 나면 로프를 찾았고 나는 거절을 반복해야 했다.

겨우 팔꿈치를 굽히고 손목을 약간 젖힐 수 있게 되었을 뿐이다. 손상 정도가 워낙 심해서 그 정도 움직임이 가능해지기까지도 꼬박 오 년이 걸렸다. 더구나 양어깨와 팔, 그리고 척추를 따라 박은 수십 개의 핀 때문에 어깨의 각도는 거의 나오지 않았다. 재활병원에 있을 때 보조기를 맞췄지만 아직 혼자서는 수저질도 제대로 못하는 수준이었다. 제 입으로 들어가는 밥숟가락의 무게도 견디지 못하는 손으로 매듭이라니, 어림없는 일이었다.

"그런다고 그게 되겠니?"

그제야 윤이 고개를 들어 나를 쳐다봤다.

"왜 이렇게 일찍 왔어? 무슨 일 있었어?"

밤낮없이 계속되는 통증을 견디느라 얼굴은 잔뜩 찌푸린 채였지만 목소리만은 평온했다. 사고 이후 지금껏, 그는 내가 아무리 못되게 굴어도 싫은 내색을 하는 법이 없었다. 병원생활을 하는 동안, 몸도 제대로 가누지 못하는 주제에 간병하는 아내를 쥐 잡듯 잡는 놈들을 여럿 보았다. 하지만 윤은 그러지 않았다. 반복적으로 몰려오는 통증과 좀처럼 호전되지 않는 몸의 상태가 짜증스러울 법한데도, 그걸 빌미로 제 감정을 함부로 휘두르지 않았다. 통증을 참느라 이를 바득바득 갈다 치아가 깨졌을 때조차 괜찮다고만 했다. 딱 한 번 화를 낸 적이 있지만, 그건 아주 예외적인 상황이었다. 그는 자신의 처지를 비관할망정 다른 사람에게 그 화풀이를 하지는 않았다. 사고 전과는 전혀 다른 모습이었다. 과거에 그는 자주 화를 냈고 금세 후회하면서도 사과할 줄 모르는 사람이었다. 이해할 수 없는 고집 때문에 헤어졌다 다시 만나길 반복하기도 했다. 그땐 그의 다혈질적이고 고집불통인 성미가 변하기를 바랐는데, 이젠 그의 변화가 마음에 들지 않았다. 흥분하는 법 없이 매사 담담하기만 한 태도가 낯설고 싫었다. 결국 로프를 내주고 만 이후로는 나도 모르겠는 내 속을 훤히 꿰뚫어보는 듯한 그의 눈빛이 두려웠고, 불가능한 일이라는 걸 뻔히 알면서도 매듭에 골몰하는 집요함이 징그러웠다. 무엇보다 그를 일으켜 앉히기까지 내가 치른 희생이 조롱당하는 것만 같아 견딜 수가 없었다. 윤의 손가락 사이에 걸린 로프를 거칠게 낚아챘다. 그 바람에 그의 두 손이 연달아 툭, 툭 떨어졌다. 중력을 이기지 못하고 낙과하는 사과처럼, 무심한 가위질에 잘려나가는 낙지 대가리처럼, 아무나 후려쳐도 상관없어진 나의 자존심처럼.

"작작 좀 해. 지겨워죽겠어, 정말!"

야멸차게 쏘아붙이며 돌아섰다. 로프를 둘둘 말아 서랍 속에 처박았다. 지금도 윤은 모든 걸 다 알아버린 듯한 눈으로 내 등을 바라보고 있을 것이다. 뱃속이 활활 타오르는 기분이었다. 꽉 쥔 주먹이 부르르 떨렸다.

그때 나는 무엇을 증명하고 싶었던 것일까. 도대체 내가 무엇을 증명할 수 있다고 생각했던 것일까. 천천히 돌아섰다.

윤은 여전히 나를 응시하고 있었다. 파리한 얼굴에 눈자위가 벌겋게 충혈돼 몹시 피곤해 보였다. 그의 시선을 피하지 않고 응시했다. 분노인지 패배감인지 모를 감정으로 들끓던 마음이 차츰 가라앉았다.

"당신 말이 맞았어. 난 실패했어."

폐부 깊숙한 곳에서 새어나온 파열음이 그에게로 날아가 박혔다. 어둡고 축축한 그의 눈동자에 균열이 일기 시작했다. 한 걸음만 잘못 내디뎌도 깊이를 가늠할 수 없는 크레바스에 빠지고 말 것만 같았다. 도망치고 싶어도 도망칠 곳이 없었다. 주저앉아 울고 싶었다. 그 역시 마찬가지일 터였다. 우리는 한참 동안 서로를 응시하다 누가 먼저랄 것도 없이 고개를 떨어뜨렸다.

"헤어지자."

사고가 난 지 이 년이 다 되어가던 어느 날, 뜬금없이 윤이 말했다. 갑자기 밀려나온 대변 뒤처리를 하기 위해 침상 칸막이 커튼을 둘러치던 중이었다. 커튼을 치다 말고 그를 돌아봤다. 또다시 꾸르륵꾸르륵, 무른 똥이 밀려나오는 소리가 났다. 통증 때문에 가뜩이나 찌푸린 그의 얼굴이 더할 수 없을 만큼 심하게 일그러졌다. 그런 그의 얼굴을 보고 있으면 온 세상이 꾸깃꾸깃 구겨져버리고 말 것만 같았다. 돌아서서 커튼을 마저 쳤다.

"말도 안 되는 소리 그만해."

윤의 고개를 내 쪽으로 돌려주며 말했다. 그가 눈을 질끈 감았다. 그의 두 팔을 올려 가슴께에 모아준 뒤 오른쪽 다리를 굽혀 왼다리 위에 포갰다. 어깨와 허리를 감아 안고 내 몸집의 족히 두 배는 될 그의 몸을 돌려 눕힐 땐 나도 모르게 끄응, 하는 신음 소리가 나왔다.

"놔두고 엄마 불러."

윤이 낮게 뇌까렸다. 못 들은 체하고 맞은편으로 가 그의 엉덩이를 뒤로 빼 자세를 잡아줬다. 기저귀에서 꾸역꾸역 밀려나온 대변이 옷이며 시트에 잔뜩 뭉개져 있었다. 윤의 등과 허리에 체위 변경 쿠션을 끼워넣고 바지를 끌어내렸다. 그가 짧은 한숨을 토해냈다. 기저귀를 풀어 빼낼 땐 으득으득 이 가는 소리까지 들렸지만 이번에도 못 들은 체했다. 위아래 환의를 모두 벗기고 시트 귀퉁이를 푸는데 윤이 다시 말했다.

"그냥 놔두고 엄마 부르라고."

"알았어, 알았다고. 우선 이거부터 치우고. 다른 사람들한테 민폐잖아."

퉁을 놓듯 대꾸했다. 윤은 대소변 문제에 지나칠 정도로 민감했다. 어쩔 수 없는 일이라는 걸 잘 알면서도 번번이 수치스러워했다. 일부러 내게 못되게 구는 건 아니었지만, 그가 예민해질 때면 나까지 괴로워질 수밖에 없었다. 가끔은 남들처럼 무던하게 적응하지 못하는 그에게 짜증이 나기도 했다.

사고는 사 년을 꽉 채운 연애 끝에 결혼식을 올린 지 석 달이 채 못 되어 일어났다. 혼인신고도 하기 전이어서 친정에선 진작부터 헤어지라는 종용이 있어온 터였다.

"야박하다고, 사람 할 짓이 아니라고 해도 어쩔 수 없어. 나는 내 새끼가 먼저니까. 말도 안 되는 고집 그만 부리고 끝내. 결국에 가선 정리하고 말 거, 하루라도 빨리 정리하란 말이야. 윤서방을 위해서도 그게 나아."

엄마는 아침저녁으로 전화해서 똑같은 소리를 반복했다. 가끔은 병원으로 찾아와 아직까지 여기 있으면 어쩌겠다는 거냐며 화를 내기도 했다. 엄마는 나를 윤에게서 떼어놓지 못해 안달이었다.

"그리고, 부른다고 어머니가 지금 당장 오실 수나 있어? 자기까지 안 이래도 힘들어죽겠으니까 괜한 고집 부리지 말고 협조 좀 하자, 응?"

시트를 걷어서 환의와 함께 한쪽에 뭉쳐놓았다. 물티슈를 뽑아 엉망이 된 엉덩이와 등을 대강 닦아낸 다음 남은 대변을 받아내기 위해 엉덩이 밑에 방수패드를 깔았다. 그러곤 항문에 넣어줄 좌약의 포장을 벗겼다.

"놔두랬지. 그냥 두라고 하면 좀 놔두라고! 씨발, 꺼지란 말이야. 제발 꺼져버리라고!"

윤이 미친듯이 고함을 질렀다. 뜻밖의 반응에 놀라 나도 모르게 뒷걸음질을 쳤다. 윤이 침대 안전바에 머리를 쿡쿡 짓

찡기 시작했다. 사지가 마비된 그로서는 할 수 있는 최대치의 저항을 하고 있는 것이었다. 병실 사람들이 몰려들었고 소란을 전해들은 간호사들도 쫓아왔다. 수간호사가 그를 바로 눕혔다. 누가 그랬는지, 칸막이 커튼은 활짝 걷혀 있었다. 윤은 똥냄새가 진동하는 병실에서 군데군데 똥이 들러붙은 음모와 소변줄이 꽂힌 성기를 벌겋게 드러낸 채 수치심을 모르는 사람처럼 악을 써댔다. 수간호사가 일단 나가 있으라며 나를 병실 밖으로 밀어내고 열려 있던 커튼을 다시 쳤다. 나는 포장 벗긴 좌약을 손에 꽉 쥔 채로 병실 앞을 서성거렸다. 담당 간호사가 처방을 받아왔다며 안정제를 들여갔다. 윤은 간호사가 안정제를 들여가고 나서야 잠잠해졌다. 병실 안을 기웃거리며 웅성대던 사람들이 하나둘 제자리로 돌아갔다. 개중 몇몇은 내게 위로인지 푸념인지 모를 말을 건네기도 했다. 무너지듯 주저앉아 주먹을 펴보니 쥐고 있던 좌약이 불어터진 비누처럼 녹아 있었다. 잠시 녹아버린 좌약을 내려다보다 화장실로 갔다. 찬물에 손을 대자 녹았던 좌약이 촛농처럼 굳으며 들러붙었다. 수도꼭지를 온수로 돌려놓고 비누질을 했지만 잘 닦이지 않았다. 다시 한번 비누질을 하는데 울음이 터져 나왔다.

"나쁜 새끼! 이기적인 새끼! 개새끼!"

두 번, 세 번, 네 번…… 비누질을 반복하며 꺽꺽 밀린 울음을 토해냈다. 세수까지 말끔히 하고 병실로 돌아왔을 때

윤은 잠들어 있었다. 시트는 깨끗했고 환의도 갈아입힌 상태였다. 나는 병실 사람들의 노골적인 시선 속에서 윤의 등과 엉덩이, 그리고 발목에 쿠션을 괴어주었다. 체위 변경을 열심히 해주는데도 꼬리뼈와 발뒤꿈치의 욕창이 나날이 심해지고 있었다.

다음날 시이모를 대동하고 나타난 시어머니는 병실이 있는 5층 엘리베이터 문이 열리자마자 병원이 떠나가라 통곡하기 시작했다. 모두들 눈살을 찌푸렸지만 통곡은 목에서 쇳소리가 날 때까지 계속됐다. 시어머니가 통곡을 멈추자 시이모는 내 손에 삼십만 원이 든 봉투를 억지로 쥐여주곤 도망치듯 병원을 빠져나갔다. 그때부터 꼬박 한 달 동안 우리 셋은 함께 지냈다. 윤은 걸핏하면 나를 쫓아내려 했지만 나는 가지 않겠다고 버텼다. 시어머니는 내 손길을 거부하는 윤을 돌보랴, 혹시 내가 딴마음이라도 먹을까 다독이랴, 산발이 된 머리카락을 가다듬을 새도 없이 바빴다. 밤이 되면 나를 대신해 시어머니가 보호자용 보조침상에서 자며 윤의 곁을 지켰다. 나는 휴게실 벤치에 모로 누워서 고집을 꺾지 않는 윤을 원망하며 쪽잠을 잤다. 다른 건 몰라도 목욕이나 관장을 할 땐 기운 달리고 요령도 부족한 어머니의 손길에 적잖이 불편할 텐데도, 윤은 끝끝내 내 도움을 거부했다. 세 사람의 동거 아닌 동거는 내가 우리의 이름이 나란히 등재된 주민등록등본을 내밀고 나서야 끝이 났다. 등본을 본 시어머니는 나를 와락 안으며 다시금 통곡하기 시작했다. 그 순간 시어머니가 온몸으로 뿜어내던 안도감을 윤도 분명히 보았을 것이다. 그래서인지 더이상은 내 손길을 거부하지 않았다. 그 모습에 시어머니는 다시 한번 안도했지만 나의 불안은 그때부터 시작되었다.

"네 선택이 틀렸다는 걸, 언젠간 너도 알게 되겠지. 넌 실패할 거야."

윤이 한숨처럼 토해낸 말이 시발점이었다. 말도 안 되게 고분고분해진 그의 변화 역시 좋지 않은 징조처럼 여겨졌다. 윤은 온몸에서 돋아나는 가시를 생으로 뽑아내며 나날이 시들어갔다. 피를 철철 흘리면서도 신음 소리 한번 내지 않았다. 만약에 그가 피 흘리다 죽는다면 그건 전적으로 내 책임일 터였다. 윤은 더할 수 없이 순하고 무력한 모습으로 내 목을 조여왔다. 이미 벌어진 비극에 아직 일어나지도 않은 비극까지 합세해서 나를 짓누르기 시작했다. 무서웠다. 너무 무서운데 누구에게도 무섭다고 말할 수 없어서 더 무서웠다.

잠들기 전 약을 챙겨 먹인 뒤 침대 상판을 내렸다. 베개를 바로 해주고 소변줄이 꼬이거나 꺾이지 않았는지 확인했다. 엉덩이 양쪽 아래와 발목에 쿠션도 다시 괴어주었다. 꼬리뼈와 발뒤꿈치의 욕창은 만성이 되어서 나을 만하면 재발하길 반복했다.

"돌아눕고 싶으면 참지 말고 나를 깨워. 내가 안 일어나면 깰 때까지 부르라고. 알았어?"

공기매트의 펌프와 호스를 확인하며 말했다. 윤은 대답하지 않았다.

"내가 한번에 깨면 다행이지만, 혹시라도 못 일어날까봐 그래. 알아들었지?"

다시 한번 물었지만 윤은 여전히 아무 대답도 하지 않았다. 이불을 덮어주며 내려다보니 그는 두 눈을 꼭 감고 있었다. 문득 참을 수 없이 궁금해졌다. 나는 왜 가망 없는 희망을 놓지 못하고 있는 건지, 그는 왜 끝도 없이 수치심을 견뎌야 하는 건지, 나는 왜 진작 그에게서 도망치지 못했는지, 그는 왜 더 질기게 나를 밀어내지 않았는지, 내가 무엇을 그렇게 잘못했는지, 그는 또 무엇을 잘못했는지, 나는 왜, 그는 왜, 우리는 왜……

철썩, 철썩, 철썩, 철썩.

윤의 숱 많고 긴 속눈썹이 파르르 떨렸다. 그의 양볼에 벌건 손자국이 선명했다. 그가 베고 있는 베개를 힘껏 잡아당겼다. 그의 머리가 힘없이 툭, 떨어졌다. 베개로 그의 얼굴을 사정없이 내리쳤다. 한 번, 두 번, 세 번…… 계속해서 내리쳤다. 베개를 집어던지고 그의 머리카락을 꺼들었다.

"얼마든지 해봐. 네까짓 게 매듭을 묶을 수 있을 거 같아? 야, 이 병신아, 넌 이제 네 맘대로 죽지도 못해. 아직도 그걸 모르겠니?”

고집스레 두 눈을 꼭 감은 채 입을 앙다물고 있던 윤이 결국 컥컥 가쁜 울음을 토해냈다. 철썩, 철썩, 철썩, 철썩, 철썩. 이번엔 내 뺨을 때렸다. 아무리 때려도 아프지 않았다. 윤과 함께 있을 때, 나는 아프지 않았다. 온몸의 통각점이 모두 사라진 것처럼 손목도, 손가락도, 어깨도, 허리도, 다리도, 그 어디도 아프지 않았다. 우리가 함께 있을 때 통증에 시달리는 건 오직 윤뿐이었다. 통증 말고는 어떤 감각도 느끼지 못하는 그의 곁에서, 나는 살아 있지만 살아 있는 것이 아닌, 지독히도 무의한 존재가 되어 또다시 철썩, 철썩, 철썩, 내 뺨을 때렸다. 나도 윤처럼 아프고 싶었다. 윤처럼, 울고 싶었다.

어쩌면 나는 피 흘리는 윤을 구해내고 싶었는지도 모르겠다. 그것이 사랑이었든, 오기였든, 다른 무엇이었든, 나는 그저 그를 절망에서 건져올려서 애초에 계획했던 우리의 삶을 살아가고 싶었을 뿐이다. 손목이 망가지도록 낙지 대가리를 잘라가며 그를 부양하다보면 우리도 다른 사람들처럼 살 수 있을 줄 알았다. 불안했지만, 의심하고 싶지 않았다. 하지만 로프와 함께 현실 너머로 숨어버린 윤은 돌아오려 하지 않았다. 벌이가 씀씀이를 따라가지 못하는 현실 속에서 언제나 나만 애면글면했다. 나는 마누라가 딴맘이라도 먹을까봐 두려워 쥐 잡듯이 잡는 다른 놈들처럼, 차라리 그가 나를 얽어매기를, 끝도 없이 집착하기를, 비굴하게 매달려주기를 바랐다.

서서히 주저앉고 있는 지하방에서 나날이 늘어가는 빚을 깔고 앉아 되지도 않을 매듭이나 묶고 있는 그를 도저히 용서할 수가 없었다.

사장은 저녁 장사를 쉬는 둘째, 넷째 화요일마다 충북의 요양원에 입원해 있다는 친정엄마에게 갔다. 사장이 집을 비우는 날이면 최와 나는 몸을 포갰다. 내가 가게에 출근하기 시작한 지 석 달쯤 되었을 때부터 지금까지 거른 적이 없었다. 호주로 유학 보낸 최의 딸이 방학을 맞아 잠시 귀국했을 땐 건너뛰겠거니 했지만, 아이가 뒤늦게 제 엄마와 함께 외할머니를 보러 가겠다고 나서는 바람에 만날 수 있었다. 그날 처음으로 우리는 그의 집 부부침실에서 관계를 가졌다. 이후로도 그의 요구가 있을 땐 거절하지 않고 그의 집으로 갔다. 언젠가 최가 요양원에 있는 사장, 그리고 호주에 있는 딸아이와 다자간 영상통화를 할 때도 나는 그들 부부의 침대 위에서 최의 허벅지를 베고 누워 있었다. 그가 머리 굵어진 아이에게 먹히지도 않을 잔소리를 늘어놓는 동안엔 혀끝으로 그의 페니스를 슬쩍슬쩍 간질이기도 했다. 꺼림칙하거나 죄책감이 느껴지지는 않았다. 어차피 그들 부부에게 나는 있어도 없는 사람, 아무때나 후려쳐도 상관없는 사람이었으니까.

최의 군살 없는 허벅지와 단단하게 솟은 엉덩이가 좋았다. 대체로 적당한 시점에 발기되는 그의 페니스가 기특했고 끝나지 않을 것처럼 파고드는 긴 호흡이 만족스러웠다. 젊은 애인에 대한 배려라고는 눈곱만큼도 없이, 오로지 저 편하자고 집으로 불러들이는 그의 이기적인 태도마저도 마음에 들었다. 나는 내 늙은 애인이 가진 대부분의 조건들이 좋았는데, 그중에서도 그가 결코 아내와 아이를 버리지 않을 남자라는 사실이 가장 좋았다. 그는 지금껏 그래왔던 것처럼 앞으로도 중국산 낙지를 다듬고 요리하며 그의 아내와 아이를 먹여 살릴 것이다. 어쩌면 낙지가 아닌 다른 걸 요리할지도 모르지만, 그가 가족 대신 나를 선택할 가능성은 전혀 없었다. 그가 언제든지 나를 버릴 수 있는 남자라는 확신은 이 예외적인 관계와 현실 사이의 거리를 유지할 수 있게 해주었다.

사정을 한 뒤에도 최는 내가 요구하기 전에는 페니스를 빼지 않는다. 그것은 첫 관계 후 나와의 지속적인 만남을 원하는 그에게 내가 내건 유일한 조건이었다. 나는 사정 후에도 내 안에 남아 있는 페니스의 느낌을 좋아한다. 스러져가는 욕망을 품고 있을 때 나는 비로소 내가 안전하다고 느꼈고 그제야 맹렬하게 타올랐다. 내가 느끼는 오르가슴은 소요 후의 황량함 속에 존재했으므로 나는 늘 첫번째보단 두번째가, 두번째보단 세번째가 좋았다. 그러니까, 내게도 취향이라는 게 있다는 얘기다. 분명히 가능성이 있음에도 성 재활을 거부해온 윤, 무슨 짓을 해도 발기하지 않는 그의 페니스와 씨름하는 동안 까맣게 잊고 있었던 취향. 최가 내 귓불을 잘근

잘근 깨물었다. 살갗을 파고들 것만 같은 치아의 압력과 축축한 혀의 감촉이 좋았다. 최의 목덜미를 꽉 그러안았다. 그의 몸과 나의 몸이 완벽하게 밀착됐다. 가슴속에서 뜨거운 것이 울컥울컥 치밀어올라왔다. 아랫배가 푹 꺼져들었다. 두 다리로 최의 단단한 허벅지를 감았다. 맥없이 흐물대는 수족관 속의 중국산 낙지가 아니라 생생한 갯벌의 낙지처럼 나의 모든 흡반을 동원해서 그의 몸에 들러붙었다. 최가 낮은 신음을 토해냈다. 그 순간을 놓치지 않고 엉덩이를 힘껏 밀어붙였다. 최가 다시 출렁이기 시작했다. 그의 몸에 들러붙었던 흡반을 거두자 그가 내게서 떨어져나갔다. 아랫배를 가쁘게 들썩이던 최가 내 목덜미를 끌어당겼다. 이번엔 내가 그를 빨아당길 차례였다. 시간은 충분했다. 활동보조인이 돌아가려면 아직 두 시간이나 남아 있었다.

둘째, 넷째 화요일엔 퇴원 초기부터 윤을 돌봐온 오후 타임 활동보조인이 야간까지 있어주었다. 윤에게 지원되는 바우처만으로는 턱도 없어서 개인적으로 간병비를 지불하며 부탁한 일이었다. 한 달 치 부식비보다도 많은 액수였지만 하는 수 없었다. 활동보조인 없이 혼자 방치했던 날, 집에 돌아가보니 윤이 밀려나온 대변을 깔고 누운 채 혼이 나간 얼굴을 하고 있었다. 이후 며칠간 그는 제대로 먹지도 자지도 못했다. 무리가 되더라도 야간 간병인을 구할 수밖에 없었다. 윤은 어째서 야간까지 활동보조인을 고용했느냐고 묻지 않았다. 앞으로도 그는 내게 아무것도 묻지 않을 것이다. 사고 이후 윤은 매듭을 묶는 일 말고는 그 무엇에도 관심을 보인 적이 없었다.

벚꽃이 만개하자 거리의 모든 것들이 화사해졌다. 자정이 가까워오는 시간이었는데도 거리는 사람들로 넘쳐났다. 그 틈에 끼어서 꽃잎이 분분히 날리는 밤거리를 떠밀리듯 걸었다. 포근해진 밤공기에 공연히 설레기도 했고 모두가 반짝이는데 나만 빛바랜 것 같아 서글퍼지기도 했다. 최의 아파트에서 집까지는 천천히 걸어도 삼십 분이면 도착할 수 있는 거리였지만 거의 한 시간에 걸쳐 집으로 돌아왔다. 중간에 걸려온 활동보조인의 전화는 받지 않았다. 돌이킬 수 없이 낡아버렸다 해도, 아직은 봄밤이었다.

현관문을 당기자 쇠 긁는 소리가 났다. 등줄기에 소름이 돋으며 저절로 몸이 움츠러들었다. 진저리를 치며 집안으로 들어섰다. 활동보조인이 윤의 침대에 기대앉아 꾸벅꾸벅 졸고 있었다. 키가 작고 딴딴한 체격의 활동보조인은 굼뜬 편이었지만 요령이 좋고 힘이 셌다. 근육이 빠지면서 체중이 많이 줄었다고는 해도 윤은 여전히 체격이 큰 축에 속했다. 그런 윤을 돌보는 게 여자 몸으로 쉬운 일은 아닐 텐데도 지금껏 별다른 무리 없이 해냈다. 윤도 그녀가 다른 이들에 비해 말수가 적고 간섭이 심하지 않다며 마음에 들어 했다. 언젠가 윤은 장애인은 나이에 상관없이 간섭과 가르침의 대상으로 전락해버리는 것 같다고 말한 적이 있다. 그 말을 듣고 당신은 가르침의 대상이 되었는지 모르지만, 당신을 부양해야 하는 나는 보상 없는 착취의 대상이 되고 말았다고. 그래서 세상이 온통 개미지옥인 것만 같다고 말하려다 그만뒀다. 그건 마치 윤더러 개미귀신이라는 소리 같아서. 설사 그게 사실이더라도 그렇게까지 말하고 싶지는 않았다. 활동보조인의 팔을 살짝 흔들었다. 잠에서 깬 그녀가 나를 올려다봤다.

"피곤하시죠. 그만 돌아가 쉬세요."

"왔어요? 아니, 왜 전화를 안 받아요. 두 번이나 했는데. 무슨 일이라도 생겼으면……"

활동보조인은 잠이 덜 깬 얼굴을 찌푸리며 말했다.

"죄송해요. 전화기가 가방 속에 있어서 못 들었나봐요. 왜, 무슨 일 있었어요?"

짐짓 미안한 얼굴로 가방까지 뒤적이며 그녀의 말을 가로챘다.

"또 설사를 해요. 별다른 걸 먹이지도 않았는데 그러네. 저녁 내내 기저귀만 여섯 번을 갈았어요."

"설사를요? 왜 또 그러지? 고생 많으셨어요."

"나야 뭐. 아저씨가 힘들었지. 원체 예민한 사람이 돼놔서……"

주섬주섬 가방을 챙겨든 활동보조인이 윤을 바라보며 낮

게 한숨을 쉬었다. 그 한숨에서 오늘 윤이 보인 반응을 짐작할 수 있었다. 그는 여전히 대변 문제에 예민했다. 수없이 반복해온 관장과 실금의 순간들 중 어느 한때는, 인간으로서 지켜야 할 마지막 자존감까지 모두 무너져버린 기분이라며 아이처럼 엉엉 울기도 했다. 당시엔 난감하고 수치스러울 그의 심정이 이해가 갔다. 하지만 시간이 지날수록 지치고 화가 났다. 새어나온 대변을 주무르며 치우고 씻기는 일은 모두 내가 하는데 왜 매번 그의 눈치까지 봐야 하는지, 억울하기도 했다. 나는 병원비와 약값에 치여 월세 보증금까지 까먹고 있는 현실에 압사당할 지경인데, 도대체 그깟 똥이 뭐 그리 대수라고 저렇게 유난을 떠나 싶은 생각마저 들었다.

활동보조인을 보내고 윤의 침대로 다가갔다. 윤은 두 눈을 꼭 감고 있었다.

"또 설사한다며. 혹시 집에 해둔 거 말고 다른 거 먹었어?"

이불을 들추고 기저귀가 깨끗한지 확인하며 물었다. 윤은 아무 대답이 없었다. 잠이 든 건가. 그의 얼굴을 물끄러미 내려다보며 생각했다.

그날 이후 윤은 매듭법 연습을 그만뒀다. 그때껏 매듭법 연습만 해왔기 때문에 그걸 그만두자 그는 아무것도 하지 않게 되었다. 침대 상판을 세워 일으켜주면 벽을 쳐다봤고 상판을 내려 눕히면 천장을 바라보다 때가 되면 잠들었다. 자기 의지 같은 건 조금도 없는 사람 같았다. 밥을 주면 밥을 먹었고 물병 빨대를 물려주면 물을 먹었다. 그밖엔 아무것도 하지 않았다. 답답한 마음에 일부러 로프를 가져다주기도 했지만 손대려 하지 않았다. 매듭에만 골몰하는 꼴이 보기 싫어 미칠 것 같았는데, 막상 매듭에서 손을 떼도 보고 있기 괴롭기는 마찬가지였다. 말수도 극단적으로 줄어서 묻는 말에도 대답하지 않을 때가 많았다. 가끔은 그가 숨은 쉬고 있는지 확인하고 싶을 지경이었다.

"지사제는 먹었어? 안 먹었으면 지금이라도 먹을래?"

이번에도 윤은 대답하거나 눈을 뜨지 않았다. 천천히 손을 뻗어 그의 얼굴을 쓸어보았다. 면도를 해주지 않은 얼굴이 까칠했다. 정말로 잠이 든 건가. 알 수 없었다. 나도 모르게 한숨이 비어져나왔다.

"들려? 들리면 눈 좀 떠봐."

그의 귓불을 만지작대며 말했지만 윤은 눈을 뜨지 않았다. 설사 진짜로 잠들었다 해도 이쯤 되면 깨야 했다. 그런데도 윤은 고집스럽게 버텼다. 만지작대던 귓불을 엄지로 지그시 눌렀다. 귓불을 집은 손가락에 점점 더 힘을 가했다. 나중엔 엄지손톱을 박아넣고 말겠다는 듯이 짓눌렀는데도 꿈쩍하지 않았다. 귓불을 집고 있던 손을 뗐다. 벌겋게 달아오른 귓불엔 피 맺힌 손톱자국이 선명했다. 매듭에 몰두하던 그의 모습이 떠올랐다. 지금껏 나는 그가 자살하기 위해 매듭을 묶는 거라고 믿었다. 의심의 여지가 없다고 생각했다. 그걸 알면서도 로프를 내준 내가 끔찍해서 견딜 수가 없었다. 그런데 문득, 그게 아닐지도 모른다는 생각이 들었다.

"내게서 벗어나기만 하면 될 것 같았니? 하긴, 옆에 들러붙어서 매 순간 비참한 현실을 일깨워주는 내가 끔찍했을 거야. 무슨 짓이든 하고 싶었겠지. 하지만 넌, 네가 매듭 따위, 끝내 묶지 못할 거라는 거 알고 있었어. 그러니까 결국, 그 매듭을 내 손으로 묶게 할 생각이었던 거야, 넌."

허리를 숙여 윤의 귓가에 또박또박 속삭였다. 윤의 입가가 샐그러졌다. 눈꼬리에서 새어나온 눈물이 귓바퀴에 잠시 고였다가 다시 흘러내렸다. 안전바를 내리고 침대 앞에 쪼그려앉았다. 이불 속을 더듬어 윤의 손을 잡았다. 갈퀴처럼 야윈 손은 버석버석하고 찼다. 생명 있는 것의 일부라는 생각이 들지 않을 정도였다.

"내가 하루에 낙지 대가리를 몇 개나 자르는지 알아? 손목이 시큰대고 손가락에 물집이 잡히도록 낙지 대가리를 자르면서 내가 무슨 생각을 하는지, 당신은 모르지?"

윤의 손을 놓고 자리에서 일어났다. 다시 이불을 들춰 소변줄과 체위 변경 쿠션의 위치를 확인하고 침대의 안전바를 세웠다.

"우리가 놓쳐버린 미래를 생각해. 우리가 지워버린 과거를 생각하고 대책 없이 무너져내리고 있는 현실을 생각해. 당신은 왜 나아지기 위한 노력을 하지 않을까 생각해. 나는 왜 그때 도망치지 않았나 생각하고 당신은 왜 더 적극적으로 나를 밀어내지 않았는지 생각하기도 해. 다 까먹어버린 보증금을 생각하고 그 보증금을 마련하기 위해 받은 대출을 생각해. 밀린 이자와 하루 열두 시간씩 낙지 대가리를 잘라도 갚을 수 없을 원금을 생각해. 낙지 대가리 자르듯 당신 모가지를 잘라버리고 싶다는 생각을 하고 차라리 내 모가지를 자르는 편이 낫겠다는 생각을 해. 그런 생각들을 해, 나는."

윤의 눈꺼풀이 파르르 떨렸다. 그 바람에 긴 속눈썹에 맺혀 있던 눈물방울이 뭉개졌다. 언제나 출구 없는 미로에 갇힌 기분이었다. 흐물거리는 윤을 떠메고 미로 속을 헤매다보면 온 세상이 지리멸렬해졌다. 여덟 시간 뒤엔 또다시 낙지 대가리를 자르러 가야 하는데, 낙지 대가리 자르는 일 말고는 할 수 있는 일이 없는데, 최와 그의 아내가 나를 고용해주는 한 성실하게 낙지 대가리를 잘라야 하는데, 그 모든 일들이 끔찍하기만 했다. 잠시 더 윤의 얼굴을 내려다보다 돌아섰다. 서랍 속에 처박아뒀던 로프를 꺼내들고 방으로 들어갔다. 로프를 방 한가운데 던져놓고 방문을 잠갔다. 스르륵 주저앉아 로프를 쏘아봤다. 우선 고리를 만든 다음 짧은 줄로 고리를 서너 바퀴 휘감는다. 감은 줄의 끝을 감긴 줄 사이로 집어넣고 당겨 팽팽하게 조이면 매듭이 완성된다. 로프를 볼 때마다 나도 모르게 머릿속에서 매듭이 지어졌다. 너무 간단해서 그만둘 수도 없었다. 하지만 이 간단한 일을 윤은 결코 해내지 못할 것이다. 어어어우우어어어우우, 문밖에서 누군가 짐승처럼 울부짖었다. 윤일 수도 윤이 아닐 수도 있었다. 눈을 질끈 감으며 두 손으로 귀를 틀어막았다.

HOME

나의 하루는 열두 시간뿐이다. 나머지 열두 시간은 온전히 내 것이 아니므로 나의 하루에 포함되지 않는다. 열두 시간밖에 살지 못해도 지금의 생활에 불만은 없다. 가끔은 내가 옳은 선택을 한 것인지 의심스러워지기도 한다. 하지만 적어도 나는 삶에 대한 긍정적인 태도가 긍정적인 미래를 만든다는 사실 정도는 아는 놈이다. 더구나 내 것이 아닌 나머지 열두 시간을 소유한 그녀는 열정적인데다 현명하기까지 하다. 내가 스물네 시간을 모두 살아가는 사람들보다 행복하지 못할 이유는 없는 셈이다.

그녀는 매일 아침 여섯시에 눈을 떴다. 알람을 맞춰놓고 자는 것도 아닌데 단 하루도 어김이 없었다. 나도 그녀가 일어나는 시간에 맞춰 잠에서 깼다. 반드시 그렇게 해야 할 의무가 있는 것은 아니지만 나 역시 어긴 적이 없다. 눈을 뜬 그녀는 바로 일어나지 않고 한동안 그대로 누워 천장을 올려다봤다. 가끔은 낮은 소리로 이해할 수 없는 말을 웅얼대기도 했다. 그럴 때 나는 그녀의 목덜미에 얼굴을 묻고 그녀의 말에 귀를 기울였다. 그녀가 무슨 말을 하는지 궁금한 것은 아니었다. 다만 그녀가 자신의 사소한 행동에까지 일일이 반응하는 나를 좋아하기 때문에 그렇게 하는 것뿐이었다. 주인의 감정을 정확히 읽을 줄 아는 애완동물만이 사랑받을 수 있는 법이다. 그녀는 매번 나의 반응을 충분히 즐긴 뒤에야 일어나 샤워를 했다. 그녀가 샤워를 하는 동안, 나는 욕실 앞을 지키며 그녀가 좋아하는 노래를 흥얼거렸다. 이십 분쯤 후 그녀는 욕실에서 나와 젖은 머리카락을 말리고 세팅기를 말았다. 그런 다음 화장대 앞에 앉아 공들여 화장을 했다. 나는 그녀가 그 모든 일을 마칠 때까지 얌전히 그녀의 모습을 바라봤다. 이윽고 할일을 모두 마치고 자리에서 일어난 그녀는 내 머리와 볼을 한번 쓰다듬어준 뒤 부엌으로 갔다. 그때부터 그녀는 샐러드를 곁들인 프렌치토스트나 베이컨 구이, 서니 사이드 업 따위의 메뉴로 아침식사를 준비했다. 그녀는 아침을 먹지 않았다. 그러니까 그녀가 바쁜 아침 시간을 쪼개 음식을 만드는 것은 순전히 나를 위해서였다. 덜 익힌 달걀은 질색이었지만, 나는 그녀가 준비해주는 음식을 군소리

없이 받아먹었다.

비린내가 채 가시지 않은 달걀을 삼키기 위해 마음을 가다듬을 때쯤이면 출근 준비를 모두 마친 그녀가 방에서 나왔다. 집을 나서기 직전, 그녀는 거실 탁자 위에 푸른 지도 스무 장을 좌르륵 펼쳐놓았다. 그것은 그녀가 소유하기로 한 나의 열두 시간에 대한 대가였다. 그녀는 하루도 빠짐없이 푸른 지도 스무 장을 준비했다. 주급이나 월급을 입금하는 대신 현금으로 일당을 지급하고 싶어한 것은 그녀였다. 처음엔 어째서 피차 번거로운 방식을 고집하는지 의아했다. 하지만 곧 이 번거로운 방식이야말로, 필연적으로 느슨해질 수밖에 없는 관계에서 시종일관 우위를 점할 수 있는 가장 확실한 방법이라는 것을 알게 되었다. 이를테면, 그녀는 내게 매일매일 새로운 고삐를 매는 것이었다.

그녀는 차로 이십여 분 거리에 있는 도심으로 출근했다. 그곳에서 그녀가 어떤 일을 하는지는 잘 모른다. 그녀는 단 한 번도 내게 자신에 대해 이야기하지 않았다. 나 역시 묻지 않았는데, 그것이 그녀가 정한 첫번째 룰이기 때문이다. 내겐 그녀가 말해주지 않는 그녀에 대해 궁금해할 권리가 없다. 철컥, 현관문이 잠김과 동시에 그녀를 위한 열두 시간이 마감되고 나의 열두 시간이 시작된다. 지난 몇 달 동안, 우리는 똑같은 일상을 반복해왔다.

처음 며칠은 그녀가 남겨두고 간 지도를 들고 어디로 가야 할지 알 수가 없었다. 아무 생각 없는 중딩처럼 대낮부터 소주를 빨거나 게임방에 처박혀 게임을 하며 시간을 죽였다. 현질에 미쳐 지도가 손에 들어오는 족족 흔적도 없이 날려버리길 반복하던 어느 날, 나는 내가 길을 잃었다는 사실을 깨달았다. 돈이 지도가 되는 세상에서 길을 찾기 위해서는 가능하면 많은 돈을 모아야만 한다는 사실도 알게 되었다. 지도가 많을수록 길은 뚜렷해지는 법이다.

"너를 길러보고 싶어."

이상한 제안이었다. 만 이 년을 삐끼로 구르다가 보조 웨이터 명찰을 단 지 석 달이 채 못 되었을 때였다. 다른 손님들과는 달리 단정한 옷차림 탓에 유독 눈에 띄던 여자였다.

"죽여주는 애들 많은데 리스트 쫙 뽑아서 올려볼까요?"

그녀는 천천히 고개를 가로저었다.

"아니, 난 지금 네 얘길 하고 있는 거야. 다른 애들은 필요 없어. 너를 기르고 싶어."

단호한 눈빛과는 달리 부드러운 목소리였다. 나는 그녀의 말이 무슨 뜻인지 선뜻 이해할 수가 없었다.

"넌 네가 원하는 게 뭔지, 어떻게 해야 그걸 가질 수 있는지 아직은 잘 모르겠지. 하지만 지금 이 순간 어떤 선택을 해야 하는지 모를 만큼 어리석어 보이지는 않는데."

그녀는 미소까지 띤 얼굴로 또박또박 말을 이어갔다.

"네가 가진 시간 중에서 딱 절반만 내게 주면 돼. 그 대가로 나는 지금의 너라면 절대로 가질 수 없는 것들을 제공할 거야. 대신, 내가 더이상 널 필요로 하지 않게 되면 그 즉시 떠나야 해. 물론 네 쪽에서 원하지 않게 돼도 떠날 수 있어. 그게 언제든 아무 상관 없이 말이야. 어때?"

썩 괜찮은 조건 같았다. 일당 얘기까지 들었을 땐, 괜찮은 정도가 아니라 이게 웬 떡이냐 싶었다. 그러나 한편으론 걱정스럽기도 했다. 아무렇게나 몸을 굴리며 사는 놈들의 말로가 어떤지 수없이 보아왔다. 그간 선수로 뛰어보지 않겠느냐는 마담의 제안을 극구 사양해왔던 것도 그래서였다. 게다가 그녀의 제안은 들어본 적도 없는 종류의 계약이었다.

"네가 원하는 걸, 내가 줄 수도 있지 않겠니? 당장 대답하라는 건 아니니까 충분히 생각해보고 연락해."

말을 마친 그녀는 덜렁 전화번호만 적힌 명함을 한 장 내밀었다. 그러곤 내가 미처 대꾸도 하기 전에 돌아갔다. 며칠 뒤 명함 속 번호로 전화를 걸어 물었다.

"내가 위험한 놈이면 어쩌려고 그래요?"

그녀는 얼른 대답하지 않았다. 공연히 초조해져 뒤미처 물었다.

"내가 아주 나쁜 놈일 수도 있는 거잖아요. 그러면 어쩔 건데요?"

"글쎄. 내 안목을 믿지만 내가 잘못 봤대도 어쩔 수 없지.

원하는 걸 얻으려면 그만한 위험쯤은 감수해야 하지 않겠니?"

수화기 너머에서 들려오는 목소리는 확신에 차 있었다. 나까지 덩달아 안심이 됐다.

계약이 체결된 이후, 그녀와 함께 있는 동안에는 오롯이 그녀만을 바라보며 그녀의 시선을 조금이라도 더 받기 위해 애썼다. 처음엔 순전히 노력이었다. 낯선 연상의 여자에게 하루아침에 뜨거운 감정이 생길 리가 없으니 눈 딱 감고 미친 척 노력하는 수밖엔 달리 방법이 없었다. 그러나 머지않아 많은 것이 달라졌다. 이제 나는 그녀의 허락 없이는 먹지도 자지도 않는다. 누가 시켜서가 아니라 나도 모르는 사이 그렇게 되어버렸다. 나를 '기르고 싶다'던 그녀의 말을 정확히 이해하기까지는 그리 오랜 시간이 필요하지 않았다.

샤워를 마치고 머리 손질을 하고 있을 때 전화벨이 울렸다. 흘끔 전화기 쪽을 쳐다봤지만 받지는 않았다. 그녀가 정한 두 번째 룰 때문이었다. 나는 그녀의 전화와 컴퓨터에 손을 대선 안 된다. 다소 불편하긴 했지만 불평할 생각은 없다. 쓸데없는 오해나 갈등을 불러올지도 모를 불씨는 처음부터 만들 필요가 없다는 그녀의 생각에 나 역시 전적으로 공감했다. 그나저나, 며칠 전 새로 한 머리는 그야말로 최악이었다. 커팅을 마치고 거울을 확인하는 순간 디자이너 새끼의 뾰족한 턱을 박살내고 싶은 걸 간신히 참았을 정도다. 흡사 털갈이하는 짐승 같은 헤어스타일을 보고 있자니 다시금 열이 올랐다. 나는 크게 심호흡을 하며 나도 모르게 힘이 들어간 어깨와 팔을 털어 긴장을 풀었다. 세상에 맞을 짓을 하는 새끼들은 널리고 깔렸다. 그런 자식들을 다 성질대로 상대하다가는 냄새나는 시궁창에 영영 대가리를 처박은 채 살아가야 할지도 모를 일이었다. 에센스와 왁스를 적당히 섞어 머리카락을 쓸어올렸다. 뒤통수는 손으로 잡아뜯듯 쥐어주며 컬을 살렸다. 머리 손질을 마친 뒤에는 칙칙한 피부 톤을 커버하기 위해 비비크림을 고르게 펴발랐다. 아이브로우 펜슬로 눈썹의 결을 따라 빈 곳을 메워준 뒤 투명 마스카라로 눈썹과 속눈썹을 가볍게 쓸어주었다. 컨실러로 여드름 흉터를 커버하고 건조한 입술에 연한 피치 톤의 립밤을 발랐다. 마지막으로 픽서와 미스트까지 고루 뿌리고 나자 기분이 한결 나아졌다. 옷장에서 그녀가 며칠 전 선물해준 발망 청바지를 꺼내 입을 때는 저절로 콧노래까지 새어나왔다. 탁자 위에 펼쳐진 푸른 지도 스무 장과 함께 바이크 키를 챙겨들었다. 혼다 CBR1000RR는 그녀의 첫번째 선물이었다. 혼다도 발망도, 불과 몇 달 전까지는 꿈도 꾸지 못하던 것들이었다.

처음 혼다의 섹시한 블랙 바디와 만나던 날, 언제나 흐리멍덩하기만 하던 정호의 눈에서조차 빛이 났다.

"우와, 이런 건 도대체 얼마나 하냐?"

"얼만지는 알아서 뭐하려고. 사게? 헛소리 집어치우고 침이나 닦아, 병신아."

정호는 그날로 주유소와 세차장 알바를 시작했다.

"씨발, 내가 사나 못 사나 두고 보라니까."

녀석은 몇 번이고 같은 말을 반복했다. 미련한 새끼. 녀석은 수많은 길 중에서도 가장 멀고 험한 길을 선택했다. 아니, 애초부터 녀석에겐 선택의 기회조차 주어지지 않았다. 기회라는 게 아무에게나 찾아오는 건 아니니까. 지금까지도 정호는 혼다를 사기 위해 게으른 손에 기름때를 묻히고 있었지만 정작 그것들을 손에 넣기도 전에 목표를 수정해야 할 것이다. 유행은 끊임없이 변할 뿐만 아니라 점점 더 비싸진다. 정호는 입만 열면 간지 나는 인생 운운했지만, 절대로 간지 나는 인생을 살 수는 없을 것이다.

집을 나서 곧장 정호의 자취방이 있는 동네로 갔다. 길고 가파른 계단 아래 납작 엎드려 있는 구멍가게 앞에 혼다를 세웠다. 엔진 소리에 놀랐는지 얼굴이 심하게 얽은 주인 영감이 가게 밖으로 삐죽이 고개를 내밀었다. 라면과 참치캔 따위를 사고 거스름돈까지 마다해가며 주인 영감에게 혼다를 잘 지켜봐달라고 거듭 부탁했다. 주인 영감은 졸음이 채 가시지 않은 얼굴로 고개를 끄덕였지만 썩 내켜하는 표정은 아니었다.

정호는 퀴퀴한 냄새가 밴 이불을 고치처럼 돌돌 감은 채 잠들어 있었다. 몇 달 전까지만 해도 나 역시 이 좁아터진 방에서 냄새나는 이불을 껴안고 뒹굴며 막막하기만 한 미래에 대해 생각하곤 했다. 그때 내게 미래란 멀고도 멀어서 도저히 닿을 수 없는 낯선 세계 같았다. 그러나 지금은 달랐다. 차곡차곡 쌓여가는 지도만 있으면 가지 못할 곳이 없었다. 머지않아 나는, 내가 원하는 것들이 가득한 미래로 진입할 수 있을 것이다. 방구석에 내팽개쳐진 베개를 당겨 깔고 앉았다. 부스럭대는 비닐 소리에 눈을 뜬 정호가 빈 소주병만 뒹굴고 있는 머리맡을 더듬었다. 봉지 속에서 생수병을 꺼내 던졌다. 단숨에 병을 비운 녀석이 컥컥대며 가래를 끌어모아 꽁초가 가득한 골뱅이 깡통에 뱉어냈다.

"에이, 씨발 새끼. 더럽게!"

내 말을 들었는지 못 들었는지 정호는 잠이 덜 깬 얼굴로 내 앞에 놓인 비닐봉지를 잡아끌었다.

"재식이 형이 넌 요새 뭐하느라고 코빼기도 안 비치냐고 묻더라."

정호가 봉지 속을 뒤적거리며 말했다.

"그래서 뭐라고 했는데."

"그냥 별소리 안 했어. 아, 씨발, 참치 살 땐 고추참치로 사라니까!"

정호가 투덜대며 참치캔을 땄다. 그러고는 손가락으로 참치를 파먹기 시작했다.

"병신 새끼, 더럽게 손가락으로 지랄이야."

나는 발을 쭉 뻗어 녀석의 아랫도리를 툭툭 찼다. 기분이 나쁠 법도 한데, 정호는 오히려 참치캔에 코를 처박고 낄낄거렸다.

"근데 오토바이는 어따 뒀냐? 또 가겟집 앞에 두고 왔어? 그 영감탱이 종일 잠만 처자는데 괜찮을까?"

잠시 후, 정호는 뭉그적뭉그적 문 쪽으로 가더니 문밖에 내놓았던 양은냄비를 집어들었다. 군데군데 찌그러지고 시커멓게 그을린 양은냄비는 삭을 대로 삭아 금방이라도 부스러져 버릴 것만 같았다.

"야, 이 좆만아, 설거지 좀 해라. 씨발, 냄비 다 썩겠다."

정호는 내 말에는 아랑곳하지 않고 여전히 잠이 덜 깬 얼굴로 냄비 가장자리에 말라붙은 양념을 손가락으로 긁어댔다.

"새끼, 하여간 위생관념 좆나 없어……"

나는 삶을 대하는 태도가 긍정적인 것과 무책임한 것이 어떻게 다른지, 그 차이가 삶에 어떤 영향을 미치는지 정호를 통해 배웠다. 녀석과 나의 출발선은 같았지만 방향도 속도도 완전히 달랐다. 누구나 발망과 혼다를 꿈꿀 수는 있다. 어떤 사람들은 아주 쉽게 그것들을 손에 넣기도 한다. 그러나 모두가 그것들을 가질 수 있는 것은 아니다. 특히 이렇게 당연한 사실조차 아무리 설명해줘도 이해하지 못하는 정호 같은 놈들에겐 불가능에 가깝다.

“재식이 형이 한번 들르라던데, 오늘 갈래?”

정호는 라면이 끓고 있는 냄비에 먹다 남은 참치를 쏟아부으며 물었다. 재식이 형은 삐끼로 일하던 시절에 알게 된 사람이었다. 주로 홀복을 취급하는 작은 옷가게의 주인이었는데, 옷 장사보다는 SA급 짝퉁 장사에 주력한 덕에 꽤 짭짤한 수입을 올리고 있었다. 재식이 형은 일이 끝난 새벽이면 종종 골목 끝 포장마차로 정호와 나를 데리고 가 우동을 사주곤 했다. 우리가 퉁퉁 분 우동 가락을 삼키며 허기를 달래는 동안 형은 우동 국물과 단무지를 안주 삼아 소주를 마셨다. 그러다 얼큰하게 술이 오르면, 열두 살에 고아원에서 탈출해 삼 년 전 가게를 열기까지 겪어야 했던 지긋지긋한 고생담을 늘어놓았다. 나는 매번 똑같이 반복되는 형의 말을 귀담아들으려 노력했다. 나와 놀랄 만큼 닮은 과거가 신기하기도 했지만, 무엇보다 형은 그 골목에서 삐끼로 굴러먹던 놈들 중에서 제대로 자리를 잡은 유일한 사람이었기 때문이다. 나는 잠시 망설이다 고개를 가로저었다.

“오늘은 안 돼. 그냥 조만간 한번 들른다고 전해.”

정호는 고개를 주억거리며 허겁지겁 뜨거운 라면 가닥을 입안으로 쓸어넣었다. 쥐 오줌 자국으로 지저분한 천장을 올려다봤다. 주머니 속엔 라면을 사고 남은 지도 열아홉 장이 고스란히 남아 있었다. 이틀 전 혼다에 기름을 가득 채워 넣었으니 오늘은 더이상 쓸 곳도 없었다. 나는 주머니 속의 지도를 한장 한장 반복해서 헤아리다 그동안 모아온 지도에 열아홉 장을 더 보탰다. 새로운 동그라미 여섯 개를 딱 떨어뜨리고도 세 장이 남는 액수였다. 한때 나의 엄마였던 여자는 돈을 모을 땐 백만 원씩, 백만 원씩, 모아서 보태야 하는 거라고 말하곤 했다. 끄트머리에 잔돈푼이 붙어 있으면 아무래도 헤퍼지기 십상이지만 백만 원씩 딱 떨어뜨려놓으면 선불리 헐지 못한다는 것이었다.

"그렇다고 끝자리 떼길 하라는 건 아니야. 끝자리 떼기를 시작하는 순간부터 돈 모으긴 틀린 거라는 걸 명심해. 끝자리를 떼어낼 게 아니라 그 끝자리가 새로운 백만 원의 시작이라고 생각하고 저축을 이어가야 하는 거야. 알겠니?"

엄마는 아직 돈 계산도 제대로 못하던 내게 똑같은 말을 끝도 없이 반복했다. 하지만 끝자리 떼기는 절대로 하면 안 된다던 엄마는 마치 끝자리를 떼어내듯 자신의 인생에서 나를 떼어냈다. 엄마에게 나는 새로운 백만 원의 시작이 아니라 헐어내도 상관없는 끝자리에 지나지 않았던 것이다. 엄마가 끝자리인 나를 떼어내고 어떤 인생을 완성했는지 간혹 궁금했지만 알아낼 방법은 없었다. 백만 원씩, 백만 원씩, 몇 번이나 더 모아야 재식이 형이 가진 것 같은 가게나마 열 수 있을까. 무슨 일이든 시작하려면 종잣돈이 필요할 터였다. 내겐 또래의 다른 녀석들처럼 허황한 꿈이나 꾸며 허비할 시간이 없었다. 나이 먹어서까지 지금처럼 시간을 담보로 한 거래나 하며 살고 싶지도 않았다. 그러니까 지도가 완성될 때까지는 그녀가 정한 룰을 성실히 지켜내야만 한다.

라면 두 개를 게 눈 감추듯 먹어치운 정호는 다시금 냄새 나는 이불을 둘둘 감고 잠들었다. 방을 나서기 전, 세상모르고 잠에 빠져 있는 정호의 머리맡에 끝자리를 떼어내듯 푸른 지도 세 장을 던져놓았다. 지저분하고 한심하기 짝이 없는 녀석이긴 해도 녀석과 있을 때 마음이 가장 편했다. 인정하고 싶진 않지만, 녀석과 나는 뿌리가 같은 인간이었다. 뭐 하나 제대로 할 줄 아는 게 없는 녀석을 지금껏 떼어놓지 못한 것도 그래서였다. 언덕을 내려올 때는 가게 앞에 세워둔 혼다 때문에 마음이 급해졌다. 정호 말대로 가겟방 영감은 종일 내처 자기 일쑤였고 없이 사는 동네일수록 좀도둑이 극성을 떠는 법이었다.

별다른 일이 없는 한 그녀는 여덟시 전에 집으로 돌아왔다. 나는 서둘러 샤워를 했다. 샤워를 마친 뒤에는 변기와 세면대에 튄 물기를 꼼꼼히 닦아냈다. 혹시 욕조에 머리카락이 떨어져 있진 않은지 확인하는 것도 잊지 않았다. 마지막으로 칫솔의 물기를 여러 번 털어 살균기에 꽂아놓고 욕실에서 나왔다. 그녀가 정한 세번째 룰은 사실 좀 거추장스러웠다. 그러나 그녀가 제공하는 안락함을 감안한다면 그 정도 번거로

움은 기꺼이 감수할 수 있었다. 그녀는 내게 쾌적한 환경과 여유를 제공하고 나는 그녀가 요구하는 몇 가지 룰을 지키면서 그녀만을 위한 열두 시간을 제공한다. 공정하고 합리적인 거래였다.

열시가 훨씬 넘어 퇴근한 그녀는 옷도 갈아입지 않고 사들고 온 도시락부터 펼쳐놓았다. 나는 평소 그녀로부터 특별한 연락이 없을 땐 그녀가 집으로 돌아와 내 몫의 음식을 준비해주기 전까지 아무것도 먹지 않았다. 배가 고파도 참았다. 스스로 허기를 해결하려 시도하지 않았고 때맞춰 끼니를 준비해주지 않은 주인의 잘못을 탓하지도 않았다.

"배고팠지? 미리 연락했어야 하는데 미안해."

미안하다고 말했지만 그녀의 표정은 조금도 미안해하는 것 같지 않았다.

"난 괜찮아요. 정말이에요."

그녀가 펼쳐놓은 도시락 속에서 새우 초밥을 하나 집어 우물대며 대답했다. 그 말은 진심이었다. 그녀는 늦어지는 귀가에 대해 내게 일일이 보고할 필요가 없었다. 보고의 의무가 있는 것은 나뿐이었으니까.

샤워를 마친 그녀가 소파로 가 앉았다.

"젖은 수건은 욕실에 남겨두지 마."

차고 건조한 그녀의 목소리에 나도 모르게 움찔했다.

"아, 또 깜빡했네."

나는 정호 자식이 내게 그랬던 것처럼 배시시 웃으며 얼버무렸다.

"사람이 개나 고양이보다 나은 대접을 받는 건 규칙을 이해하고 실천할 수 있기 때문이야. 간혹 별 차이가 없는 사람도 있긴 하지만."

그녀는 보지도 않을 텔레비전을 틀어 채널을 이리저리 돌리며 쏘아붙였다. 순간, 차라리 그녀가 내 엉덩이를 걷어차거나 밥그릇을 빼앗아 끼니를 굶겨버리는 편이 나을 것 같다는 생각이 들었다.

"이리로 와봐."

그녀가 가볍게 발을 구르며 말했다. 나는 냉큼 그녀의 발치로 다가앉았다.

"전에도 얘기했지만, 나는 같은 말 여러 번 반복하는 거 딱 질색이야. 내가 왜 개나 고양이가 아니라 널 내 집에 두는지 잊지 마. 알겠니?"

그녀가 내 목덜미를 쓰다듬으며 한결 가라앉은 목소리로 말했다. 나는 고개를 끄덕이며 다시 한번 웃어 보였다. 전혀 웃을 기분이 아니었지만 그녀의 집에 머무는 한 내 기분 따위는 조금도 중요하지 않았다. 언제부턴가 그녀가 못마땅해할 때면 버려질지도 모른다는 생각에 초조해졌다. 지도가 쌓여갈수록 불안감은 점점 더 커졌다.

"넌 정말 영리해 보였는데. 아직도 일일이 설명해야 하다니, 기대했던 것과는 영 다르네."

그녀가 한숨을 쉬듯 낮게 중얼거렸다. 그녀의 말이 떨어지기 무섭게 그녀의 발을 마사지하기 시작했다. 이번엔 어쩐 일인지 불안감을 넘어 죄책감마저 느껴졌다. 나는 다른 어느 때보다 정성을 다해 그녀의 발을 마사지했다.

그녀와 내가 우리라고 한데 묶여 불릴 만한 사이는 아니지만, 우리 두 사람은 어느 한쪽에서든 일방적으로 정리할 수도 있는 불안정한 관계였다. 내가 아무리 아직은 그녀가 정한 룰에서 벗어나고 싶지 않다 해도, 내가 제공하는 열두 시간에 그녀가 만족하지 못한다면 그걸로 우리의 거래는 끝이었다. 처음부터 계약이 그랬다. 지도를 제공받는 대신 애완동물이 되어줄 젊은 남자는 얼마든지 있을 것이다. 그러나 내가 그녀 같은 주인을 다시 만날 가능성은 제로에 가까웠다. 예전의 생활로 돌아갈 자신이 없었다. 나는 이미 쉽고 빠른 길을 알아버렸다.

볼록하게 나잇살이 오르기 시작한 그녀의 허벅지 안쪽에 조심스럽게 입을 맞췄다. 내가 망설이듯 주변만 맴돌자 그녀가 가볍게 혀를 차며 무릎을 접었다. 그 순간을 놓치지 않고 촉촉하게 젖어들기 시작한 그녀의 몸안으로 혀를 살짝 밀어넣었다. 덜 익은 달걀을 삼키는 것보다 끔찍한 기분이었지만 어쩔 수 없었다. 내가 여느 애완동물들과는 다르다는 사실을 분명히 보여줘야만 했다. 그러나 그녀는 몸을 살짝 비틀었을 뿐, 더이상의 반응은 보이지 않았다. 조급해진 나는 한 손으로 이미 탄력을 잃기 시작한 그녀의 엉덩이를 받쳐들었다. 그리고 또하나의 문을 부드럽게 마사지했다. 그제야 그녀의 몸이 서서히 진동하기 시작했다. 나는 옅은 한숨을 토해낸 뒤 더욱더 깊숙이 혀를 밀어넣었다.

"크게 한 방 땡길 자신 없으면 그냥 손 털고 나와라. 사내새끼가 뭐 할 짓이 없어서 늙은 년 기둥서방 노릇을 하고 있냐?"

나를 보자마자 포장마차로 끌고 간 재식이 형은 소주병 뚜껑을 따기가 무섭게 쏘아붙였다.

"너 이 씹새끼!"

나는 멍청한 얼굴로 당근을 우적우적 씹고 있는 정호를 향해 종주먹을 들이댔다.

"이 바닥에서 뒹구는 놈들이 마지막 순간까지 여길 못 벗어나는 이유가 뭔 줄 아냐? 아줌마, 여기 글라스 세 개!"

형은 주인 여자가 잔을 내려놓고 가자 소주를 반쯤 따라 내 앞으로 밀어주며 말을 이었다.

"몸뚱이 하나만 믿고 세상을 날로 처먹으려고 덤비기 때문이야. 더 골때리는 건, 이 새끼들이 이왕지사 날로 처먹겠다고 덤벼들었으면 돈이 되든지 똥이 되든지 끝장을 봐야 하는데, 정작 중요한 한 방 앞에선 지레 겁을 처먹고 우물쭈물한다는 거지. 무슨 소린지 알겠냐? 평생 늙은 년들 밑구멍이나 핥아주며 푼돈 뜯어 처먹고 살 거 아니면 정신 똑바로 차리고 기회를 만들란 말이야. 마냥 젊을 거 같지? 그러다 한 방에 훅 가는 거야, 인마."

재식이 형이 떠드는 동안 주머니에 손을 넣어 오늘 치 지도를 헤아렸다. 여느 때와 다름없이 정확히 스무 장이었다. 생각해보면 실수로라도 한두 장쯤 차이가 날 법도 한데, 그녀가 내놓는 지도는 단 한 번도 더 많거나 적었던 적이 없었다. 하긴, 애완동물 길들이기의 기본이 정해진 시간에 정해진 분량의 사료만 먹이는 것이라는 사실을 그녀 같은 사람이 모를 리 없었다. 나는 재식이 형이 채워준 잔을 들어 단숨에 들이켰다.

"지금 나더러 그 여자 등이라도 치란 거예요? 형이 보기엔 내가 그깟 푼돈이나 뜯어먹으려고 여자한테 엎혀서 꼴값 떠는 거 같아요? 이건 비즈니스예요. 우린 단지 거래를 하고 있는 것뿐이라고요. 그것도 아주 공정하고 합리적인 거래."

나는 양손을 다시 주머니 속에 찔러넣으며 대꾸했다.

"같잖은 새끼, 지랄하고 자빠졌네. 거래는 무슨! 넌 새끼야, 아무리 잘난 척해봐야 아직 골탱이가 불알 옆에 붙은 잔챙이일 뿐이야. 그러니까 자지가 노상 그렇게 굳세게 서 있지."

재식이 형이 빈 잔에 다시 술을 채워주며 비아냥댔다. 오뎅 국물을 들이켜던 정호가 고개를 돌리더니 푹, 웃으며 머금었던 국물을 뱉었다. 나는 이맛살을 찌푸리며 정호 새끼의 뒤통수를 후려쳤다. 정호가 중심을 잃고 나뒹굴었다. 녀석은 일어날 생각도 안 하고 바닥을 뒹굴며 웃어댔다. 재식이 형은 상관하지 않고 예의 그 과장된 성공담에 자신의 멋진 '한 방' 경험담까지 보태 주절주절 늘어놓았다. 이번에는 형의 말을 귀담아듣지 않았다. 나는 그녀를 상대로 사기를 칠 생각이 없었다. 설사 내가 작정하고 사기를 친다 해도 나 같은 놈에게 당할 만큼 어수룩한 여자가 아니었다. 게다가 요즘 같은 불황에 가능성 낮은 도박은 아예 하지 않는 게 수였다. 거위의 배는 함부로 가르는 게 아니다. 차츰 술기운이 올랐다. 혼다를 끌고 나오지 않길 잘했다는 생각이 들었다.

날이 어두워지고 있었다. 재식이 형은 벌겋게 달아오른 얼굴로 가게로 돌아갔고 정호는 슬금슬금 눈치를 살피며 내 뒤를 따라왔다.

"넌 일하러 안 가냐?"

신경질적으로 물었다.

"어, 열시까지만 가면 돼. 너, 넌 안 들어가봐도 돼? 느, 늦은 거 아니야?"

정호가 말까지 더듬으며 주절댔다.

"상관 말고 가서 기름이나 처넣어, 이 씹새야. 그리고 앞으로 또 여기저기 말 옮기고 다니면 확 묻어버리는 수가 있으니까 주둥이 함부로 놀리지 마라. 씨발, 좆도 아닌 새끼가 남의 일에 참견하고 지랄이야."

나는 잠시 녀석을 위아래로 훑어보다가 가래를 끌어모아 뱉었다. 공교롭게도 가래가 녀석의 신발 등에 떨어졌지만 무시하고 돌아서서 성큼성큼 걷기 시작했다. 정호는 화를 내겠지만 곧 제풀에 풀려 어기적대며 내 뒤를 따라올 것이다. 그러고는 나와 보조를 맞춰 나란히 걸어보려 하겠지. 그때쯤 멈춰 서서 녀석의 지저분한 머리통을 적당히 쥐어박아줄 생각이었다. 그러면 녀석은 엄살을 떨며 내게 다시 엉겨붙을 테니까. 오 년 전, 녀석을 처음 만났을 때부터 반복되어온 일이었다. 이제 나는 굳이 돌아보지 않아도 녀석이 지금 어떤 표정을 짓고 있을지, 또 앞으로 어떻게 행동할 것인지 훤히 알 수 있었다. 어느새 거리의 네온도 하나둘 불을 밝히기 시작했다.

정호를 처음 만난 날엔 눈이 아주 많이 내렸다. 날이 어두워질 무렵부턴 강한 바람까지 불었다. 세상을 깡깡 얼려버릴 듯한 강추위가 계속됐지만 추위를 피해 찾아갈 곳이 없었다. 가진 거라고는 납작해진 담뱃갑 속에 든 담배 두 개비와 버스비도 안 될 동전 몇 개가 전부였다. 함께 어울리는 패거리라도 있다면 모를까, 밤사이 나 같은 놈 하나쯤 얼어 죽는다 해도 아무도 모를 것이 뻔했다. 앞이 보이지 않을 정도로 사납게 흩날리는 눈발을 뚫고 공원 화장실로 갔다. 화장실에서 쪽잠을 자는 건 여러모로 쪽팔린 짓이었지만 달리 방법이 없었다. 그날 찾아간 화장실에 나보다 먼저 자리를 잡고 있던 녀석이 정호였다. 녀석은 마지막 칸 바닥에 종이박스를 겹겹이 깔고 있었다. 변두리 체육공원의 좁아터진 공중화장실에 나 같은 놈이 또 기어들어와 있을 거라고는 짐작조차 하지 못했으므로 나는 약간 당황했다. 화장실 문을 빠끔히 열고 내다보던 정호 역시 당황한 기색이 역력했다. 그러나 녀석은 곧 제가 자리잡은 칸의 문을 활짝 열어주며 말했다.

"들어와. 맨바닥에선 못 자."

겨우내, 우리는 좁은 화장실 바닥에 쪼그려앉아 서로를 꼭 끌어안고 밤을 보냈다. 전적으로 서로의 체온에만 의지하고 있었으므로 하나가 깨면 다른 하나도 눈이 떠질 수밖에 없었다. 잠에서 깰 때마다 정호는 턱을 덜덜 떨며 같은 말을 반복했다.

"나, 원래는 방 있었어. 같이 살던 년이 있었는데, 어느 날 집에 들어가보니까 그 씨발년이 홀랑 다 챙겨서 튀어버렸더라고. 좆된 거지 뭐."

처음엔 별다른 대꾸를 하지 않고 녀석의 푸념을 들어줬지만 밤만 되면 같은 말을 반복하자 참을 수 없이 짜증스러워졌다.

"그 씨발년이 도망치지 않았으면 뭐 달라질 건덕지라도 있었냐? 열일곱 살짜리 양아치 새끼가 열다섯 살짜리 걸레년한테 털렸으면 도대체 뭘 얼마나 털렸다고 계속 그렇게 구시렁거리냐고!"

결국 참지 못하고 쏘아붙였다.

"씨발, 왜 소리는 지르고 지랄이야. 그래도 전엔 그넌 껴안고 있었단 말이야. 너 같은 남자 새끼가 아니라."

정호는 웃음인지 울음이지 모를 신음이 섞인 한숨을 토해냈다. 그 모습이 하도 어이가 없어서 나까지 실없는 웃음을 흘렸던 것도 같다.

완전히 어두워지자 거리는 더욱더 휘황해졌다. 나는 정호를 어떻게 다뤄야 하는지 잘 알고 있었다. 녀석의 간이 충분히 오그라들 때까지는 절대 돌아보지 말아야 했다. 자꾸 돌아보며 여지를 주면 자기가 뭘 잘못했는지조차 모를 놈이었다. 한동안 나는 앞만 보고 걸었다. 그런데 어쩐지 다른 때와는 달리 허전한 기분이 들었다. 내 팔에 제 팔을 슬쩍슬쩍 부딪쳐오며 보조를 맞춰야 할 시점이 되었는데도 아무 기척이 없었던 것이다. 걸음을 멈추고 뒤를 돌아봤다. 어지러운 네온사인에 밀려 무겁게 가라앉은 어둠 속에 정호는 없었다.

아홉시가 훨씬 넘어서야 들어갔는데도 그녀는 별다른 말이 없었다. 그때까지 식탁을 치우지 않아 집에서 반찬 냄새가 좀 나는 걸 제외하면 집안의 공기는 평소와 다름없었다. 사전 허락 없이 귀가 시간을 어기지 않는 것은 그녀가 정한 네 번째 룰이었다. 그녀가 정한 룰을 지키기만 한다면 그녀는 더없이 친절한 사람이었다. 그러나 룰을 어길 경우에는 달랐다. 고작 젖은 수건 한 장에도 순식간에 다른 얼굴로 돌변할 정도였다. 그런 그녀가 이런 상황에서 아무런 경고도 없이 평상시와 다름없는 모습을 보인다는 사실이 꺼림칙했다. 배가 고프지 않았지만 그릇 가득 밥을 퍼와 꾸역꾸역 먹었다. 그녀는 맞은편 식탁 의자에 앉아 나를 지켜봤다.

"저녁 했어요? 안 했으면 같이 먹어요."

입안 가득한 밥을 우물대며 말했다. 차려진 상에는 손을 댄 흔적이 없었다. 그녀는 별다른 대꾸 없이 식탁 한쪽에 놓여 있던 담뱃갑을 집어 담배를 한 대 빼 물었다.

"오랜만에 아는 형을 만났는데, 자꾸만 붙잡는 바람에 술 한잔하느라고 늦었어요. 많이 마신 건 아니고요."

나는 계속해서 하지 않아도 될 말을 지껄였다.

"난 말이야, 기르던 애완동물이 거추장스러워진다면 그길로 안락사시켜버리겠어. 세상에 애완동물은 얼마든지 있으니까. 물론 그전까지는 내 선택에 최선을 다하겠지만 불필요한 수고나 갈등을 오래 끌고 가진 않아."

그녀는 마지막으로 길게 연기를 내뿜으며 담배를 비벼 끄곤 방으로 들어갔다. 나는 허겁지겁 남은 밥을 입안에 쓸어 넣은 뒤, 그녀를 따라 방으로 갔다.

"들어오지 마."

그녀가 협탁 서랍에서 수면안대를 꺼내며 말했다.

"아니, 그게 아니라, 불, 꺼줘요?"

나는 어정쩡하게 문지방에 걸쳐 선 채로 띄엄띄엄 물었다.

침대에서 쫓겨난 애완동물은 언제든 집밖으로 내몰릴 수 있었다. 그녀가 나와의 섹스에조차 시큰둥해진 거라면, 이제 내게는 두 가지 가능성만이 남아 있는 셈이었다. 머지않아 이 집에서 쫓겨나거나, 정말로 개나 고양이와 다름없는 존재로 전락하거나.

퇴근을 하는 그녀의 품에 손바닥만한 말티즈 한 마리가 안겨 있었다.

“웬 강아지예요?”

예기치 못한 상황에 당황한 내가 물었지만 그녀는 아무런 대꾸 없이 강아지를 안고 방으로 들어갔다. 벌써 며칠째, 나는 작은방에서 머물고 있었다. 매일 밤 그녀가 불러주기를 기대하며 그녀 주변을 맴돌았지만 그녀는 번번이 혼자서 방으로 들어가버렸다. 물론 그녀는 아침이면 나를 위해 상을 차렸고, 푸른 지도 스무 장도 남겨놓고 출근했다. 퇴근이 늦어지는 날에는 먹음직한 도시락을 사들고 오는 것도 잊지 않았으며 이틀 전 내 생일에는 여섯 개의 다이아몬드가 세팅된 카르티에 브레이슬릿을 선물하기까지 했다. 그녀는 이전까지와 마찬가지로 나를 기르는 데 조금도 소홀하지 않았다. 적어도 표면적으로는 아무런 문제도 없어 보였다. 그러나 그녀는 더 이상 자신의 주위를 맴도는 나를 보며 웃거나 쓰다듬어주지 않았다. 그런 와중에 갑작스레 출현한 또다른 애완동물의 존재는 결코 무시할 수 없는 위협이었다. 마치 해체가 불가능한 시한폭탄을 안고 있는 것처럼 불안했다. 잠시 그녀의 방문 앞을 서성이다 노크했다. 그녀는 아무 대답이 없었고 강아지만 낑낑대며 문을 긁었다. 그녀의 대답을 조금 더 기다리다 문을 열었다. 문이 열리자마자 강아지가 뛰쳐나오는 바람에 약간 놀랐지만 내색하지는 않았다.

"웬 강아지예요?"

나는 방안으로 성큼 들어서며 물었다. 가능하다면 내 목소리가 담담하게 들리길 바랐다. 그녀는 클렌징크림을 잔뜩 바른 얼굴로 나를 돌아봤다.

"거기 서!"

그녀가 짧고 강하게 소리쳤다. 나는 우뚝 멈춰 서서 그녀를 쳐다봤다.

"들어와도 좋다고 허락한 적 없어. 주제넘게 굴지 마."

그녀가 신경질적으로 티슈를 뽑아 얼굴을 닦아냈다. 도대체 언제 사들였는지, 침실 발코니엔 강아지 집이며 사료 그릇, 심지어 배변판까지 깔끔하게 정리돼 있었다. 입술이 바짝 마르다못해 쩍쩍 갈라지는 것만 같았다. 차라리 사납게 으르렁대볼까. 아주 잠깐 생각했지만 용기가 나지 않았다.

샤워를 마친 그녀가 소파 깊숙이 몸을 묻고 텔레비전을 켰다. 나는 그녀가 텔레비전을 켜자마자 쫓아가 그녀의 발치에 앉았다. 채널을 한군데 고정하지 못하고 이리저리 틀어대는 그녀가 삼십 분 이상 끈기 있게 보는 프로그램은 동물 관련 다큐멘터리뿐이었다. 특히 야생동물들의 사냥 습성에 대한 방송은 끝까지 꽤 집중해서 시청하곤 했다. 오늘도 그녀는 어두운 밤 임팔라의 목덜미를 물고 늘어지는 표범의 모습을 지켜보고 있었다. 여느 때와 다른 것은 그녀의 품안에 턱없이 순진한 얼굴을 한 작은 강아지 한 마리가 안겨 있다는 점뿐이었다. 쉴새없이 거실을 뱅뱅 돌던 말티즈는 그녀가 소파에 앉자마자 그녀의 다리에 매달리며 폴짝폴짝 뛰었다. 그녀는 옅은 미소를 띤 채 녀석을 가볍게 안아 소중히 품었다. 나는 단 한 번도 그녀에게 녀석처럼 치댄 적이 없었다. 그런데 솜뭉치처럼 북슬북슬한 개새끼는 아무런 갈등도 없이 내가 하지 못했던 일들을 하고 있는 것이었다. 아주 사소한 부분에서조차 허락 없이 행동하는 걸 못 견뎌하던 그녀가 버르장머리 없는 개새끼에게 아무런 제재도 가하지 않는다는 사실이 믿기지 않았다.

"짐승은 야생에 있을 때 가장 아름다워. 일단 길들여지기 시작하면 나약해지는데, 나약한 것들은 도무지 아름답지가 않아. 물론 그럼에도 사람을 홀리는 부분이 있긴 하지. 나약해질 대로 나약해진 늑대의 후손은 아름답진 않지만 사랑스러우니까. 그것도 다 한때뿐이겠지만 말이야. 모든 문제는 인간들이 사육의 방법을 터득하게 되면서부터 시작됐어. 사육당하게 된 짐승들뿐만이 아니라 사육하게 된 인간 자신도 야생의 습성을 잃어버렸거든. 사냥을 할 수 없게 된 인간의 선택지도 결국엔 두 가지 뿐이야. 사육하거나 사육당하거나. 하지만 어느 쪽도 완벽한 만족을 주지는 않아. 딜레마지. 그걸 깨닫는 데 십 년이나 걸렸다니, 다시 생각해봐도 참 한심한 일이야."

그녀는 말티즈의 조그만 머리통을 쓰다듬으며 말했다.

"그러면, 그 강아지는, 어떤 의미예요?"

어이없게도 눈물이 왈칵 솟을 것만 같아 말마디마다 지나치게 힘을 줘야 했다.

"글쎄. 혹시 또 아니? 강아지 쪽이 훨씬 나을지."

그녀는 대수롭지 않다는 듯 말했다. 그녀의 말에 온몸의 기운이 모두 빠져나가는 것 같았다.

"배고파요. 나 아직 저녁도 먹지 못했어요."

나는 그녀와 말티즈를 번갈아 흘끔대며 마치 투정을 부리듯 말했다. 그녀는 아무런 대꾸도 하지 않고 다시 텔레비전 화면으로 시선을 옮겼다. 문득 극심한 한기가 느껴졌다. 마치 오 년 전처럼 공중화장실 바닥에 내팽개쳐진 기분이었다. 종이박스를 아무리 두텁게 깔아도 타일 바닥을 뚫고 올라오는 냉기는 뼛속까지 파고들었다.

며칠 전 온다간다 말도 없이 사라진 정호를 아직 찾아가지 않았다. 미련한 녀석이 쓸데없이 고집만 세서 계집애처럼 토라질 때마다 달래주다가는 끝이 없기 때문이었다. 서서히 속력을 내자 혼다의 섹시한 블랙 바디가 붕 떠올랐다. 주변의 소음마저 잦아들자 아득하면서도 달콤한 바람이 머릿속으로 스며들었다. 내 몸도 덩달아 떠오르기 시작했다. 온몸의 세포가 한꺼번에 곤두서기라도 한 것처럼 저릿저릿 아찔해졌다. 나는 바람 속에 녹아드는 정신을 가까스로 가다듬으며 바이크의 속도를 줄였다. 바이크에 모든 것을 맡긴 채 속도를 즐기는 건 어리석은 짓이다. 그런 겉멋은 돌아갈 곳이 있는 놈들이나 부릴 수 있는 것이다. 사지가 너덜너덜하게 찢기고 머리통이 박살나 아스팔트 위를 뒹굴더라도 거둬줄 가족이 있는 놈들 말이다. 내게 혼다는 자존심이었다. 하지만 돌아갈 곳도 머물 곳도 없는 나 같은 인간이 자존심에 모든 걸 거는 것은 무모한 짓이다.

정호는 벽을 향해 한껏 웅크린 모습으로 잠들어 있었다. 녀석은 언제나 몸을 잔뜩 웅크린 채 잠들곤 했다. 나 역시 몸을 활짝 펴고 잠을 자본 적이 없긴 마찬가지였다. 문득, 녀석의 그런 모습이 안쓰럽게 느껴졌다.

"얌마, 일어나봐. 야!"

정호는 아무런 기척이 없었다.

"야, 쌩까냐?"

나는 여전히 꼼짝도 하지 않는 정호를 발로 툭툭 건드렸다. 그제야 일어나 앉은 정호가 굳은 얼굴로 나를 노려봤다.

"여긴 뭐하러 왔냐? 좆만한 새끼가 좆 처물고 뒈졌나 확인하러 왔냐?"

정호는 꽁초가 수북한 깡통에 가래를 뱉어내며 쏘아붙였다.

"아, 씨발, 졸라 소심한 새끼. 네가 계집애냐? 걸핏하면 삐치게."

눈에 잔뜩 힘을 주고 있는 정호의 뒤통수를 툭 치며 웃었다. 정호는 얼굴을 일그러뜨리며 나를 노려봤다.

"이 씹새끼가! 네가 그렇게 꼬나보면 어쩔 건데? 야, 그만하고 일어나. 나가서 한잔 빨자. 고기 사줄 테니까 일어나라고, 인마."

씩씩대는 정호를 억지로 일으켜세웠다. 정호는 한동안 일어나지 않겠다고 버텼지만 곧 못 이기는 척 일어나 나를 따라 나왔다.

정호가 좁고 구불구불한 골목과 가파른 계단이 끝없이 이어지고 있는 길 위에 문득 멈춰 서더니 긴 한숨을 내쉬었다.

"갑자기 웬 한숨?"

서너 걸음 앞서 걷던 나도 걸음을 멈추고 물었다.

"그때…… 그 겨울에 말이야."

정호가 멍한 눈으로 멀리 계단 끝쯤을 내려다보며 중얼댔다. 녀석이 지난 이야기를 꺼낸 것은 처음이었다.

"너 그거 아냐? 그때 이후로 넌 나한테 집이나 마찬가지였어. 어디 나갔다 들어올 때도 집에 가야지 하고 생각하는 대신 너한테 가야지 했으니까. 정말로 언제나 너한테 돌아간다고 생각했어. 다른 건 몰라도 너, 그건 꼭 알아야 돼, 새끼야."

말을 마친 정호가 다시 걷기 시작했다. 나는 뚜벅뚜벅 앞서 걷는 정호의 뒷모습을 넋 놓고 바라봤다. 녀석이 계단을 한참 내려가서 모퉁이를 돌 무렵에야 겨우 정신을 차릴 수 있었다.

"얌마, 같이 가! 새끼, 저거 오늘 왜 저러지? 야, 너 혹시 약 빨았냐?"

나는 잽싸게 뛰어가 한 팔로 정호의 목을 감고 녀석의 머리통을 쥐어박았다. 정호도 조금 전의 모습을 떨쳐내려는 듯 평소처럼 낄낄대며 내게 덤벼들었다. 그러나 우리 두 사람 다 평소와 똑같을 수는 없었다. 남루한 진실을 깊숙한 곳에 숨겨두고 있는 것과 꺼내 펼치는 것은 엄연히 달랐으니까. 우리는 어색하게 엉긴 채로 끝도 없이 이어질 것만 같은 가파른 계단을 내려왔다. 가게 앞에 세워둔 혼다를 보자 정호의 눈이 다시 빛나기 시작했다.

"새꺄, 넘보지 말라고 했지?"

한결 안심이 돼 녀석의 엉덩이를 걷어차준 뒤 바이크에 올라탔다. 녀석은 노랗다못해 하얗게 탈색된 머리통을 긁적이며 뒷자리에 올라탔다.

그동안 서너 번쯤 귀가 시간을 어긴 적은 있었지만 취하도록 술을 마시고 그녀의 집으로 돌아오기는 처음이었다. 나는 현관 도어록의 비밀번호를 누르다 말고 연거푸 벨을 눌러댔다. 요란한 벨소리에 쓸모없는 솜뭉치, 말티즈가 짖기 시작했다. 한참 후에야 문을 열어준 그녀의 얼굴이 일그러져 있었다. 멍청한 개새끼는 아예 펄쩍펄쩍 뛰며 내 다리에 제 몸을 비벼댔다. 짜증이 치밀어올랐지만 나는 개새끼를 향해서까지 헤벌쭉 웃어줬다.

"이젠 아주 제멋대로구나. 아무래도 내가 널 너무 오래 봐주는 것 같다. 과분한 환경에 익숙해지면 처지를 잊기 십상인데."

그녀는 차분하고도 정확한 어조로 말했다.

"미안해요, 정말 미안해요. 내가 일부러 그런 게 아니라, 친한 친구가 있는데, 정호라고, 그 새끼, 날 제집이라고 생각하는 놈인데 말이죠……"

나는 일부러 몸을 더욱 비칠거리며 주절댔다.

"냄새나니까 샤워하고 자."

그녀는 더이상 얘기하고 싶지 않다는 듯 짧게 혀까지 찬 뒤 말티즈를 안고 방으로 들어가버렸다. 나는 환하게 불을 밝힌 집안을 휘둘러봤다. 멍멍, 혹은 야옹야옹. 문득, 쓸데없이 이말 저말 주워섬길 것이 아니라 차라리 그렇게 짖어야 했다는 생각이 들었다. 아니면 야생의 늑대처럼 사납게 으르렁댔거나. 나는 거실 바닥에 벌렁 누워 목청껏 소리쳤다. 멍멍, 야옹야옹, 으르렁, 멍멍, 야옹야옹, 으르렁…… 답답하던 가슴이 얼마간은 시원해지는 것 같았다. 그러나 이내 휑해진 가슴속으로 축축한 물기가 스며들었다. 나는 온몸의 기운이 완전히 빠질 때까지 거실 바닥을 네발로 기며 버둥댔다. 그녀의 침대 한 귀퉁이를 차지함으로써 순식간에 나보다 우위에 선 솜뭉치 놈도 덩달아 아우성이었다.

몸이 으슬으슬 떨렸다. 할 수 있는 한 몸을 웅크렸지만 소용없었다. 눈을 떴을 땐, 여전히 거실 바닥이었고 허연 솜뭉치가 옆구리에 찰싹 달라붙어 있었다. 녀석은 내가 움직일 때마다 꿈틀대며 자꾸만 내 품을 파고들었다. 짜증스러웠지만 녀석을 밀어내지는 않았다. 한동안 그대로 누워 솜뭉치를 쳐다봤다. 녀석은 슬쩍 눈을 뜨고 나를 흘끔대다가 다시 고개를 묻어버렸다.

"망할 놈의 개새끼."

녀석마저 나를 무시하는 것 같아 짜증스러워졌다. 천천히 일어나 부엌으로 갔다. 식탁에는 서니 사이드 업과 오렌지 주스 한 잔, 아무것도 바르지 않은 토스트가 차려져 있었다. 평소와 똑같았다. 달걀이 담긴 접시를 들어 후루룩 삼켰다. 구역질이 치밀어올랐지만 꾹 참았다. 온기 없는 토스트를 집어 들었다. 혼란은 잠시뿐일 거라고 되뇌며 푸석푸석한 토스트를 씹기 시작했다.

아침밥을 다 먹은 뒤 서둘러 샤워를 하고 옷을 챙겨 입었다. 어젯밤 술집 근처에 세워두고 온 혼다가 걱정스러웠다.

"너는 내 집이고, 너는 내 가족이야. 너는 내 집이고, 너는 내 가족이야. 너는 내 집이고……"

불확실한 발음으로 끝도 없이 같은 말만 반복하던 정호 자식도 걱정됐다. 탁자 위에 어김없이 놓여 있는 지도를 챙겨들고 집을 나섰다. 솜뭉치 녀석이 집이 떠나가라 짖어댔지만 신경쓰지 않았다.

길고 구불구불한 골목을 천천히 내려왔다. 아무것도 없었다. 술집 건너편 주차장에 있어야 할 혼다도, 냄새나는 방구석에서 잠에 곯아떨어져 있어야 할 정호도, 녀석의 너저분한 옷가지도, 모두 감쪽같이 사라져버렸다. 가게 앞을 지나칠 땐, 가겟방 주인 영감이 알은체를 했지만 대꾸하지 않았다. 주머니에 손을 넣어 빳빳한 지도를 만지작대며 헤아려봤다. 택시비를 뺀 열여덟 장. 다시 확인해봐도 정확했다.

녀석에게 말을 하지는 않았지만, 내게도 정호는 집과 같은 존재였다. 그것도, 그냥 집이 아니라 가족이 있는 집, 바로 홈(home)이었다. 그러나 녀석은 집을 버리고 떠났고, 나는 또다시 홈을 잃었다. 정호는 언제부터 집을 버릴 생각을 하기 시작했을까. 나의 혼다를 처음 본 순간부터였을까. 아니면 제대로 된 한 방을 날리지 못하면 평생 이 바닥을 뜰 수 없을 거라던 재식이 형의 말을 듣던 순간부터였을까. 그것도 아니면 처음으로 남루하기만 한 진실을 꺼내 펼쳐 든 순간이었을까.

내가 그녀의 제안을 받아들여 냄새나는 자취방을 빠져나오던 날, 정호는 눈물에 콧물까지 질질 흘려가며 나를 붙잡았다. 녀석은 아마도 자신의 집이 흔들리는 것이 두려웠을 것이다. 그러나 나는 지저분한 쪽방에서 쾌적하고 너른 그녀의 집으로 옮겨온 뒤에도 홈을 떠나온 것이라고는 생각하지 않았다. 그녀의 집을 홈이라고 여긴 적도 없었다. 아마도 나는 정호가 언제까지고 나를 기다리고 있을 거라고 믿었던 것 같다. 나 없이는 그 알량한 삐끼질도 못해먹는 녀석이 이렇게 갑자기 사라져버릴 거라고는 꿈에도 생각하지 못했다. 그런데 녀석이 사라져버렸다. 그것도 나의 자존심 혼다와 함께. 재식이 형이 그토록 강조하던 '한 방'을, 녀석은 제집을 향해 날린 것이다.

자정이 가까워오는 시간이었지만 그녀는 아직 돌아오지 않고 있었다. 솜뭉치 녀석은 졸다 깨기를 반복하며 현관 앞을 서성댔다. 빈 그릇에 사료를 채워줬지만 먹지 않았다. 애견용 육포를 던져줘도 킁킁대며 냄새만 맡을 뿐이었다. 녀석이 그새 그녀의 성향을 파악했을지도 모른다는 생각이 들었다. 주인도 몰라보는 개새끼라고 무시해왔는데, 내가 생각했던 것보다 똑똑한 녀석인지도 몰랐다. 녀석을 끌어다가 사료 그릇에 억지로 대가리를 처박았다.

"처먹어, 이 개새끼야. 밥도 안 처먹고 기다린다고 누가 장하달까봐? 처먹어. 처먹으라니까!"

주먹만한 머리에 있는 대로 힘을 주고 버티던 녀석이 으르렁대기 시작했다. 나는 녀석을 덥석 집어들었다. 녀석이 버둥대며 낑낑거렸다. 녀석을 들고 발코니로 나갔다. 저만치 검은 아스팔트를 질주하는 자동차들이 보였다. 나는 잠잠해진 솜뭉치를 발코니 창 너머로 천천히 내밀었다.

멀리서 한 무리의 바이크 부대가 무서운 속도로 질주해오고 있었다. 정호 자식은 언제나 마후라를 개조하고 질주하는 폭주족들의 모습을 동경 어린 눈으로 바라보곤 했다. 정말이지 취향마저도 싸구려인 놈이었다. 어찌 됐든 이제 혼다의 주인은 정호였다. CBR1000RR를 타고 있는 이상 누구도 녀석을 쉽게 무시하지는 못할 것이다. 어쩌면 녀석도 그런 사실만이 중요했는지도 모른다. 이제 녀석은 혼다를 타고 지금까지와는 전혀 다른 길을 달리게 될 것이다. 그러나 녀석이 길의 끝에서 무엇과 조우하게 될지는 보나마나 뻔했다. 최악의 경우, 어쩌면 길의 끝에 다다르기도 전에 바이크에서 튕겨져 무른 토마토처럼 터져버릴지도 모를 일이었다. 정호는 언제나 조심성이 없는 편이었으니까. 녀석은 우리 같은 인간들이 마지막까지 살아남기 위해선 스스로를 얼마나 조심스레 다뤄야 하는지 전혀 모르는 놈이었다. 문득, 손아귀에서 미세한 떨림이 느껴졌다. 턱없이 말간 눈동자를 가진 솜뭉치의 눈이 촉촉하게 젖어 있었다.

"이젠 돌이킬 수 없어. 어차피 너나 나나 이런 개같은 상황에서 발을 뺄 처지도 못 되잖아. 우리 같은 놈들은 길들여지면 끝인 거야. 알아들어?”

고개를 들어 끝없이 이어지고 있는 검은 아스팔트를 바라봤다. 순간, 빠른 속도로 내 시야를 통과해가던 바이크 무리 중 한 대의 바이크가 요란스러운 굉음과 함께 미끄러지기 시작했다. 시커먼 아스팔트 위로 날카로운 불꽃이 일었다. 뜨거운 솜뭉치 하나가 불꽃 속으로 추락했다. 아주 짧은 순간이었지만 불꽃은 충분히 아름다웠다.

나는 솜뭉치 녀석이 그랬던 것처럼 현관 앞을 서성였다. 그녀는 여전히 돌아오지 않고 있었다. 벌써 두시가 넘은 시간이었다. 그녀가 처음 나를 찾았을 때도 자정이 훨씬 넘은 시간이었다. 내가 그녀의 집에 머무는 동안에 그녀는 자정을 넘겨 귀가한 적이 없었다. 어쩌면 그녀는 다시 사냥을 시작한 것인지도 모른다. 사냥에 성공한다면 그녀는 새로운 애완동물을 사육하게 될 것이다. 그럼 나는 어떻게 되는 걸까. 문득, 기르다 거추장스러워진 애완동물은 갈등 없이 안락사시켜버리겠다던 그녀의 말이 떠올랐다. 점점 더 복잡하게 얽혀드는 생각들을 애써 떨쳐내며 욕실로 갔다. 한기가 든 것처럼 온몸이 으슬으슬했지만 일부러 차가운 물로 샤워를 했다. 안개가 낀 듯 뿌옇기만 하던 시야가 비로소 또렷해졌다.

샤워를 마친 뒤에는 변기와 세면대에 튄 물기를 말끔히 닦았다. 욕조에 떨어진 머리카락도 빠짐없이 집어냈다. 칫솔모가 벌어지기 시작한 칫솔은 살균기에 꽂는 대신 휴지통에 버렸다. 새 칫솔은, 필요하다면, 그녀가 다시 준비해줄 것이다. 젖은 수건을 챙겨들고 욕실을 나서기 직전, 혹시라도 잊은 것이 없는지 다시 한번 찬찬히 돌아봤다. 모든 것이 완벽했다. 야생동물이 사육자에게 길들여지듯 나 역시 이미 그녀에게 길들여졌다. 그 때문에 홈을 잃었지만, 그것은 그녀의 탓이 아니다. 그녀는 그저 제안을 했을 뿐, 선택은 어디까지나 내 몫이었다. 내일 아침에 일어나 살균기를 보면 그녀가 계속해서 나의 집이 되어줄지, 아니면 새로운 집을 찾아 이곳을 떠나야 할지 알 수 있게 되겠지. 이번에도 역시 마지막 선택은 내 몫일 테니 어느 쪽이라도 상관은 없다. 길의 끝에서 다시 홈을 만나기 전까지, 나는 그냥 내 앞에 펼쳐진 길을 전속력으로 달리기만 하면 된다.

어떤 이별

"거짓말!"

맞은편에 앉아 있던 K가 벌떡 일어나며 소리쳤다. 제 순서가 아니면 좀처럼 입을 열지 않던 여자였다.

"거짓말 좀 그만해요. 더는 못 들어주겠으니까."

K가 천천히 내 쪽으로 다가왔다. 벌겋게 충혈된 K의 눈에서 퍼런 불꽃이 일었다. 그녀의 눈꺼풀이 파르르 떨렸다. 남편의 마지막 순간에 대해 담담하게 이야기하던 때와는 전혀 다른 모습이었다. 우리를 지켜보던 사람들이 웅성거리기 시작했다. 그녀가 꺼칠한 아랫입술을 지그시 깨물었다. 아무 대꾸도 할 수 없었다. 지금껏 내게 그녀처럼 말하는 사람은 없었다. 사람들은 하나같이 힘든 결정을 내린 나를 위로하거나 격려

했으며 더러는 칭송했다. 눈과 귀가 뜨거워지고 가슴이 두근거렸다. 숨이 막혀왔다. 가슴께를 꾹 누르며 버텨보려 했지만 끝내 주저앉고 말았다. 숨을 헐떡이다 힘겹게 고개를 들었다. K는 여전히 나를 노려보고 있었다. 그녀의 날 선 시선이 가슴을 후벼팠다. 비명이 터져나올 것만 같아 다급히 입을 틀어막았다.

K의 말이 맞다. 나는 아직도 매일 밤 놈의 목덜미를 물어뜯고 가슴팍을 파헤치는 꿈을 꾼다. 놈의 몸뚱이에서 뿜어져 나오는 피로 온몸을 흠뻑 적신 후에야 꿈에서 놓여날 수 있었다. 잠에서 깨도 악몽은 계속됐다. 가슴이 터질 듯 조여들었고 뜨거운 불덩이를 삼킨 것처럼 목구멍이 타들어갔다. 어찌할 바를 모르고 몸을 뒤척이다 결국 날이 밝아오도록 숨죽여 흐느꼈다. 옆에 누운 남편은 그런 기척을 눈치채고도 더 이상 나를 달래주지 않았다. 달래주기는커녕, 울음이 길어지는 날엔 혀까지 차며 벌떡 일어나 방을 나가기도 했다. 사실은 단 한 순간도 제대로 용서해본 적이 없었다. 용서라니, 가당치도 않은 말이었다. 꿈이 아니라 현실에서 놈의 거대한 몸뚱이를 갈기갈기 찢어발긴다 해도 조금도 시원해질 것 같지가 않은데 어떻게 용서할 수 있단 말인가. 그럼에도 난 틈만 나면 용서를 이야기했다. 자격이 없기는 놈이나 나나 마찬가지일 텐데도 할 수만 있다면 그만 놓여나고 싶었다.

이삿짐센터 직원들은 약속했던 시간보다 한 시간 가량 늦게 도착했다. 나는 별다른 항의를 하지 않았다. 그들 역시 미안해하는 기색은 없었다. 대신 도착과 동시에 일사불란하게 움직였고 좁은 집안을 가득 채우고 있던 짐들을 순식간에 빼냈다. 가구가 놓여 있던 자리엔 먼지가 수북했다. 텅 빈 방바닥을 뒹구는 먼지 덩어리를 하나 집어 손가락으로 비볐다. 매일 쓸고 닦으며 윤을 내는 일상에도 속속들이 먼지가 쌓일 수 있다는 걸 왜 몰랐을까. 또르르 말린 먼지를 털어내자 손가락에 거뭇한 얼룩이 남았다. 셔츠자락에 손가락을 문질러 닦았지만 얼룩은 잘 지워지지 않았다.

"수족관은 어떻게 할까요? 깨졌던데, 재활용품 수거장에 내다놓을까요?"

이삿짐을 나르던 남자들 중 하나가 물었다. 반쯤 벗어진 이마가 땀에 젖어 번들거렸다. 남자는 목장갑을 낀 손등으로 땀이 흐르는 이마와 볼을 연신 훔쳐냈다.

"알아서 하세요."

남자가 눈을 가늘게 뜨고 날 훑어봤다. 나는 남자의 시선을 피하지 않았다. 남자가 미간을 찌푸리며 돌아섰다. 남자의 검은 셔츠엔 소금꽃이 그득했다.

"다시, 여름이네……"

나지막하게 중얼대자 비로소 초여름의 뜨거운 열기가 느껴졌다. 더운 줄도 추운 줄도 모르고 견뎌온 시간이었다. 그사이 수족관이 깨졌고 그 안에서 평화롭게 유영하던 주황이와 노랑이, 파랑이는 물 빠진 수족관 바닥에서 빠르게 썩어갔다. 수족관을 깬 것은 남편이었다. 나는 그의 비정함이 그것들을 죽였다고 믿었다. 하지만 남편은 그것들을 죽인 건 바로 나라고 말했다. 현실에 발 디디려 하지 않는 내가 모든 걸 망쳐놓았다고. 집안에 악취가 진동했지만 남편도 나도 그것들을 치우지 않았다. 매일매일 지나간 죽음과 직면하는 끔찍한 경험을 하면서도 우린 둘 다 고집스럽게 버텼다. 돌이켜보면 어리석은 짓이었다. 방 한구석에 세워뒀던 캐리어를 끌고 거실로 나갔다. 이삿짐센터 직원 둘이 수족관을 해체하고 있었다. 그 모습을 물끄러미 바라보는데 전화벨이 울렸다. 계약을 마무리하러 간 남편이었다.

"나야. 이쪽은 다 됐어. 거긴, 끝났어?"

"거의. 그럼 이제 난 가도 되나?"

"……"

한동안 침묵이 이어졌다. 전화기 너머의 고른 숨소리에 귀를 기울였다. 긴 침묵 끝에 그가 짧은 한숨을 내쉬었다.

"돈은 바로 입금할게. 잘 지내. 또 연락할게."

또 연락하겠다는 그의 말은, 아마도, 거짓말일 것이다.

"……"

나 역시 거짓말이라도 해주고 싶었지만 끝내 아무 대답도 하지 못하고 전화를 끊었다. 결국 이렇게 되고 말 일인 걸 너무 오래 끌었다는 생각이 들었다.

이삿짐 차가 떠나는 모습을 지켜보며 멀거니 서 있었다. 이제 구석구석 손때가 묻은 짐들은 어둡고 찬 컨테이너 박스에 부려질 것이다. 그것들과 함께 우리 가족의 짧은 역사도 그 안에 갇히고 말겠지. 문득, 두려움과 혼란으로 흔들리던 아이의 검은 눈동자가 떠올라 두 눈을 질끈 감았다. 뜨거운 열기 속에 갇혀버린 기분이었다. 천천히 눈을 뜨자 재활용품 수거장 한구석에 놓인 수족관이 시야에 들어왔다. 어쩌면 우리의 마지막은 수족관이 깨지던 바로 그 순간이 아니었을까. 주황이와 노랑이, 파랑이가 물 빠진 수족관 바닥에서 선홍빛 아가미를 들썩이며 죽어가던 바로 그 순간, 위태롭게 이어오던 우리 부부의 마지막 숨도 끊어졌다. 처음부터 그 사실을 순순히 인정했더라면 남편도 나도 덜 상처받았을지도 모른다. 옅은 한숨이 새어나왔다. 이혼을 결심한 뒤 내가 가장 먼저 한 일은 J시로 가는 차편을 알아보는 것이었다. 집 근처 시외버스정류소에서 두 시간 반에 한 대씩 J시로 가는 버스가 섰다. 주행시간도 세 시간 남짓밖에 되지 않았다. 나는 J시가 생각했던 것보다 가깝다는 사실에 조금 놀랐다. 주머니에서 휴대전화를 꺼내 시간을 확인했다. 버스 도착 시간까지는 삼십 분도 남지 않았다. 캐리어를 끌고 서둘러 걸음을 옮기기 시작했다.

그날 이후 나는 더이상 치료모임에 나가지 않았다. 치료모

임만이 아니라 집 밖으로는 아예 나가지 않았다. 스스로를 집안에 가두고 누구와도 이야기 나누지 않았다. 남편은 아예 입을 닫아버린 내게 이혼을 요구했다. 그동안 수도 없이 싸웠지만 그가 먼저 이혼을 입에 올린 건 그때가 처음이었다. 나는 끝끝내 입을 열지 않았고 남편은 간단한 옷가지만 챙겨 집을 나가버렸다. 더는 나빠질 것도 없어 보였다. 나는 늪과도 같은 침묵 속으로 점점 더 깊이 가라앉았다.

K가 집까지 찾아온 것은 의외였다. 질기게 울리는 초인종 소리에 하는 수 없이 현관문을 열자 그녀가 서 있었다.

"전화를 받지 않아서요. 들어가도 될까요?"

내가 문손잡이를 잡은 채 멍하니 서 있자 그녀가 먼저 입을 뗐다. 나는 그제야 잡고 있던 손잡이를 놓았다. 그녀는 집 안으로 성큼성큼 들어섰다. 그러곤 소파에 앉자마자 차가운 물을 청했다. 물을 내준 뒤 그녀와 마주앉았다. 물 한 컵을 단숨에 들이켠 그녀가 왜 모임에 나오지 않느냐고 물었다. 나는 아무 대답도 하지 않고 그녀의 무릎께에 시선을 고정했다.

"보니까 아예 외출을 안 하는 모양인데, 무슨 일 있었어요?"

한동안 말이 없던 K가 집안을 휘둘러보며 물었다. 대답은 하지 않고 그녀를 따라 집안을 둘러봤다. 깨진 수족관, 설거지거리가 쌓인 싱크대, 아무렇게나 널려 있는 옷가지들까지, 집안 꼴은 내가 의식하고 있던 것보다 훨씬 더 엉망이었다.

나도 모르게 목덜미가 움츠러들었다. 잠시 내 모습을 물끄러미 바라보던 K가 다시 입을 열었다.

"난 남편의 죽음을 목격했어요. 처참했죠. 모임에서 이미 여러 번 했던 얘기니까 그건 당신도 알고 있을 거예요. 그런데 누구에게도 말하지 못한 부분이 있어요. 오늘 내가 찾아온 건, 당신에게 그 얘길 해주고 싶어서예요."

K의 목소리는 늘 그랬듯 낮고 담담했다. 대답할 말을 찾지 못한 나는 그녀의 눈치를 흘끔 살핀 뒤 얼른 다시 고개를 숙였다.

"말했듯이, 눈앞에서 남편이 그토록 처참하게 죽어가는 걸 뻔히 보면서도, 난 아무것도 하지 않았어요. 그냥 놈이 시키는 대로 납작 엎드려서 남편이 죽어가는 모습을 보고만 있었죠. 두려웠거든요. 어쩔 수 없는 일이었다고, 세상도 나도 그렇게 믿어버렸죠. 그런데 시간이 흐르면서 알게 됐어요. 그 두려움이 사실은 살아남고 싶다는 욕망에서 비롯되었다는 걸요. 난 그렇게 살아남았어요. 남편은 죽고, 난 살아남았죠."

K가 빈 컵을 만지작거렸다. 나는 천천히 시선을 옮겨 그녀의 얼굴을 바라보았다. 내리깐 그녀의 눈꺼풀이 파르르 떨렸다.

"범인은 오래지 않아 잡혔어요. 열일곱 살밖에 안 된 소년이었죠. 아주 평범해 보이는 아이였어요. 어디서나 쉽게 볼 수 있는, 그냥 앳된 소년에 불과했죠. 게다가 남편과 놈은 어떤 이해관계도 없었어요. 어이가 없었죠. 어떻게 그럴 수가 있었을까요? 너무 기가 차니까 화도 나지 않더군요. 도대체 누구에게 화를 내야 할지 모르겠더라고요…… 놈의 모습을 확인하던 날 처음으로 자살을 시도했어요. 그리고 이후 삼 년 동안, 네 번 더 자살을 시도했죠. 남편의 마지막 모습이 머릿속에서 지워지질 않았어요. 아무리 잊으려 해도 소용이 없었어요. 용서하고 싶어요? 나도 그러고 싶었어요. 차라리 용서해라, 그리고 다 잊어버려라, 그래야 네가 산다. 모두들 그렇게 말했으니까요…… 나도 처음엔 그 말이 맞는 줄 알았어요. 어떻게든 잊으려고, 용서하려고, 안간힘을 썼죠. 그런데 말이에요, 다섯번째 자살 시도가 실패로 돌아간 뒤 깨달았어요. 나는 절대로 그 순간을 잊을 수 없을 거라는 걸요. 그리고 놈은 물론 나 자신도, 결코 용서할 수 없을 거라는 것도요. 그걸 인정하고 나자 비로소 죽지 않고 살아갈 수 있을 것 같았어요. 끊임없이 기억하고, 증오하고, 자책하며, 하지만 아주 질기게, 아마도 난 그렇게 살아가겠죠. 그래요. 그렇게라도 난 살아갈 거예요. 살고 싶었으니까. 어떻게든 살아남고 싶었으니까……"

중간중간 숨을 몰아쉬며 힘겹게 말을 마친 K가 들고 있던 컵을 테이블 위에 내려놓았다. 그리고 나와 시선을 맞췄다. 갑자기 손가락이 저릿했다. 나는 서둘러 시선을 피하며 손가락을 꾹꾹 주물렀다. 차고 건조하던 손바닥에서 식은땀이 배어났다. 무슨 말이든 해야 할 것 같았지만 어색하고 무거운 침묵에 짓눌려 차마 입이 떨어지지 않았다.

"차라리 복수를 하지 그래요. 지구 반대편까지 날아가야 할 만큼 어려운 일도 아닐 텐데."

이번에도 침묵을 가른 것은 그녀였다. 그녀가 덤덤하게 내뱉은 복수라는 말에 가슴이 내려앉았다. 그날 내가 끝까지 입을 열지 않았는지 어쨌는지는 기억나지 않는다.

비슷한 모양의 대문과 야트막한 담장이 끝도 없이 이어지는 골목은 좁고 지저분했다. 미로처럼 얽힌 골목을 한참 동안 돌고 돌아 빠져나오자 이차선 도로가 나타났다. 도로 건너편엔 버스정류장이 보였고 정류장 뒤쪽으로 낡은 상가건물이 덩그러니 서 있었다. J시에 도착한 첫날, 나는 저 건물 3층에 있는 여관에 방을 잡았다. 세월의 때가 덕지덕지 묻은 이단짜리 서랍장과 이불 한 채가 전부인 좁은 방에선 구리텁텁한 냄새가 진동했지만 아무래도 상관없었다. 방 한구석에 캐리어와 가방을 부려놓자마자 이불을 펴고 누웠다. 그날, 나는 삼 년 만에 처음으로 아주 깊은 잠에 빠져들 수 있었다. 여느 때와는 달리 악몽에 시달리지 않았고 중간에 깨는 일도 없었다. 다음날 아침엔 건물 1층의 식당으로 내려가 해장국 한 그릇을 남김없이 먹어치웠다. 그리고 곧장 골목을 걷기 시작했다. 그날부터 오늘까지, 단 하루도 빠짐없이 골목을 걸었다.

골목을 걷는 동안 잊어야 할 것들과 기억해야 할 것들에 대해 생각했다. 마치 수행이라도 하듯 온종일 걷고 또 걸었다. 그러다가 군데군데 녹이 슨 붉은 대문 앞에 이르면 걸음을 멈췄다. 그리고 아이의 검은 눈동자를 떠올렸다. 마지막 순간까지 잊지 말아야 할 것이 있다면 그것은 바로 아이의 눈동자일 터였다.

이차선 도로 앞에서 잠시 서성이다 또다시 골목 안으로 걸어들어갔다. 좁은 골목 안엔 한여름의 뜨거운 열기를 한껏 머금은 공기가 고여 있었다. 숨이 턱턱 막히는 열기 속을 걷다보니 어느새 날이 저물었다. 가로등도 없는 골목에 밤이 찾아오면 골목과 함께 세월을 견뎌온 가난한 불빛들이 어두운 골목을 간신히 밝혔다. 나는 온갖 시름과 한탄이 너울대는 불빛 속을 터벅터벅 걸어 여관으로 돌아왔다.

새벽부터 또다시 골목을 걷기 시작했다. 막다른 곳에 다다르면 돌아서서 다시 걸었다. 그렇게 한참을 걷다보니 어느새 땀범벅이 되었다. 군데군데 녹이 슨 붉은 대문 앞에 멈춰 서서 밭은 숨을 몰아쉬었다. 여지없이 아이의 검은 눈동자가 떠올랐다. 아이를 번쩍 들고 있던 놈의 모습도 떠올랐다. 발밑이 푹 꺼지는 것만 같아 나도 모르게 휘청했다.

"엄마, 이따가 핫도그 만들어줄 거지요? 아인이가 말 잘 들으면 핫도그 만들어줄 거지요?"

아이가 재잘대며 세발자전거의 페달을 밟았다. 집으로 돌아와 현관문을 활짝 열고 고정쇠로 고정했다. 나는 자전거를 타고 복도를 왔다갔다하는 아이의 모습을 간간이 확인하며 서둘러 걸레질을 했다. 세탁기를 돌리고 청소기를 미는 내내 찰싹 달라붙어서 핫도그를 만들어달라며 찡얼대는 아이를 겨우 달래 아파트 복도로 내보낸 참이었다. 아무리 열심히 치워도 아이가 반나절만 휘저어놓으면 도로 마찬가지가 되고 말겠지만 청소를 게을리할 수는 없었다. 남편은 유난스러울 만치 깔끔한 사람이어서 자기 성에 차지 않는 청소 상태를 두고 잔소리가 긴 편이었다. 마루를 닦은 걸레로 현관 바닥까지 말끔히 닦아낸 뒤 자전거를 타고 복도 끝을 향해 가고 있는 아이를 불렀다.

"아인아, 엄마 청소 다 했네. 이제 들어와야지? 엄마가 걸레만 빨아놓고 핫도그 만들어줄게요!"

"와아!"

아이가 신이 나서 소리쳤다. 아이는 자전거에서 내리더니 낑낑대며 집 쪽으로 자전거를 돌렸다. 그러곤 다시 자전거 위에 올라앉아 힘차게 페달을 밟았다. 아이를 향해 손을 흔들어준 뒤 집으로 들어와 걸레를 빨았다. 다 빤 걸레를 꼭 짜서 발코니에 널고 부엌으로 가서 핫도그 재료를 꺼내 늘어놓았다. 어쩐 일인지 아이는 그때까지도 집으로 들어오지 않고 있었다. 이상한 생각이 들어 현관으로 가 밖을 내다봤다. 가장 먼저 아이의 빈 자전거가 보였다. 뒤이어 놈의 튼튼한 두

다리가, 그다음엔 놈의 거대한 몸뚱이가, 마지막으로 놈의 커다란 손에 들린 채 허공에서 버둥거리고 있는 아이의 모습이, 그 거짓말 같은 모습이 눈에 들어왔다.

"엄마……"

나를 본 아이가 울음기 가득한 목소리로 나를 불렀다. 그때 아이는 내가 절 구해줄 거라 믿고 있었을까. 아이와 나의 거리는 겨우 대여섯 걸음밖엔 되지 않았으니, 어쩌면 그렇게 생각했을지도 모른다. 내가 그 자리에 못박힌 듯 서서 이러지도 저러지도 못하는 사이 놈이 내 쪽으로 고개를 돌렸다. 놈은 나를 보며 두어 번 눈을 끔벅이더니 다시 아이를 바라보았다.

"이, 이리 줘요. 아기, 이리 줘요. 응? 제발, 제발요……"

놈이 다시 나를 쳐다봤다. 덜덜 떨리는 발을 겨우 떼어놓으려는데 놈이 고개를 갸웃했다. 놈의 얼굴에선 아무런 표정도 읽히지 않았다. 나는 시선을 돌려 아이의 눈을 바라봤다. 아이의 검은 눈동자가 흔들리다못해 커다랗게 부풀어오르는 것만 같았다.

무방비 상태였던 아이는 비명조차 없이 추락했다. 내가 눈앞에서 벌어진 광경을 믿을 수 없어 주춤거리는 사이, 놈은 태연하게 돌아서더니 제집 문을 열고 들어가버렸다. 나는 그제야 난간 너머로 고개를 내밀어 아이의 모습을 확인할 수 있었다. 그리고 비명인지 울음인지 모를 소리를 내지르며 미친듯이 뛰기 시작했다. 1층 화단 앞에 도착해보니 가방을 멘 남자아이 서넛이 아이를 에워싼 채 웅성거리고 있었다. 남자애들을 밀치고 아이에게로 다가갔다. 아이의 모습은 처참했다. 목은 오른쪽으로 꺾였고 팔과 다리도 아무렇게나 접혀 있었다. 아이 옆에 꿇어앉았다. 아이의 작은 머리와 몸에서 흘러나온 피가 이내 치맛자락을 적셨다.

"도, 도와주세요. 제발 살려주세요. 신고, 누가 신고 좀 해주세요……"

나는 벌벌 떨며 간신히 중얼거렸다. 차마 아이의 몸을 안을 수가 없어 아이의 코에서 무서운 기세로 쏟아져나오는 코피만 연신 닦아냈다. 아이의 얼굴이 빠르게 부풀어올랐다. 온몸이 떨리고 가슴이 오그라들어 숨조차 쉴 수가 없었다.

병원으로 옮겨진 아이는 여섯 시간을 더 견디다 떠났다. 뒤늦게 도착한 남편은 미친 사람처럼 씩씩대며 아이 옆을 지켰고 나는 졸도했다 깨어나길 반복했다. 그 여섯 시간이 아이에게 어떤 시간이었을지는 감히 짐작할 수조차 없다. 남편이나 내가 아무리 고통스러웠던들 아이만큼 아프진 않았을 거라는 사실에 우린 두고두고 죄책감을 느껴야 했다. 겨우 오년을 살다 간 아이의 처참한 마지막이 머릿속에서 지워지질 않았다. 아이가 떠난 이후 나의 시간은 멈춰버렸다. 남편 역시 별다르지 않았다. 우리에게 아이는 고단한 세상에 우리 스스로가 내린 유일한 닻이었다. 그런 아이가 하루아침에 사라져버린 삶이 어디 삶이겠는가. 우린 아무것도 할 수 없었다. 그러나 놈과 놈의 가족은 그렇지 않은 것 같았다. 그 일이 있은 직후부터 놈의 가족은 번갈아 찾아와 용서를 구했다. 우리가 아무리 만나고 싶지 않다고 해도 막무가내였다. 심지어 놈의 상태에 대해 구구절절 설명하며 그 일은 어쩔 수 없이 벌어진 사고였다는 식의 변명을 늘어놓기까지 했다. 놈의 상태가 어떤지는 나도 익히 알고 있었다. 놈은 우리가 이 년 전 그 아파트에 이사를 들어온 때부터 거의 매일 얼굴을 마주치며 살아온 이웃이었으니까. 놈이 괴성을 지르며 집에서 뛰쳐나오고 그걸 제지하는 제 엄마를 사정없이 때리는 모습을 수도 없이 보아온 터였다. 장애를 타고난 놈은 물론이거니와 성치 않은 자식을 돌보는 놈의 엄마를 볼 때마다 안쓰러워 마음이 좋지 않았다. 하지만 사정이 그렇다고 해서 놈이 저지른 짓에 대한 면죄부가 될 수는 없었다. 처음 얼마간 나와 남편은 우리 안의 분노를 숨김없이 쏟아냈고, 놈의 가족은 우리가 쏟아내는 분노를 고스란히 받아내는 듯했다. 그러나 재판이 시작되자 놈의 가족은 더이상 우리를 찾아오지 않았다. 놈은 일심과 이심 재판에서 모두 무죄를 선고받았다. 일심 판결 후 지체 없이 항소했던 검찰은 이심에서도 일심과 같은 판결이 나자 상고를 포기했다. 결과적으로 내 아이의 죽음에 대해 책임지는 사람은 아무도 없었다. 우리가 민사소송을 고민하는 사이 놈의 가족은 소리소문도 없이 이사를 가버렸다. 놈과 놈의 가족을 손가락질하던 이웃들도 곧 그날의 일을 잊어버렸다. 절대로 사그라지지 않을 것 같던 남편의 분노는 시간이 흐르면서 표면상으로나마 잦아들었고, 나 역시 때가 되면 밥을 먹고 잠을 자며 멈춰버린 시간을 견뎠다. 부모인 우리조차 아이의 죽음에 아무런 책임도 지지 않은 것이다.

붉은 대문이 여느 날과 달리 빼꼼히 열려 있었다. 대문을 슬며시 밀고 안을 기웃거렸다. 골목을 걷기 시작한 지 보름이 넘었지만 대문 안을 넘겨다보긴 처음이었다. 시멘트를 덧바른 좁은 마당 곳곳에 금이 가 있었고 한구석엔 지붕이 기우뚱하게 주저앉은 개집이 보였다. 개를 키우나, 생각하다 고개를 가로저었다. 그럴 리 없었다. 놈의 가족은 놈 하나를 건사하기에도 벅찰 터였다. 몰랐던 것도 아닌데 놈이 살고 있을 집안을 살펴보고 있자니 새삼스레 가슴이 죄어들었다. 대문을 잡은 손도 덜덜 떨렸다. 놈과 놈의 가족이 이사를 가버렸다는 사실을 알게 되었을 때도 그랬다. 그들과 계속해서 이웃해 사는 일은 끔찍했지만, 막상 그들이 도망치듯 사라져버리자 허탈감과 함께 감당하기 힘든 분노가 밀려왔다. 대문 밖으로 몸을 빼고 돌아서서 심호흡을 했다. 떨리는 손을 부여잡고 마음을 가라앉히려 애쓰는데 삐그덕, 대문이 열렸다.

"누구세요?"

여자의 목소리에 반사적으로 걸음을 옮기기 시작했다. 내가 왜 피해야 하는지 이유를 생각할 겨를도 없었다. 모퉁이를 두 번이나 돌고 나서야 걸음을 멈췄다. 골목 안의 열기가 폭발하듯 덮쳐왔다. 벽을 짚고 서서 가쁜 숨을 몰아쉬었다. 꽤 오랫동안 숨을 고른 끝에야 다시 걸음을 옮겨놓을 수 있었다. 머릿속이 텅 빈 채 여관으로 돌아와 이불 속을 파고들었다. 그리고 한참을 숨죽여 흐느끼다 잠이 들었다. 꿈속에서, 나는 날카로운 손톱을 가진 짐승이 되어 놈의 가슴을 파헤치고 심장을 움켜쥐었다. 선홍빛 심장이 힘차게 펄떡였다. 나는 놈의 비대한 심장에 길고 날카로운 손톱을 박아넣으며 울부짖었다. 검붉은 피가 분수처럼 뿜어져나왔다. 끝난 줄로만 알았던 악몽이 다시 시작된 것이었다.

모퉁이에 몸을 숨기고 붉은 대문을 지켜봤다. 악몽이 다시 시작된 이후, 나는 골목을 걷는 대신 그들이 나타나길 기다렸다. 첫날, 그들 모자가 모습을 드러냈을 땐 가슴이 두근거려 꼼짝도 할 수 없었다. 다음날 다시 그들을 봤을 때도 가슴이 뛰긴 했지만 첫날만큼은 아니었다. 그다음날이 되자 견딜 만해졌고 그때부터 모자의 뒤를 밟으며 그들의 일상을 관찰했다. 모자는 매일 오전 아홉시에 집을 나섰다. 월요일부터 목요일까진 복지관 셔틀버스를 타고 복지관에 갔다가 역시 셔틀버스를 타고 오후 네시 반쯤 집으로 돌아왔다. 금요일엔 복지관에 가는 대신 버스나 택시를 타고 시내로 나갔다. 거기서 모자는 두 군데의 병원을 거친 뒤 다시 버스나 택시를 타고 두시가 조금 못 돼 집으로 돌아왔다. 간혹 장애인콜택시를 이용하기도 했지만 대부분은 일반 버스나 택시로 이동했다. 특별한 문제가 생기지 않는 한 모자의 일정은 거의 정확하게 반복됐다. 오늘도 아홉시가 되자 그들이 모습을 드러냈다. 몸에 꽉 끼는 티셔츠를 입은 놈이 대문 앞에 버티고 서서 콧구멍을 후비적댔다. 자기 몸집의 두 배는 돼 보이는 아들의 바지 뒤춤을 단단히 움켜쥔 놈의 엄마가 다른 한 손에 든 지팡이 끝으로 놈의 발뒤꿈치를 탁탁 쳤다. 그러자 놈은 고개를 움찔하더니 방향을 바꿔 섰다. 놈의 엄마가 다시 한번 지팡이로 뒤꿈치를 치자 놈이 또다시 움찔하며 발걸음을 뗐다. 모퉁이에 숨어서 모자의 모습을 지켜보다 그들이 반대편 모퉁이를 돌아 사라진 다음 뒤를 쫓기 시작했다. 모퉁이를 돌자 저만치 앞서 걷는 모자의 모습이 보였다. 놈의 엄마는 대여섯 걸음에 한 번 꼴로 놈의 발뒤꿈치를 지팡이로 툭툭 치며 놈을 몰았다. 나는 그들 모자의 속도에 맞춰 천천히 걸었다. 좁고 긴 골목을 벗어나자 여관 건물이 보였다. 놈의 엄마가 이차선 도로 양끝을 살피며 놈을 몰아 도로를 건너갔다. 나는 곧장 오른쪽으로 꺾어져서 도로를 따라 십 미터쯤 거슬러올라갔다. 그리고 모자가 버스정류장 벤치에 나란히 앉는 걸 확인한 뒤 도로를 건너 정류장 쪽으로 다가갔다. 나는 정류장 뒤편에 서 있는 사람들 틈에 섞여서 모자와 함께 버스를 기다렸다. 놈이 몸을 일으키려 할 때마다 놈의 엄마가 바지 뒤춤을 힘껏 당겨 놈을 도로 주저앉혔다. 놈은 간혹 끼익 끼익, 괴상한 비명을 질러 주위 사람들을 놀라게 했다. 바지춤을 잡고 늘어지는 제 엄마의 가슴팍을 세게 쥐어박기도 했다. 나는 조용히 모자의 모습을 지켜보다 이따금 가방 속을 더듬었다. 버스가 도착하자 놈의 엄마는 지팡이로 바닥을 세게 쳐서 놈을 억지로 일으켜 버스에 태웠다. 나도 두어 명 간격을 두고 모자를 따라 버스에 올랐다. 놈의 엄마가 놈을 빈자리에 앉히더니 좌석 손잡이를 단단히 틀어쥐고 그 앞을 막아섰다. 버스를 타고 가는 동안에도 놈은 돌발행동을 멈추지 않았고 그때마다 놈의 엄마는 사력을 다해 놈을 붙들고 늘어졌다. 모자의 모습을 지켜보는 내내 가슴이 답답해 수시로 가슴 한복판을 탁탁 쳤는데, 그때마다 트림과 함께 신물이 넘어오는 걸 억지로 삼켜야 했다. 버스에서 내리기 직전, 나는 다시 한번 가방 속을 더듬었다.

정신건강의학과 병원과 재활의학과 병원을 거치는 동안 놈은 다섯 번이나 제 엄마의 손에서 벗어나 달아났다. 마지막엔 놈이 갑작스레 도로로 뛰쳐나가는 바람에 빠르게 직진해오던 승용차에 치일 뻔했다. 놈의 엄마는 혼이 반쯤은 빠져나간 듯한 얼굴로 뛰어가 도로 한복판에 서 있는 놈을 인도로 끌고 나왔는데, 그 순간엔 나 역시 온몸에 소름이 돋을 만큼 놀랐다. 가까스로 상황을 정리한 놈의 엄마가 놈의 등짝을 매섭게 때리자 놈이 괴성을 지르며 날뛰기 시작했다. 오가던 사람들이 멈춰 서서 모자의 모습을 지켜봤다. 개중엔 기꺼이 나서서 모자를 진정시키려다 놈의 엄마에게 모진 욕을 얻어 먹고 어이없어하는 이도 있었다. 놈의 엄마는 마치 못 볼 꼴이라도 본 사람마냥 잔뜩 부은 얼굴로 서둘러 놈을 몰고 가던 길을 재촉했다. 그러나 놈은 여전히 자주 걸음을 멈추고 버텨서 제 엄마를 힘들게 했다. 놈의 엄마가 길가에 세워진 과일 트럭에서 자두를 한 바구니 사더니 그중 하나를 놈에게 쥐여주었다. 놈은 그제야 고분고분 걷기 시작했다.

모자의 뒤를 쫓는 내내, 어쩌면 그들에게 연민을 느낄 수 있을지도 모른다고 기대했다. 그 연민의 감정이 차갑게 얼어붙은 내 마음에 아주 조금의 온기나마 불어넣어주길, 그래서 부디 무사히 이곳을 떠날 수 있게 되길 바랐다. 하지만 그들에게서 내가 느낀 건 배신감이었다. 그들 모자는 하나도 달라지지 않은 것 같았다. 꽃 같던 아이가 처참하게 죽었는데, 아이의 죽음으로 우리 가족은 과거와 미래를 통째로 잃어버렸는데, 죽음에 대한 책임으로부터 훌훌 달아난 그들은 여전히 뻔뻔하고 그악스러웠다. 애초부터 사리분별 못하는 놈이야 그렇다 쳐도 성치 않은, 심지어 그런 엄청난 짓까지 저지른 자식을 키우는 놈의 엄마는 좀 달라져야 하는 게 아닐까. 내가 바라는 게 정확히 무엇인지도 모른 채, 이건 아니라는 생각에 치밀어오르는 화를 삭여야 했다. 그사이 놈을 버스에 태우려다 두 번이나 실패한 놈의 엄마가 성마른 목소리로 택시를 불러세웠다. 모자가 택시에 오르는 걸 지켜본 뒤 나도 택시를 잡아타고 모자를 쫓아 골목으로 향했다.

택시비를 지불하고 서둘러 골목으로 들어섰다. 첫번째 모퉁이를 돌아서는데 놈의 엄마가 앞을 막아섰다.

"우리가 여기로 이사한 건 어떻게 알았어요? 아니, 왜 여기까지 쫓아왔어요? 도대체 우리더러 뭘 더 어쩌라는 거냐고요!"

놈의 엄마가 신경질적으로 소리쳤다. 그 소리에 놀랐는지 놈이 이리저리 몸을 뒤틀며 알 수 없는 말을 뇌까리기 시작했다.

"조용히 못해! 제발 가만히 좀 있어!"

놈의 엄마가 놈의 허리춤을 다잡으며 윽박질렀다. 나는 두방망이질 치는 가슴을 애써 진정시켰다. 그리고 놈의 엄마를 노려봤다. 모자와 대면하게 되면 맨 처음 무슨 말을 할까. 지금과 같은 상황을 수도 없이 상상하며 준비했던 말은 단 한 마디도 떠오르지 않았다.

"당신들이 뭘 얼마나 했는데?"

나는 겨우 한마디 뱉어놓고는 그 자리에 풀썩 주저앉고 말았다. 문득, 더할 수 없이 외로워졌다. 뜻밖의 감정이었다. 아무런 기대도 남아 있지 않다고 생각했는데, 이 순간 남편의 존재가 미치도록 간절해졌다.

모자를 따라 들어간 집안은 상상했던 것보다 훨씬 더 엉망이었다. 벽지는 여기저기 찢겨나갔고 가구도 하나 성한 것이 없었다. 냉장고며 서랍장이며 할 것 없이 열 수 있는 것들은 죄다 사슬로 엮어 자물쇠까지 채워놓은 탓에 집안 분위기는 황량하다못해 괴괴하기까지 했다. 게다가 부엌을 제외하곤 전등도 모두 빼놓아 볕이 잘 들지 않는 집안은 한낮인데도 불구하고 어두컴컴했다. 집에 와서야 제 엄마의 손아귀에서 벗어난 놈이 이방 저방을 산돼지처럼 뛰어다녔다. 나는 현관에 엉거주춤 서서 놈이 하는 양을 지켜보았다. 잠시 후, 컴컴한 방에서 정신없이 날뛰던 놈이 우뚝 멈춰 섰다. 놈은 고개를 갸웃거리며 부엌으로 나왔다. 그러곤 자물쇠를 채워놓은 냉장고에 제 머리를 쿵쿵 박기 시작했다. 놈의 엄마가 놈의 모습을 물끄러미 바라보다 싱크대 쪽으로 갔다. 그녀는 싱크대 찬장에 채워둔 자물쇠를 열고 과자를 한 봉지 꺼내 놈에게 건넸다. 놈은 과자 봉지를 가슴에 꼭 품고 다시 컴컴한 방으로 숨어들었다. 그제야 놈의 엄마가 긴 한숨을 내쉬며 내 쪽으로 돌아섰다.

"계속 그렇게 서 있을 거예요? 집 안 무너지니까 이쪽으로 와서 앉아요."

나는 주춤주춤 그녀가 권하는 쪽으로 가 앉았다.

"왜, 가방 속에 칼이라도 숨겨왔어요?"

내가 아무 말 없이 가방만 만지작대고 있자 놈의 엄마가 말했다. 당황한 내가 멈칫하자 그녀가 다시 말했다.

"정말인가보네. 하긴, 놀랄 일도 아니지. 찌르겠으면 찔러요. 저놈이든 나든, 어느 쪽이든 상관없어요. 어차피 하나가 끝나면 같이 끝내야 할 인생이니까."

정말로 찌르려던 것은 아니었다. 아니, 찔러버려야겠단 생각이 아주 없었던 것도 아니다. 놈의 몸뚱이에 칼을 박아넣을 때 어떤 기분이 들지, 끊임없이 상상해왔으니까. 아니, 그래도 그건 아니다. 나는 내가 사람을 죽일 수 있는 사람이라고는 생각하지 않으니까. 아니다. 그것도 아니다. 내가 무슨 생각으로 가방 속에 칼을 챙겨넣었는지, 사실은 나도 잘 모르겠다.

"여기로 이사 오자마자 애를 정신병원에 입원시켰어요. 어떤 시설에서도 받아주질 않으니, 선택의 여지가 없었죠. 그런데 병원에 입원하러 가던 날 아침, 아무것도 모르는 줄 알았던 애가 집 밖으로 나가지 않으려고 버티는 거예요. 필사적이었죠. 평소엔 밖에 나가지 못해 안달을 하던 놈이 말이에요."

그녀는 잠시 말을 멈추더니 두루마리 휴지를 풀어 드릉거리던 코를 세게 풀었다. 그러곤 짧은 한숨과 함께 다시 말을 이어나갔다.

"결국 석 달 만에 퇴원시켰어요. 여전히 애를 감당할 자신은 없었지만 거기 계속 둘 순 없었거든요. 애는 거기서 잠만 잤어요. 밤에도 낮에도 계속, 먹고 싸는 시간 말고는 잠만 잤더라고요. 의사는 애가 위험할 정도로 과격하게 반응해서 어쩔 수 없었다고 했지만, 그래도 살아 있는 애를 계속 재울 수만은 없는 거잖아요. 어떻게 그런 곳에, 그런 채로, 애를 혼자 두겠어요. 자기가 무슨 짓을 했는지, 또 무슨 일을 당하고 있는지조차 모르는 애를 말이에요."

그녀가 갑자기 입술을 잘근잘근 씹기 시작했다. 그러면서 내 무릎 위의 가방을 흘끔거렸다.

"성치 않은 새끼를 키우는 내가 아인 엄마 심정을 왜 모르겠어요. 알아요. 피가 거꾸로 돌고 뼈와 살이 타들어가는 기분이겠죠. 살아도 산목숨이 아닐 거예요. 아인 엄마가 지금 당장 저놈을 찔러 죽인다고 해도, 그래요, 난 할말이 없어요. 남의 자식을 그렇게 허무하게 잡아먹은 주제에, 우리가 무슨 할말이 있겠어요. 하지만 더이상은 미안하다고 하지 않을 거예요. 나도 이젠 못해요. 지긋지긋해서라도 더는 못해요."

어두운 방안에 숨어서 아작아작 과자를 먹던 놈이 문밖으로 슬며시 고개를 내밀었다. 놈의 얼굴엔 어떤 감정도 담겨 있지 않았다. 그저 무표정한 얼굴로 나와 제 엄마 쪽을 물끄러미 쳐다볼 뿐이었다. 아이를 들고 있던 순간에도 마찬가지였다. 문득, 아이의 까만 눈동자가 떠올라 나도 모르게 가방 속을 더듬었다. 뾰족한 칼끝이 만져졌다. 손가락으로 칼끝을 지그시 눌러봤다. 찌릿한 통증이 느껴졌다. 천천히 칼날을 그러쥐며 초점이 불명확한 놈의 눈동자에 시선을 고정했다.

"자그마치 이십이 년이에요. 그 징글징글한 세월 동안 하루에도 기십 번은 미안하다고 빌어야 했어요. 낯모르는 사람들에게도, 우리 사정을 빤히 아는 사람들에게도, 심지어 식구들한테까지, 끝도 없이 미안해하며 살았다고요. 도대체 내가 뭘 잘못했는데요? 저놈은 또 뭘 그렇게 잘못했게요? 잰 아무것도 몰라요. 정말 아무것도 모른다고요. 자기가 누군지조차 모르는 놈인데, 지금 당장 세상이 무너져내려도 아무것도 모른 채 죽어갈 놈인데, 쟤가 도대체 누구에게 뭘 미안해해야 하는 거죠? 우리가 왜 끊임없이 미안해하며 살아가야 하냐고요!"

마지막엔 이까지 바득바득 갈며 악을 쓰던 놈의 엄마가 울음을 터뜨렸다.

칼날을 쥔 손에 더욱더 힘을 줬다. 칼날이 손바닥을 파고드는 게 느껴졌다. 나도 모르게 낮은 신음이 새어나왔다. 가방에서 손을 빼보니 손바닥에서 피가 배어나오고 있었다. 피는 이내 손목을 타고 흘러 하얀 바지 위에 툭툭 떨어졌다.

"피! 피! 피!"

놈이 소리치며 부엌으로 뛰쳐나왔다. 그러곤 제 머리를 쥐어박기 시작했다. 울음을 멈춘 놈의 엄마가 고개를 들었다. 눈이 휘둥그레진 그녀는 수건을 가져다 피가 배어나오는 내 손바닥을 꾹 눌렀다. 나는 그녀를 힘껏 밀쳤다. 그녀가 엉덩방아를 찧으며 넘어졌다. 피를 보고 잔뜩 흥분해 있던 놈은 제 엄마가 넘어지는 모습을 보더니 아예 바닥에 드러누워 천장이 무너져라 괴성을 지르며 버둥거리기 시작했다. 엄청난 소리에 머리가 뎅뎅 울렸다.

"차라리 나를 찌르지!"

몸을 일으킨 놈의 엄마가 소리쳤다. 나는 입술을 앙다문 채 그녀가 서랍장에 채워놓은 자물쇠를 풀고 구급약통을 찾아오는 모습을 지켜봤다. 그녀는 피가 배어나오는 내 손바닥 위에 지혈제 분말을 뿌렸다. 그리고 약통에서 거즈와 붕대를 꺼내 손바닥에 단단히 감았다. 그 순간, 바닥을 데굴데굴 구르며 괴성을 질러대던 놈이 벌떡 일어나더니 내 몸을 들이받았다. 그러곤 벌렁 나자빠진 내게 발길질을 하기 시작했다. 놈의 엄마가 내게서 놈을 떼어내려 했지만 역부족이었다. 나는 몸을 동그랗게 만 채로 놈의 발길질을 고스란히 받아냈다. 머리를, 등을, 옆구리를, 수도 없이 걷어차이며 차라리 내 머리가, 등이, 옆구리가, 산산이 부서지고 갈가리 찢겨버렸으면 좋겠다는 생각을 하다 까무룩 정신을 놓아버렸다.

눈을 떴을 때 사위는 쥐죽은듯 고요했다. 뻑뻑한 눈을 끔벅거려보았다. 이곳이 어딘지 기억나지 않았다. 깊은 우물 속에 갇힌 것처럼 정신이 아득했다. 어두컴컴한 방안을 찬찬히 둘러봤다. 어렴풋이 한쪽 벽에 기대 잠들어 있는 여자의 모습이 보였다. 그제야 여기가 어딘지, 그리고 무슨 일이 있었는지 기억났다. 저 여자는 도대체 얼마나 많은 밤들을 저렇게 앉은 채로 잠들었을까. 그녀의 모습을 보고 있자니 목구멍에서 뜨거운 숨이 울컥 치밀었다. 눈초리를 타고 흐르던 눈물이 귓바퀴에 고였다. 차츰 정신이 또렷해지면서 놈이 규칙적으로 내뿜는 숨소리가 들려왔다. 아마도 놈은 깊은 잠에 빠져 있는 모양이었다. 적어도 이 순간만은 세상 누구에게도 무해한 존재일 놈의 숨소리에 한동안 귀를 기울이다 천천히 몸을 일으켰다. 옆구리가 결려 신음이 새어나오려는 걸 간신히 참고 부엌으로 나왔다. 그리고 조용히 가방을 챙겨들고 빨간 대문 집을 빠져나왔다.

골목의 밤은 이미 깊어 온갖 시름과 한탄이 너울대고 있었다. 좁고 구불구불한 골목을 느릿느릿 걷다가 멈춰 서서 가방 속을 더듬었다. 차고 단단한 칼날이 만져졌다. 잠시 칼날을 만지작대다 가방에서 칼을 꺼내 골목 한 귀퉁이를 향해 던져버렸다. 다시 가방을 더듬어 전화기를 꺼내들었다. 연락처 목록을 뒤져 K의 전화번호를 찾았다.

"여보세요."

낮고 갈라진 음성이었다.

"……나예요."

한참을 망설이다 말했다.

"알아요."

K는 남편의 죽음을 목격한 후부터 밤에는 잠을 잘 수가 없게 되었다고 했다. 날이 훤히 밝아온 뒤에야 가까스로 아주 잠깐 잠들 수 있을 뿐이라면서, 남편이 밤이 아닌 낮에 죽

었더라면 지금보다는 나았을 거라는 말도 했다. 그때 나는 그런 끔찍한 말을 그토록 담담하게 이야기하는 그녀를 도무지 이해할 수가 없었다. 하지만 이제는 알 것도 같았다. 방향을 잃은 분노는 아무런 힘이 없다는 것을.

"당신 말이 맞았어요. 복수는 지구 반대편으로 날아가야 할 만큼 어려운 일이 아니었어요."

그녀가 그랬던 것처럼 나도 담담하게 이야기했다.

"그들을, 만났어요?"

K가 물었다.

"그들과 헤어졌어요."

막상 말을 하고 나니, 어쩌면 난 이 말을 하기 위해 J시까지 온 것인지도 모르겠다는 생각이 들었다.

"그래서, 이젠 좀, 어때요?"

K는 띄엄띄엄, 그러나 또박또박 물었다.

"나도 그냥…… 살아가겠죠. 끊임없이 기억하고, 증오하고, 자책하며, 하지만 질기게."

나도 띄엄띄엄, 그러나 또박또박 대답했다.

"그렇군요."

다소 쉰 듯한 K의 목소리가 따뜻하게 느껴졌다. K와 나는 서로가 잠들 수 없는 밤을 가졌다는 사실을 뻔히 알면서도 잘 자라는 빈말을 주고받은 뒤 전화를 끊었다. 문득 밤하늘을 올려다봤다. 비라도 한바탕 쏟아지려는지 구름이 잔뜩 낀 하늘엔 먼 별빛 한 점 보이지 않았다. 어서 빨리 여관으로 돌아가 퀴퀴한 냄새가 나는 이불 속을 파고들고 싶었다. 골목을 휘감은 어둠을 간신히 밝히고 있는 가난한 불빛 속을 부지런히 걷기 시작했다.

그들만의 식탁

뼛조각을 쥔 남자의 손가락에 양념이 엉겨붙어 있었다. 남자의 얼굴이 땀으로 번들댔다. 엄마는 간혹, 맨밥만 끼적이고 있는 내 쪽으로 슬며시 음식이 담긴 그릇을 밀어주었다. 꼬리찜의 기름이 둥둥 뜬 나박김치, 허연 밥풀이 앉은 겉절이, 되는대로 헤쳐놓은 나물들까지, 어느 것 하나 남자의 흔적이 묻지 않은 것이 없었다. 나는 낮게 한숨을 내쉬며 된장찌개로 수저를 가져가려다 멈칫했다. 밥풀이 잔뜩 묻은 남자의 숟가락이 아무 거리낌 없이 찌개 냄비를 휘젓고 있었다. 미간을 찌푸린 채 남자의 수저와 엄마를 번갈아 쳐다봤다. 내 시선을 의식한 엄마의 얼굴이 붉게 달아올랐다.

남자는 양볼이 미어져라 욱여넣은 음식을 우물대다 말고

고개를 들어 엄마를 바라봤다. 엄마는 붉게 달아오른 얼굴로 남자의 수저를 쳐다봤다. 남자도 쥐고 있던 수저를 내려다봤다. 수저엔 여전히 밥풀과 음식의 양념이 지저분하게 들러붙어 있었다. 커다란 식탁 앞에 둘러앉은 우리 세 사람이 같은 곳을 바라보는, 흔치 않은 순간이었다. 남자의 표정이 싸늘해졌다. 그러나 남자는 곧 아무렇지도 않다는 듯 다시 식사에 열중했다. 엄마 역시 고개를 숙이고 말없이 찌개를 떠먹었다. 음식을 씹고 삼키는 소리 외엔 아무 소리도 들리지 않았다. 맞은편의 누군가와 눈을 맞추고 이야기를 나누기엔 우리들 사이의 거리가 너무 멀었다. 커다란 식탁의 건너편에 앉아 있는 남자와 엄마의 얼굴이 차츰 흐릿해졌다. 나는 잠시 멀거니 찌개 위에 뜬 기름기를 바라보았다.

찜 그릇이 다 비워지자 남자는 아쉬운 듯 입맛을 다셨다. 남자의 시선은 엄마가 덜어놓은 내 접시 위 꼬리에 고정되어 있었다. 속이 울렁댔다. 나는 수저를 놓고 일어섰다.

"왜, 좀 더 먹지 않고……"

"그러지 그러냐. 이거, 오늘 고기가 유난히 단데 말이다."

엄마의 걱정에 남자도 한마디 거들고 나섰다. 그러나 남자의 손은 이미 내 접시 위의 꼬리를 덥석 집어들고 있었다.

"전 다 먹었어요. 마음 쓰지 말고 더 드세요."

나는 여전히 걱정스러운 기색을 감추지 못하고 있는 엄마를 향해 짐짓 미소까지 지어 보이며 대답했다. 집안 가득 밴 음식 냄새 때문에 속이 뒤집힐 지경이라고 말할 수는 없는 노릇이었다. 뼈에 붙은 고깃점을 다 훑은 남자가 크게 트림을 하며 양념이 묻은 손가락을 입으로 가져갔다. 엄마는 급히 남자에게 물수건을 건넸다. 그러나 남자는 건네받은 물수건으로 손가락에 묻은 음식 찌꺼기를 닦는 대신 땀이 흐르고 있는 얼굴과 목덜미를 훔쳐냈다. 남자는 엄마의 네번째 남자였고 내게는 세번째 저기요였다.

엄마의 남자들에게 나는 단 한 번도 아버지라고 부르지 않았다. 나를 낳아준 아버지에게는 아버지라고 부를 수 있는 기회조차 갖지 못했다. 내게 아버지는 엄마의 이야기 속에나 존재하는 흰 피부의 키가 큰 남자일 뿐이었다. 그렇다고 흰 피부와 큰 키를 가진 엄마의 다른 남자들을 아버지라고 부르고 싶지는 않았다. 가능하면 호칭을 생략하려 애썼지만 부득이한 경우 나는 늘 그들을 저기요, 라고 불렀다. 저기요, 식사하시래요. 저기요, 전화받으세요. 저기요……

코끝을 쏘는 고추냉이의 냄새와 생선 비린내를 감지하는 순간, 경화제를 섞은 실리콘을 휘젓던 팔에서 힘이 쑥 빠지고 말았다. 독한 경화제 냄새 속에서도 용케 부품들의 생생한 냄새를 찾아내고야 마는 유난스러운 후각에 진저리가 쳐졌다. 모두들 퇴근하고 난 토요일 저녁, 휑한 제작실의 공기가 후각을 한층 예민하게 만들었다.

충분히 저은 실리콘을 골판지 틀 안에 천천히 붓자 후각을 자극하던 부품들의 냄새도 실리콘 반죽 속에 갇혀버렸다. 드라이어의 온도를 최대한 낮춰 틀 위에 가져다 댔다. 원칙적으로 실리콘 틀은 자연건조시켜야 하지만 납품 기일에 맞추려면 서둘러야 했다. 문득 고개를 들어 제작실 벽에 걸린 시계를 바라봤다. 지금쯤 그는 초등학교 동창이기도 하다는 아내와 저녁식사를 하고 있을 것이다.

"별스러운 걸 기대했던 게 아니야. 나는 그저 소박한 식탁에 마주앉아서 대수로울 것 없는 잡담이나 나누며 함께 밥 먹는 일상을 원했던 것뿐이라고."

오 년여의 시간을 정리하던 날 그가 말했다. 시종일관 차분하다못해 냉랭하기까지 했던 나와 달리, 그날 그는 필요 이상으로 많은 말들을 두서없이 쏟아놓았다. 도저히 널 이해할 수가 없어, 라고 말할 땐 눈물이 그렁하게 맺히기도 했다. 그 뒤로도 서너 번쯤 더 그를 만났지만 그때마다 우리는 막막한 심정으로 마주앉아 서로를 말없이 바라보다 헤어졌다. 나는 누군가와 식탁 앞에 마주앉아서 잡담이나 늘어놓으며 보내게 될 일상을 견뎌낼 자신이 없었다. 결국 얼마 후, 그는 결혼을 했다.

드라이어를 내려놓은 뒤 주머니를 뒤져 담배를 빼 물었다. 그러나 곧 담배를 담뱃갑 속에 도로 집어넣었다. 제작실 문에 걸린 금연푯말을 일별한 후 문을 열고 나섰다. 복도를 서성이다 빈 사무실로 들어섰다. 책상 위에 걸터앉아 담배에 불을 붙였다. '과식 소화불량에 파라나 정 — 변비 식욕부진에 카이셀 과립.' 맞은편 건물 위에 세워진 전광판의 글자들이 색깔을 달리하며 우르르 나타났다 사라지길 반복하고 있었다. 마치 애초부터 자신들 사이에 괴리 따위는 존재하지 않았다는 듯 조화로운 모습이었다. 불을 켜지 않았지만 좁은 사무실은 전광판이 뿜어내는 빛만으로도 충분히 밝았다.

볕에 널어뒀던 북어 껍질을 거둬들이는 엄마의 손이 붉게 빛났다. 노을은 엄마의 손뿐만 아니라 부엌 전체를 붉게 물들였다. 엄마는 나무도마 위에 북어 껍질을 뒤집어 올려놓고 절굿공이로 타닥타닥 두드렸다. 좁고 동그란 엄마의 어깨가 유연하게 들썩였다. 엄마는 편편하게 다듬어진 북어 껍질을 물에 담가둔 뒤 소를 만들기 시작했다. 살짝 데친 숙주를 잘게 썰고 으깬 두부를 면포에 싸 꾹 짜냈다. 핏물을 뺀 소고기까지 다져낸 엄마는 준비해둔 재료들을 한데 그러모아 양념하고 치댔다. 얇은 면티셔츠가 등에 들러붙어 있었다. 엄마의 뒷모습엔 다양한 표정이 담겨 있다. 인정하고 싶지는 않지만 그것은 분명한 사실이다. 음식을 만드는 순간의 엄마는 다른 어떤 때보다 다양한 표정을 짓는다. 그러나 뒷모습이 만들어내는 표정은 언제나 그늘져 있었고, 그늘 속의 엄마는 날이 갈수록 창백해졌다.

물에 분 북어 껍질이 탱탱하게 되살아나 있었다. 엄마는 불린 북어 껍질을 건져 비늘을 긁어냈다. 그러고는 반듯하게 잘라낸 북어 껍질에 소를 올려 아물린 뒤 계란옷을 입혀 지져냈다.

"너무 기름지면 개운한 맛이 덜하니까 주의해야 해. 소고기 대신 북어 대가리로 육수를 내는 것도 같은 이유에서지."

지져낸 전은 한 김이 빠지자마자 냉동실에 넣어 식혔다. 잠시 뒤 엄마는 북어 대가리와 무, 파뿌리 따위로 우려낸 육수에 나박나박 썬 호박과 함께 식혀뒀던 전을 넣었다. 엄마는 국물이 한소끔 끓자 된장을 풀면서 다시 말했다.

"된장은 마지막에 푸는 게 좋아. 처음부터 장을 풀고 끓이면 떫은맛이 나기 십상이거든. 맑게 끓이려면 국간장으로 간을 해도 괜찮고."

엄마는 썰어놓은 파와 미나리를 끓는 탕 속에 집어넣으며 처음으로 내 쪽을 돌아봤다.

"지금이야 쓸데없는 소리 같겠지만 들어둬. 들어두면 언젠가는 써먹을 날이 있겠지."

신문을 뒤적이던 저기요가 엄마와 나를 번갈아 쳐다봤다. 나는 환하게 웃으며 고개를 끄덕였다. 세 식구가 쓰기에 너무 큰 식탁은 곧 엄마의 음식들로 가득 채워질 것이다. 저기요는 벌써부터 커다란 식탁 주변을 맴돌기 시작했다. 집안의 모든 창문을 활짝 열어뒀지만 어글탕의 비릿한 냄새는 좀처럼 빠지지 않았다. 또다시 위가 저릿대기 시작했다.

엄마의 남자들은 하나같이 엄마보다는 엄마가 만든 음식에 홀려 있는 것 같았다. 그들은 언제나 엄마가 야물게 차려내는 음식에만 열중할 뿐, 엄마에게 그 이상의 것을 요구하는 법이 없었다. 그들은 모두 엄마의 남자들이었지만 솜씨 좋은 요리사를 찾는 단골손님들 같기도 했다. 엄마 역시 그들을 위해 음식을 만드는 일 말고는 아무런 관심이 없는 사람처럼 굴었다. 그 틈에서 나는 맛깔스러운 음식을 차려내는 요리사의 딸로서 그들 모두에게 예의바르게 행동했다. 그러나 그게 다였다. 엄마의 남자들과 엄마 사이에 음식 이상의 어떤 것이 존재하지 않는 한 그들을 대하는 나의 태도 따위도 문제될 이유는 없었다. 나는 마치 잘 차려진 음식상 한 귀퉁이에 어울리지 않게 놓인 이 빠진 종지 같았다. 나는 날마다 타들어갔다. 엄마가 만들어내는 온갖 맛깔스러운 음식들도 나를 살찌우진 못했다.

"어머니 음식 솜씨가 이렇게 대단하신데 어떻게 넌 그렇게 비쩍 마를 수가 있었지? 도무지 이해가 안 되네. 어머니, 한영이 얘, 다이어트 한답시고 걸핏하면 굶고 그러죠?"

처음 인사를 와 함께 저녁식사를 하던 날 그가 말했다. 엄마는 말없이 엷게 웃어 보였고 나는 미간을 살짝 찌푸렸다. 서글서글한 성품의 그는 식사를 하는 내내 감탄 어린 찬사를 아끼지 않았고 엄마와 세번째 저기요는 흐뭇한 얼굴로 그가 먹는 모습을 바라보았다. 평소에도 음식 타박 없이 무엇이든 잘 먹는 사람이라는 건 알고 있었지만 그렇게 많이 먹을 수 있는 사람인 줄은 미처 몰랐다. 그날, 두 남자가 게걸스레 먹어댄 음식의 양은 실로 어마어마했고 그 모습을 고스란히 지켜봐야 했던 나는 저녁내 치밀어오르는 구토를 가까스로 참아냈다.

"야, 어머니 음식 솜씨 정말 대단하시더라. 나 완전히 횡재한 기분인 거 있지? 어머니 닮았으면 너도 보통 솜씨는 아닐 거야. 그렇지?"

그뒤로도 그는 종종 벌쭉벌쭉 웃어가며 만족스러워하곤 했다. 자신의 예상이 완벽하게 빗나갔다는 사실을 알게 되었을 때조차 실망하는 기색은커녕 넉살 좋게 객쩍은 농담을 던지며 나를 위로하려 들었다.

"걱정할 거 하나도 없어. 딸은 엄마 닮는다는데, 그 피가 어디로 가겠냐? 안 해봐서 그렇지 너도 했다 하면 끝내줄 거라니까. 보나마나야."

그때 나는 아무 대꾸도 하지 않았지만 혹시라도 그의 말이 사실이면 어쩌나 싶어 한동안 몹시 불안했다. 엄마는 그 유난스러운 손맛 때문에 한순간도 자신의 운명에서 자유로울 수 없었던 거라고, 나는 확신하고 있었다.

"손가락까지도 어쩌면 그렇게 쭉 고르고 하얗던지, 처음 봤을 땐 꼭 멀미라도 치밀 것처럼 속이 다 울렁댔더랬지. 그렇게 훤칠한 양반이 매번 앉은자리에서 해장국을 두 사발씩이나 뚝딱뚝딱 비워내는데, 인연이 닿으려고 그랬던 건지 볼 때마다 속이 짠한 게……"

결국 나는 솜씨 좋은 해장국집 외동딸이 자신의 가슴을 짠하게 한 남자를 위해 뚝배기에 아낌없이 퍼 담아줬던 선지 덩어리가 만들어낸 결과물인 셈이었다. 한 번도 묻지 않았고 엄마 역시 이후의 일에 대해선 함구했지만 불을 보듯 뻔한 일이었다. 보는 것만으로도 멀미가 치밀 만치 하얀 피부를 가졌던 그 훤칠한 양반은, 사실 선지해장국과는 어울리지 않는 사람이었을 것이다. 그렇지 않았다 하더라도 혼기 놓친 해장국집 외동딸 따위가 눈에 찰 리 만무했다. 입에 맞는 해장국을 먹기 위해 일생을 걸 남자가 도대체 얼마나 되겠는가. 엄마의 첫번째 남자이자 나의 아버지였던 양반은 머지않아 해장국보다 더 나은 먹거리를 찾아냈을 것이다. 그리고 끝. 통속적이지만 명쾌한 결말이다.

할머니가 돌아가시자 엄마는 가정식 백반으로 식당 메뉴를 변경하고 본격적으로 음식 장사에 매달렸다. 타고난 손맛 때문인지 식당은 언제나 손님들로 붐볐고, 덕분에 빨리 자리를 잡을 수 있었다. 그러나 아무리 달리 생각해보려 해도 엄마는 그때 음식 장사를 시작해선 안 되는 거였다. 선지 덩어리를 퍼 담아주다 만난 남자와의 사이에서 태어난 사생아를 들쳐업고 기껏 다시 시작한 일이란 게 음식 만드는 일이었다니, 선택의 여지가 없었다고는 해도 엄마는 스스로의 인생에 대해 너무 무지했고 무책임했다. 생의 대부분을 음식 냄새 속에 갇혀 지내는 동안, 엄마는 요리 외의 것들에 대해서는 점점 무관심해져갔다. 엄마가 찾아낸 새로운 삶이었을 저기요들조차 모두 엄마의 백반집과 갈빗집의 단골손님들이었다. 이를테면 엄마는 비슷한 실수를 반복하며 살아온 셈이었다.

남자들과 살림을 합칠 때마다 엄마는 마치 정해진 수순을 밟는 사람처럼 담담하게 행동했다. 간혹 내 의견을 물어오기도 했지만 내가 보이는 반응에 그다지 신경을 쓰는 눈치는 아니었다. 물론 나는 단 한 번도 엄마의 결정에 반대하거나 돼먹지 못한 심술을 부려 엄마와 저기요들을 괴롭히지 않았다. 사실, 엄마의 방으로 옷가지 몇 벌을 옮겨왔을 뿐인 단골손님들에게 내가 불손할 이유는 없었다. 각자 어딘가 조금씩 불편하고 거북하긴 했지만 우리들의 동거는 대체로 평화로웠다. 적어도 표면적으로는 그랬다.

"만만한 게 뭐라고, 아무튼 제작팀을 개똥대가리로 안다니까! 납품 기한 하나 제대로 조절 못하는 즈이 놈들 책임은 간데없고 허구한 날 나만 들볶으면 안 될 일이 된대? 에이, 썅!"

작업가운을 벗어던진 제작팀장이 담배를 빼 물었다. 그러고는 서너 번쯤 신경질적으로 빨던 담배를 바닥에 내던진 뒤 제작실을 나가버렸다. 부서져라 닫은 문에 걸린 금연푯말이 덜렁댔다. 팀장은 종종, 자신이 늘 하는 말처럼 제작팀을 개똥대가리 취급하는 이 개콧구멍만한 회사를 당장이라도 때려치우고 말 기세로 성깔을 부려대곤 했다. 그러나 그때뿐이지, 그는 덜렁대는 금연푯말이 채 멈추기도 전에 다시 제작실 문을 기세 좋게 열고 들어와 팀원들을 몰아쳤다.

"다들 들었지? 개 쌍! 드럽고 치사하지만 어쩌겠어, 까라면 까는 수밖에. 자, 분발들 하자고!"

결국 그는 이 개콧구멍만한 회사에 없어서는 안 될, 퍽 유능한 관리자인 셈이었다. 예열된 오븐 안에 모형들을 차곡차곡 집어넣었다. 타이머를 조절한 뒤 새로 작업할 음식의 부품들을 정리했다. 팀장은 조금 전 오더가 넘어온 열한 가지나 되는 스테이크의 메뉴와 자료들을 내게 넘기면서 무슨 일이 있어도 주말까지는 완성해야 된다고 지레 숨넘어가는 소리를 했다. 물컹대는 스테이크의 표면을 마른 수건으로 세심하게 닦아낸 뒤 작업판 위에 접착했다. 골판지로 스테이크와 부품들의 주변을 두르고 파라핀으로 테두리를 마무리했다. 온갖 음식 부품과 화공약품의 냄새가 뒤섞인 작업실은 마치 거대한 냄새창고 같았다. 종일 쉬지 않고 돌아가는 환풍기 소음 때문에 골이 지끈거릴 지경이었지만 이 지독한 냄새를 빼내기엔 역부족이었다.

스테이크의 틀을 완성한 뒤 성형이 끝난 초밥 부품들의 착색 작업을 시작했다. 날생선을 주로 쓰는 일식은 무엇보다도 색감의 표현이 중요하다. 각각의 생선 부품에 그야말로 날것 그대로의 생명력을 불어넣어야 하는 만큼 세심한 주의를 기울이지 않을 수 없다. 간단한 스프레이 작업 후, 보다 세밀한 표현을 위해 붓을 들었을 때 작업대 위에 올려뒀던 휴대전화의 램프가 깜빡였다. 발신번호를 확인한 나는 그대로 휴대전화를 내려놓았다. 램프는 한참을 더 깜빡이다 꺼졌다. 칠 개월 만이었다. 그리 긴 시간은 아니었지만 그동안 많은 것들이 달라졌다. 그리고 그 시간들을 망설임 없이 뛰어넘어도 괜찮을 만큼 달라진 상황들이 단순한 것도 아니었다. 꼬리를 무는 생각들로 머리가 무거워졌다. 잠시 후, 다시 램프가 깜빡였다. 그때까지도 나는 붓을 쥔 채로 전화기를 바라보고 있었다. 붓에 묻은 물감은 이미 뻣뻣하게 굳어 있었다. 시너 통에 붓을 헹군 뒤 천천히 휴대전화를 들었다.

"여보세요."

"……나야."

오랜만에 듣는 그의 목소리가 조금 낯설었다.

"좀 만났으면 하는데…… 시간 괜찮아?"

나도 모르게 한숨이 비어져나왔다. 전보단 확실히 낮아진 목소리도 조심성 없는 그의 성품을 감춰주지는 못했다. 달라진 상황들로 인해 망설이고 있는 것은 나뿐인 것 같았다. 결국, 아직은 서로의 목소리를 잊어도 좋을 만큼 멀리 오진 못한 셈이었다.

모형음식이 필요한 이유와 그것의 가치는 일맥상통한다. 이론의 여지가 없다. 그러나 대량생산으로 맞춘 듯이 찍어내는 싸구려 모형들이 난무하는 세상에서 모형음식의 예술적 승화 운운하며 걸핏하면 씨알도 안 먹힐 소릴 해대는 제작팀장이나, 직원들 보너스조차 변변히 챙겨주지 못하면서 소규모 주문제작만을 고집하고 있는 회사의 오너는 중요한 사실을 간과하고 있었다. 이제 더이상 모형음식은 신기한 볼거리도, 획기적인 전시 아이템도 아니라는 점이다. 가짜에 대한 환상 따위는 사라진 지 이미 오래였다. 환상만으로는 아무것도 만들어낼 수 없기 때문이다. 내가 여러모로 열악한 여건들을 감수하면서까지 뒤늦게 이 일을 시작한 이유도 다르지 않았다. 모형음식은 음식을 포함한 모든 환상으로부터 나를 자유롭게 했다. 유일했고 완벽했다.

착색을 마친 모형에선 금방이라도 물기가 비어져나올 것만 같았다. 붓을 내려놓은 뒤에야 참았던 숨을 조심스레 몰아쉬었다. 갑작스러운 그의 전화에 약간 놀라기는 했지만 언제고 그가 연락을 해오리라는 사실을 의심해본 적은 없었다. 그가 나를 떠나리라는 것을 예상할 수 있었던 것처럼, 그것은 아주 자연스러운 깨달음이었다. 드라이어의 뜨거운 바람을 쏘이자 딱딱하던 생선모형들이 노글노글해졌다. 고추냉이를 표현한 초밥 위에 접착제를 바른 뒤 부드러워진 생선을 얹었다.

손으로 초밥을 꼭 감싸쥐었다. 따뜻했다. 헛헛하던 속이 비로소 가득차는 느낌이었다. 먹을 수 있든 없든, 그런 것은 조금도 중요하지 않다. 애초부터 나는 혀를 홀리는 음식 따위엔 아무런 관심이 없었다.

엄마가 남자들과 살림을 합칠 때 그랬던 것처럼 그들과 헤어질 때 역시 나는 별다른 감응을 느낄 수 없었다. 그러나 헤어짐의 원인이 내게 있다는 사실을 알게 되었을 때는 그럴 수가 없었다. 두번째 저기요가 짐을 꾸리며 내뱉은 말은 적잖이 충격적이었다.

"도대체 저놈의 자식이랑 같이 밥상머리에 앉아 있다 보면 내가 무슨 개돼지가 된 것 같단 말이야! 더러워. 아주 더러운 기분이야!"

그는 순한 사람이었다. 적어도 내가 알기론 그랬다. 식당 근처의 보험회사에서 근무하던 남자는 거의 하루도 빠짐없이 엄마의 식당에 들러 식사를 하곤 했다. 엄마도 단 음식을 싫어하는 그를 위해 음식의 간을 따로 할 만큼 그에게 각별한 정성을 기울였다. 그는 또, 엄마와 살림을 합친 후부터는 나에게도 넘치거나 모자라지 않을 만큼의 관심을 보였다. 실제로 나는 그가 엄마 모르게 쥐여줬던 용돈을 매번 요긴하게 쓰곤 했다. 물론 그런 그에게 특별한 호감이 있었던 것은 아니다. 하지만 그렇다고 해서 그가 나와 함께한 밥상머리에서

참을 수 없는 모욕을 느꼈을 만큼 별나게 굴지도 않았다. 그때 나는 겨우 열일곱 살이었지만, 사춘기를 무기 삼아 공연한 심술을 부려댈 정도로 어리석지는 않았다.

"마음에 담아두지 마라. 아저씨는 그저 엄마와 어울리지 않는 사람이었을 뿐이야."

엄마의 위로도 별 도움이 되지 않았다. 그때부터였다. 나는 언제나 웃었다. 엄마에게도, 저기요에게도, 심지어 엄마의 음식들에게조차 웃어 보였다. 엄마의 집으로 많지 않은 짐들을 옮겨오던 날, 세번째 저기요는 말했다.

"너랑 불편하게 지내게 될까봐 은근히 마음이 쓰였는데, 내가 괜한 걱정을 했나보다. 앞으로도 잘 지내보자. 응?"

나는 그에게 환하게 웃어 보였다. 그러나 함께 산 지 오 년이 넘도록 그는 내가 음식을 거의 먹지 않는다는 사실조차 모르고 있는 것 같았다. 사람들은 종종 헛웃음에 감쪽같이 속아넘어간다.

"이유가 뭐야? 오 년씩이나 잘 만나던 사람이랑 느닷없이 헤어졌을 땐 그만한 이유가 있었을 거 아니냔 말이야. 집에 인사까지 시켜놓고 이제 와서 결혼 못하겠다고 나자빠진 이유가!"

그와 헤어졌다는 사실을 뒤늦게 알게 된 엄마가 다그쳤다. 하고 싶은 말도 해줄 말도 없었다. 도무지 이해할 수가 없었다. 내가 엄마와 엄마의 남자들에게 담담했던 것처럼 엄마도 내게 그래야 한다고 생각했다.

“왜 그런 게 알고 싶은 거예요? 엄마가 그걸 알아야 할 필요가 있어요? 왜냐구요? 도무지 결혼이라는 게 현실 같지가 않아서 싫었어요. 내 입장에선 당연한 일 아니에요?”

엄마의 삶을 비난하려던 것은 아니었다. 납득할 수 없는 삶이라고 해서 무턱대고 비난하는 것은 정당하지 못하다. 무엇보다도 나에겐 엄마의 삶을 비난할 자격이 없었다. 비록 엄마의 잘못된 선택 때문에 내 지난 시간들이 상한 음식처럼 퀴퀴한 냄새를 풍기며 그늘 속에 방치되어왔다 해도 말이다. 그때, 엄마의 선택 속에 내가 포함되어 있었던 것은 엄마 혼자만의 탓이 아니었다. 게다가 잘못된 선택으로 인해 가장 괴로웠을 사람은 누구보다 엄마 자신이었을 테니, 나까지 거들지 않는다 해도 엄마는 이미 충분한 대가를 치른 셈이었다. 그러니까 그건, 어디까지나 몸의 문제였을 뿐이다. 엄마도 그걸 이해해야만 한다고 믿었다.

초밥모형의 주문처는 확장이전을 계획하고 있다는 회전초밥집이다. 주문량은 회전용 접시 스물두 개 분량이다. 모리작업을 위해 색색의 접시들을 꺼내 깨끗이 닦았다. 회전초밥 샘플의 경우엔 특별한 데커레이션이 필요 없다. 자료사진과 꼼꼼히 비교해가며 각각의 접시 위에 초밥모형들을 접착했다. 사실, 업체 쪽에서 넘겨준 자료들은 조악하기 짝이 없어 별

도움이 되지 않았다. 이 초밥집에서 판매되는 음식들은 모형에 훨씬 못 미칠 것이 뻔했다. 그런 지경으로 어떻게 가게를 확장할 수 있었는지 도무지 이해할 수가 없었다.

접착제 튜브를 내려놓고 뻣뻣해진 뒷덜미를 꾹꾹 주물렀다. 잠시 후 그를 만나면 함께 식사를 할 것인지 얼른 결정을 해야 했다. 그와 마주앉아 음식을 먹는 일은 보나마나 고역일 것이다. 그렇다고 달리 무엇을 해야 할지, 음식을 먹든 안 먹든 난감하긴 마찬가지였다. 코팅작업을 위해 클리어래커에 래커시너를 배합하고 있을 때 휴대전화의 램프가 깜빡였다. 작업실을 가득 메운 시너 냄새를 뚫고, 이미 휘발되었던 그가 온전히 되살아났다.

레스토랑으로 들어서는 순간, 약속장소를 잘못 선택했다는 사실을 깨달았지만 별수 없었다. 마지막으로 그를 만났던 장소이기도 한 레스토랑은 조금도 변하지 않았다. 하긴, 채 일 년도 되지 않는 시간 동안 달라질 것이 무엇이겠는가. 지난 칠 개월은 그와 나, 우리 두 사람을 변하게 하기에만도 벅찰 만큼 짧은 시간이었을 뿐이다. 점심시간인데도 레스토랑은 한산했다.

"네가 만드는 음식모형쯤으로 생각하면 돼. 어차피 너에게 실체는 그다지 중요하지 않잖아?"

그가 빈정댔다. 앞에 놓인 음식이 다 식어빠지도록 끼적대고만 있는 내게 그는 조금의 망설임도 없이 널 다시 만나고 싫어, 라고 말했다. 나는 칠 개월 만에 다시 연락을 해온 그가 조금쯤은 초췌해졌거나, 적어도 이전보다는 깊은 눈을 갖게 되었기를 기대했다. 그러나 기대와 달리 그는 전보다 훨씬 부예진 모습이었다. 게다가 타이핀과 커프스버튼의 디자인에까지 세심하게 신경썼음직한 아내의 흔적까지 덕지덕지 바르고 나타났다. 그런 그가 난데없이 빈정거리고 있었다. 화를 내야 하는 것인지, 스테이크의 붉은 속살을 포크로 쿡쿡 찔러대고 있던 나는 혼란스러워졌다.

"아직도 나에게 기대하는 게 남았다는 뜻이야? 도대체 네가 나에게 원하는 게 뭔지, 전혀 모르겠어."

부지런히 음식을 씹고 있던 그의 표정이 순식간에 굳어졌다. 그는 나이프와 포크를 양손에 쥔 채 말했다.

"화가 나면 그냥 화를 내. 차라리 쥐고 있는 포크로 내 얼굴을 사정없이 찔러버려. 제발 그렇게 아무것도 모르겠다는 듯한 얼굴로 사람 좀 질리게 하지 말란 말이야! 넌 늘 그런 식이야. 다 알고 있으면서도 모르는 척, 이미 결정해놓고도 망설이는 척…… 그걸 방어기제쯤으로 착각하고 있나본데, 웃기지 마. 넌 책임지기 싫어서 꽁무니를 빼고 있는 것뿐이야. 내가 원하는 게 뭔지, 그걸 정말 몰라서 묻는 거야?"

나는 딱딱한 음식모형을 만드는 여자에게 가장 잘 어울릴 만한 표정이 뭘지 항상 궁금했다. 회사를 나서기 전에 약을 먹어뒀지만 또다시 목구멍을 타고 신물이 역류했다. 쥐고 있던 포크를 내려놓고 물잔을 들어 단숨에 들이켰다.

"주말에 전화해. 주중엔 너뿐 아니라 누구와도 잘 수 없을 만큼 바빠. 그리고 다시 만날 땐, 제발 그 타이핀이랑 커프스버튼은 빼고 나타나줘. 요즘 누가 그런 걸 하니? 취향도 참……"

말이 끝나기가 무섭게 테이블이 흔들렸고 그릇들이 부딪치는 소리가 요란스레 울렸다. 동시에 뺨이 얼얼해졌다. 아프긴 했지만 화가 나거나 불쾌하지는 않았다. 나는 바닥에 떨어진 포크와 나이프를 집어 테이블 위에 가지런히 올려놨다. 나이프의 날엔 스테이크소스가 지저분하게 엉긴 채 굳어 있었다.

"진정해. 혹시 포크로 내 얼굴을 찌르고 싶더라도 참아줘. 우린 칠 개월 만에 만났어. 그사이 넌 결혼을 했고, 네 말대로 난 여전히 마주앉아 함께 음식을 먹으며 사소한 잡담이나 나눌 만큼 편한 상대가 못 돼. 너도 알잖아."

나는 천천히 일어서서 레스토랑을 나왔다. 그는 나를 붙잡지 않았다. 그러나 머지않아 다시 연락을 해올 것이다. 그때 가서 그를 다시 만나건 만나지 않건 그것은 그다지 중요한 문제가 아니다. 단순한 몸의 문제에 지나지 않는 일을 두고 오래 고민할 필요는 없다.

제대로 봉해두지 않았던 탓에 꾸덕꾸덕해진 클리어래커에 시너를 다시 배합해 접시 위에 가지런히 놓인 초밥의 코팅작업을 했다. 래커의 양을 조절해가며 최대한 얇고 고르게 펴발랐다. 실제 음식이건 모형음식이건 간에 실없이 번쩍대는 음식이 입맛을 돋울 리 없었다. 복잡하게 생각할 필요는 없다. 음식모형도 그렇고, 그와의 관계도 그렇고, 엄마나 저기요들에 대해서도 마찬가지다. 그러나 긴장을 늦춰서도 안 된다. 자칫 어그러지기 시작하면 그 모든 것들은 대책 없이 무너져 버리고 말 것이다.

오후엔 사무실에 다녀온 제작팀장이 다시 한번 작업가운을 벗어던지며 길길이 날뛰었고 망할 놈의 환풍기는 아예 규칙적인 박자까지 맞추며 덜덜거렸다. 나는 완성된 초밥모형만을 간신히 넘긴 뒤 서둘러 퇴근했다. 한번 뒤집힌 속은 다시 약을 먹어도 쉬 가라앉지 않았다.

어둠에 잠겨 있는 방안의 공기가 미세하게 진동했다. 눈을 뜨자 침대 끝에 걸터앉아 나를 내려다보고 있는 엄마의 모습이 보였다.

"주무시지 않고, 무슨 일이에요? 이 시간에……"

몸을 일으키고 묵직한 머리를 흔들어 남은 잠을 털어내며 물었다.

"아저씨가 안 들어왔어."

"겨우 그것 때문에 이 밤에 주무시지도 않고 그러고 계신 거예요? 곧 들어오시겠죠. 좀 늦어질 수도 있는 거잖아요."

"며칠 전부터 꽃게가 먹고 싶다고 해서 수산시장에 다녀왔어. 새벽부터 서둘렀는데도 점심때가 다 돼서야 돌아왔지 뭐니. 돌아와선 또 한참이나 게를 손질하고 시간 맞춰 찜통에 쪄냈지. 그런데 아직까지도 들어오질 않네."

그러고 보니 미처 맡지 못했던 비린내가 나는 것도 같았다. 순간 비어 있던 위가 저릿해졌고 동시에 신물이 올라왔다. 처음엔 그저 저릿하기만 하던 위의 통증은 시간이 갈수록 심해졌다. 나는 이불을 덮어쓰고 다시 누워버렸다. 허리를 구부린 채 통증을 참아내고 있는 나를 향해 엄마는 말했다.

"어쩐지 영 안 돌아올 거란 생각이 드는구나. 하긴, 오 년이면 짧지 않은 시간이었지. 그동안 너나 그 양반이나, 참 용케도 견뎌내는구나 싶었다."

웅크린 몸 구석구석에서 식은땀이 배어났다. 한동안 말없이 이불을 덮어쓴 내 몸을 토닥이던 엄마가 이불을 걷어내고 나를 바로 눕혔다.

"약 어디 있니. 하루이틀 이런 것도 아닌데, 어디 약이 있을 거 아니야."

내가 비칠비칠 일어나 약을 찾아 먹고 다시 눕자 엄마는 내 배를 쓰다듬기 시작했다.

"그만하면 됐지 않니. 그게 다 뒤숭숭한 어미 팔자 같이 겪어내느라 얻은 병이라는 걸 모르는 건 아니다만, 너를 위해서라도 이제는 그만 마음을 풀었으면 좋겠구나. 도대체 내가 어떤 음식을 만들어야 네가 먹어줄는지…… 정말이지 모르겠어. 네게 필요한 건 약이 아니라 차진 속을 덥혀줄 음식이야. 이런 약 따위로 나아질 일이 아니라는 걸 너도 알잖니."

엄마는 전에 없이 많은 말들을 쏟아내고 있었다. 참을 수 없이 뒤틀리던 속도 차츰 가라앉았다. 배를 쓸어주던 엄마가 이불 속을 더듬어 내 손을 찾아쥐었다. 목구멍이 따끔댔다. 딱히 뭐라 단정지을 수 없이 복잡한 감정이었다. 무슨 말이든 해야 할 것 같았다. 나는 감은 눈을 뜨지 않은 채 말했다.

"식탁을 바꿔야 해요. 지금 건 너무 커…… 너무 커서, 맞은편에 앉아 있는 엄마가 도무지 보이질 않아요. 그 커다란 식탁 앞에 앉아 있으면 온통 엄마의 음식들만 보여. 나뿐만이 아니라 거기선 누구도 엄말 제대로 볼 수 없었을 거예요."

엄마가 긴 한숨을 내쉬었다. 잠시 후 엄마는 땀으로 끈적이는 내 얼굴을 한번 더 쓸어준 뒤 방을 나갔다. 나는 방문이 닫히는 소리를 들은 뒤에야 감고 있던 눈을 떴다. 사위는 여전히 짙은 어둠 속에 잠겨 있었다. 그러나 눈이 어둠에 익숙해지기까지는 그리 오래 걸리지 않았다. 나는 담담한 시선으로 그림자만 가득한 방안을 휘둘러보았다. 빛은 어디에나 존재한다. 사람이 있는 곳에 그림자마저 묻어버릴 만큼 완벽한 어둠은 존재하지 않는다. 그리고 어디에나 존재하는 빛은 끊임없이 사물을 굴절시키고 왜곡한다. 속고 있으면서도 그걸 깨닫지 못하는 것은 당연한 일이다. 어쩌면 굴절된 삶 속에서 진짜를 가려내기란 애초부터 불가능한 일인지도 모른다.

참을 수 없는 피곤이 밀려왔다. 다시 잠들기까지도 그리 오랜 시간이 필요하지는 않았다.

몸으로 익힌 기억은 쉽게 잊히지 않는 법이다. 그러나 사소하기만 한 몸의 기억이란 얼마나 불완전한 것인가. 그는 이전과는 달라져 있었다. 묘하게 일그러진 표정으로 나를 바라보는 그의 시선이 낯설었다. 망설이듯 주춤대는 손길이나 어딘지 불편한 듯한 신음을 내뱉는 목소리까지. 하지만 어쩌면 그는 줄곧 같은 모습이었는지도 모른다. 분명한 것은 아무것도 없었다.

그의 손은 차가웠고 가슴을 그러쥔 아귀의 힘은 너무 강했다. 삽입 전의 행위에 지나치게 신경을 쓰는 태도는 지루했다. 서너 차례 타이밍을 놓치면서부터는 눈에 띄게 조급해하기까지 했다. 삽입 이후의 상황은 더욱 나빴다. 치골이 부딪힐 때마다 통증이 느껴졌고 유난히 건조하고 까슬까슬한 그의 피부가 불편했다. 모든 것이 부자연스러웠다. 나는 연속되는 천장 무늬와 삐걱대는 매트리스 소음에 몰입했다. 마치 커다란 식탁 위에 누워 있는 기분이었다. 그러나 그런 내 기분 따위와는 아무런 상관 없이 그는 순식간에 절정을 향해 치달았다. 마지막 타이밍만은 놓치지 않고 정확히 페니스를 빼낸 그는 내 아랫배 위에 사정했다. 끈적끈적한 정액을 뒤집어쓴 아랫배가 환한 형광등 아래서 번들댔다. 치밀어오르는 구역질을 참기 위해 앙다문 입술을 파고드는 그를 힘껏 밀쳐냈다. 쫓기듯 욕실로 들어간 그는 비누의 향이 너무 강하다며 한참 동안 투덜댔고, 결국 비누를 사용하지 않은 채 샤워를 마쳤다. 어쩌면 그는 뭔가 다른 말을 하고 싶었던 것인지도 모른다. 그러나 그게 무엇이든 조금도 중요하게 여겨지지 않았다. 함께 있는 내내 우리는 아귀가 맞지 않는 톱니바퀴처럼 삐걱댔다.

지난밤, 샤워를 마친 그는 아무렇게나 팽개쳐져 있는 셔츠에 물을 뿌리고 단정하게 걸어놓은 뒤 잠자리에 들었다. 나는 실오라기 하나 걸치지 않은 모습으로 천연덕스레 잠들어 있는 그를 한참 동안 내려다보다 조용히 일어나 옷을 입었다. 방을 나오기 전, 화장대 위에 놓인 타이핀과 커프스버튼을 가져다 변기 속에 빠뜨리고 물을 내렸다. 그의 아내의 세심한 배려를 단숨에 삼켜버린 변기가 크릉크릉 거친 숨을 토해냈다. 아마도 그는 사라진 타이핀과 커프스버튼 때문에 한동안 몹시 곤란해질 것이다. 그리고 다시는 내게 연락을 해오지 않을 것이다. 간혹 단순한 몸의 문제가 마음을 건드리기도 하므로 어쩌면 나는 그런 그가 조금쯤은 그리워질지도 모른다. 그러나 나는 이미 그가 진짜가 아니라는 사실을 알고 있다. 오래전의 내게 그러한 사실은 분명히 상처가 됐지만, 이미 흉터로 남은 일은 더이상 상처가 될 수 없다. 새삼스레 흉터를 확인하는 일이 괴롭긴 하겠지만 역시 사소한 문제일 뿐이다.

엄마의 짐작대로 세번째 저기요는 끝내 돌아오지 않았다. 네번째 남자의 귀가를 포기한 엄마는 식당으로 돌아갔다. 썩 달가운 일은 아니었지만 굳이 말리고 싶지도 않았다. 게다가 엄마는 전과는 달라져 있었다. 엄마는 더이상 음식을 만들거나 권하지 않았다. 그것은 식당에서조차 마찬가지였다. 엄마는 과거와는 달리 최종적으로 음식의 간을 보는 일 외엔 주방일에 일절 참견하지 않았다. 하지만 달라진 엄마가 네번째 저기요를 찾는 일까지 그만둔 것인지는 알 수 없었다.

케이크 전문점에서 주문한 케이크모형은 총 열세 가지이다. 생과일주스를 비롯한 음료까지 합하면 모두 스물다섯 가지나 된다. 나는 벌써 한 시간 가까이 음료를 만들 젤라틴에 첨가할 색을 결정하기 위해 색상표를 들여다보고 있다. 테스트용 물감을 풀어 샘플을 여러 개 만들어봤지만 딱히 마음에 드는 색을 찾아내지 못했다. 가스레인지 위에선 중탕한 젤라틴이 끓고 있었다. 감색 수채물감에 흰색을 약간 섞어 젤라틴과 혼합했다. 역시 너무 들떠 있었다. 견본의 색과 별 차이는 없어 보였지만 여름 음료의 색감이 힘없이 들떠 있는 것은 간과할 수 없는 문제다. 심해(深海)와도 같은 색을 만들고 싶다. 한여름, 뜨겁게 달궈졌던 머리꼭지까지 서늘해질 만큼 강렬한 색감이어야만 한다. 완성된 샘플들을 모두 버리고 또다시 불려둔 젤라틴을 중탕했다. 건조 테이블 위에선 케이크의 틀이 천천히 굳고 있었다.

엄마는 끝내 커다란 식탁을 버리지 않았다. 엄마가 다섯번째 남자를 만나, 그를 다시 커다란 식탁 앞에 앉힌다 하더라도 그것이 그다지 이상한 일이라고는 생각하지 않는다. 자신이 어디로 가고 있는지 알고 가는 사람이 몇이나 되겠는가. 엄마가 끝내 진실을 깨닫지 못하게 된다 해도 그건 엄마 몫의 삶일 뿐이다. 누구나 그렇다. 어차피 그 모든 것들은 단순한 몸의 문제에 지나지 않는다. 처음부터 마음은 한곳을 향해 있게 마련이고 그걸 흔들어놓을 만한 몸의 문제란 좀처럼 일어나지 않는 법이니까. 불필요한 갈등은 몸의 균형마저 깨뜨리고 만다.

아침과 점심을 모두 거른 탓인지 비어 있던 속이 다시 저릿해졌다. 또다시 한 움큼의 약을 삼키며 엄마의 말을 돌이켜봤다. 엄마는 내게 필요한 것은 약이 아니라 차진 속을 데워줄 음식이라고 했다. 그러나 지금 내 속을 데워줄 수 있는 것은 혀를 홀리는 음식이 아니다. 바라보는 것만으로도 몸과 마음을 한꺼번에 얼려버릴 만큼 차가운 색감의 음료모형이다. 애초부터 나는 혀를 홀리고 배를 채워주는 음식에는 아무런 관심이 없었다. 먹을 수 있든 없든, 그런 것은 조금도 중요하지 않다. 그것은 지극히 사소한 몸의 문제에 지나지 않으므로 진짜보다 더 진짜 같은 가짜만으로도 충분하다. 그 밖의 것들은 불필요한 갈등을 불러일으킬 뿐이다. 진짜보다더진짜같아야한다진짜보다더진짜같아야한다진짜보다더…… 나를 지배하고 있는 주문을 끊임없이 반복했다. 저릿하던 속이 가라앉고 포근한 열기가 차오르기 시작했다.

통증

"감각은 사라지고 통증만 남은 셈이지."

언제나 그랬듯 형의 목소리에는 아무런 감정도 담겨 있지 않았다. 목소리뿐만이 아니었다. 눈동자 역시 텅 비어 있었다. 아주 작은 힘에도 바스락, 바스라지고 말 것처럼 물기라고는 조금도 느껴지지 않았다. 형은 마치, 잘 마른 낙엽 같았다.

"그러는 너는 요즘 어때?"

아무것도 없던 형의 눈동자에 간신히 내가 맺혔다. 그런데 글쎄. 대답할 말이 떠오르지 않았다. 요즈음의 나는 어떤가. 잘 모르겠다. 요즈음의 나뿐만이 아니라 과거의 나, 그리고 앞으로의 나 역시. 나는 내가 어떤지 도무지 모르겠다.

"바뀐 전화번호야. 형만 알고 있어. 그렇다고 아무때나 전화 걸라는 소린 아니야. 전화해도 안 받을 거니까 되도록이면 전화하지 마."

되지도 않는 소리를 주절거리며 형의 휴대전화에 저장돼 있던 내 번호를 수정했다. 형이 보조 테이블 위에 놓인 휴대전화를 왼손 손등으로 터치해 바뀐 전화번호를 확인했다. 그 사소한 동작을 하는 동안에도 형은 오만상을 찌푸린 채 한참 동안이나 끙끙댔다. 그 모습을 외면하며 현관을 향해 걸음을 내디디려는데 몸이 휘청했다. 나도 모르게 무릎이 꺾인 것이다. 발가락 끝이 찌릿했고 발바닥의 피부도 찢어질 듯 당겼다. 크게 숨을 들이마시며 다시 한 걸음 내디뎠다. 온몸의 세포가 바늘처럼 곤두서는 느낌이었다. 살갗이 벗겨진 것처럼 아렸다. 불에 덴 듯 화끈대기도 했다. 통증은 형만 느끼고 있는 것이 아니었다. 나 역시 형처럼 일상의 한 부분을 통증에 내어준 채 살아가고 있다. 형이 통증으로 인해 고통스러워하는 동안 나라고 멀쩡한 몸과 마음으로 살아온 것은 아니라는 뜻이다. 처음부터 그랬다.

아파트 단지를 막 벗어나려는데 엄마와 마주쳤다. 멈칫하는 나와 달리 엄마는 무표정한 얼굴로 스치듯 나를 지나쳐갔다. 우뚝 멈춰 서서 멀어져가는 엄마의 뒷모습을 지켜보았다. 엄마의 걸음걸이에선 어떤 흔들림도 찾아볼 수 없었다. 나는 어금니를 앙다문 채 돌아서서 가던 길을 재촉했다. 엄마가 어떻게 나오든 아무 상관 없었다. 엄마와 형이 아니어도 이제 내게는 돌아갈 가족이 있으니까. 나의 새로운 패밀리, 팸으로 돌아가 모른 척 살아가면 그뿐이었다.

현관문을 열자 온갖 냄새가 한꺼번에 몰아쳤다. 벽지까지 스며든 담뱃진 내, 어리고 게으른 몸에서 배어나오는 땀냄새, 방안 여기저기 방치된 채 썩어가고 있는 음식찌꺼기 냄새, 물을 내리지 않은 변기에서 풍기는 지린내까지, 다양한 냄새들이 한데 뒤섞여 골이 띵할 지경이었다.

"아, 냄새! 야, 일어나. 안 일어나?"

방으로 들어서며 발길에 채는 대로 툭툭 걷어찼다. 뒤집어쓰고 있던 이불로 몸뚱이를 둘둘 마는 년, 벙찐 얼굴로 설핏 눈을 떴다가 다시금 누렇게 찌든 베개에 얼굴을 파묻고 마는 놈, 씨발 어떤 새끼가 지랄이냐며 눈도 못 뜨고 욕지거리를 우물대는 새끼 등 반응은 다양했지만 정작 일어나는 인간은 하나도 없었다. 침대 위에 대자로 뻗은 창훈과 그 옆에 찰싹 들러붙은 채 잠들어 있는 지연은 둘 다 알몸이었다.

간밤에 둘은 정말이지 굉장했다. 나머지들이 둘러앉아 치킨 두 마리와 소주 여덟 병을 다 먹어치우도록 둘은 쉬지 않고 섹스를 했다. 창훈이 새끼는 섹스를 위해 태어난 놈이 틀림없다고, 물렁뼈를 오독오독 씹으며 규영이 중얼거렸다. 그 순간, 술자리에서 일찌감치 나앉아 손톱에 매니큐어를 바르고 있던 은주를 종구가 구석 쪽으로 밀어 넘어뜨린 뒤 올라탔다. 손톱 다 망가진다며 찡얼대는 은주의 입을 종구의 물건이 틀어막았다.

"싼다."

얼마 지나지 않아 종구가 숨을 할딱이며 소리쳤다.

"아이, 씨팔!"

미처 피하지 못한 은주가 잔뜩 인상을 쓰며 걸쭉한 정액을 뱉어냈다.

"아이, 씨팔? 좆만한 년이 어따 대고 욕을 처하고 자빠졌어? 뒈지고 싶냐?"

종구가 은주의 머리를 후려갈겼다. 그새 축 늘어진 종구의 물건이 힘없이 덜렁댔다.

"야, 이 새끼 넣자마자 싸는 거 봤냐? 와, 씨발 졸라 깨. 에라, 이 병신 새끼야. 쪽팔린 줄 좀 알아라."

규영이 종구의 뒤통수를 치며 비웃었다. 덕분에 쪽팔림을 알게 됐는지, 종구는 아예 벌떡 일어나 은주를 작신작신 밟기 시작했다. 나는 잠시 그 모습을 지켜보았다. 창훈과 지연은 그 소동 속에서도 서로의 몸을 핥고 빠느라 여념이 없었다. 은주는 벽을 향해 잔뜩 웅크린 채로 종구의 발길질을 참아내고 있었다. 더 놔두면 안 되겠다 싶어 길길이 날뛰는 종구를 은주에게서 억지로 떼어냈다.

"그만 좀 해라, 새끼야. 이러다 얼굴에 기스라도 나면 일 못 나간다고!"

종구는 못 이기는 척 떨어져나오긴 했지만 여전히 분해죽겠다는 듯 은주를 노려보며 씩씩거렸다.

“야, 니들도 그만해. 그러다 씨발, 보지 씹창나겠다.”

규영이 침대 매트리스를 발로 걷어차며 말했다.

“에이, 씨발. 나 잘 거니까 아무도 건드리지 마!”

종구가 벌렁 나자빠지며 소리쳤다. 그때까지도 몸을 웅크리고 있던 은주가 슬며시 일어나더니 방 한가운데 널려 있는 닭뼈며 소주병들을 주섬주섬 치우기 시작했다. 그제야 서로에게서 떨어져나온 창훈과 지연이 별 이유도 없이 키들거렸다.

“이게 사는 거냐. 씨발.”

규영 역시 누구에게랄 것도 없이 중얼대더니 벌렁 누워버렸다. 휴대전화로 시간을 확인했다. 새벽 네시가 가까워오는 시간이었다. 내 팸의 하루가 또 그렇게 저물어가고 있었다.

갑작스런 전화벨 소리에 소스라치며 주위를 둘러봤다. 누구의 전화인지는 알 수 없었다.

“뭐야! 씨발, 좆나 놀랐네. 야, 니들 안 일어날 거야?”

공연히 성질이 나서 소리를 질렀다. 아이들이 곰지락거리며 눈을 떴다. 숨이 넘어갈 듯 울어대는 벨소리에 신경이 바짝 곤두서는 느낌이었다.

“에이 썅! 누구 전화야. 확 부숴버리기 전에 안 받아?”

배를 홀랑 까고 잠들어 있던 규영이 머리맡을 더듬어 휴대전화를 집어들었다.

"누구야. 응? 안 돼. 씨발, 안 된다니까. 여기가 무슨 쉼터냐? 어떻게 된 게 갈 데만 없으면 일루 온다고 지랄들이야, 쌍. 됐으니까 끊어, 새꺄!"

통화를 끝낸 규영이 배를 북북 긁으며 일어나 앉았다.

"뭔데?"

창훈이 벌떡 일어나며 물었다.

"별거 아니야. 전에 같이 있던 새낀데, 좀 재워달라고. 그쪽 팸이 깨져서 흩어졌나봐."

규영이 심드렁하게 대꾸했다.

"좆까라고 했어. 괜히 대가리 수만 늘릴 필요 없잖아."

규영이 벌떡 일어나 화장실로 들어가며 덧붙였다.

"그렇긴 하지. 우리야 지금 멤버로도 충분하니까."

창훈이 팬티를 찾아 꿰어 입으며 중얼거렸다. 종구 또한 입이 찢어져라 하품을 하며 고개를 주억거렸다. 지연과 은주, 두 계집애는 깨자마자 거울부터 찾아 들었다. 둘 다 실오라기 하나 걸치지 않은 알몸이었다. 수치심을 잊은 인간이란 얼마나 자연스러운 존재인가. 잠시 생각하다 휴대전화를 꺼내 시간을 확인했다. 오후 다섯시를 막 지나고 있었다.

"야, 배고프다. 빨리빨리 움직여."

내 말에 아이들이 분주하게 움직이기 시작했다. 규영이 나오자마자 계집애 둘이 화장실로 쏙 들어갔다. 화장실 문 옆에 쭈그리고 앉아서 머리를 북북 긁어대던 종구가 화장실 문을 발로 차며 욕지거리를 뱉어냈다. 아마도 화장실이 비기를 기다리고 있던 모양이었다. 내 팸의 하루가 또 이렇게 시작되고 있었다.

여자애들은 한 시간이 넘도록 치덕치덕 화장을 하고 옷을 갈아입었다. 그러고는 둘이 딱 붙어앉아 휴대전화로 채팅에 열을 올렸다. 엉덩이 바로 아래서 찰랑대는 주름치마와 어깨가 봉긋한 블라우스를 입은 지연은 제법 봐줄 만했다. 몸에 꼭 끼는 스키니를 입은 은주의 엉덩이는 당장이라도 바지의 봉제선을 뜯고 튀어나올 기세였다. 술이 떡이 돼서 영등포역 부근을 맨발로 헤매는 걸 조건 나갔던 지연이 보고 주워온 애였다. 술이 깨고 난 뒤에 왜 맨발로 돌아다닌 거냐고 물어보니 먼저 있던 팸에서 도망쳐나오는 길이었다고 대답했다. 술도 먼저 팸의 오빠들이 강제로 먹인 거였다는데, 평소 소주잔 꺾는 본새를 보면 누군가 억지로 술을 먹였다는 말은 좀처럼 믿기지 않았다. 어쨌든 내 취향은 절대 아니지만 중늙은이들이 선호하는 타입인지 꼰대들의 반응이 나쁘지 않았다.

"스물여섯 살 어때?"

"너무 어려."

지연의 물음에 고개도 들지 않고 대꾸했다.

"그럼 서른둘은요?"

이번엔 은주가 물었다.

"이 씨발년들이 떡치는 데 재미가 들렸나, 오늘따라 왜 돌아가면서 지랄들이지? 니들이 무슨 떡치는 소녀들이냐? 젊은 새끼 골라서 대충 놀다 오겠다, 뭐 그런 거냐고! 응?"

규영이 여자애들을 위아래로 훑으며 눈을 부라렸다.

"날밤 까가며 떡을 치고도 부족한가 보오지이?"

종구가 지연을 겨냥한 듯 빈정거렸다. 그 소리에 창훈이 캑캑댔다. 담배연기로 뻐끔뻐끔 도넛을 만들다 사레라도 들린 모양이었다. 창훈은 서너 번 더 캑캑대더니 나중에는 큰 소리로 웃기 시작했다. 미친 새끼라며 종구의 뒤통수를 한 대 깠지만 화가 나서 그러는 것 같지는 않았다. 화가 나기는커녕, 오히려 종구가 귀여워죽겠다는 얼굴이었다. 지연의 표정이 싸늘해졌다.

"제희 오빠, 오늘 오빠들도 같이 작업 들어가는 거야?"

지연은 창훈을 째려보며 내게 물었다.

"왜, 컨디션 별로야?"

"아니. 그런 건 아니고, 얼마짜리 작업인지 알아야 초이스할 거 아니야."

"찔끔찔끔하지 말고 오늘은 제대로 한판 땡겨보자."

종구가 톡 끼어들었다.

"그래. 한판 제대로 뜨고 당분간 좀 쉬자."

창훈도 거들었다.

"그럼 일단은, 대략…… 천 정도? 나중에 더 땡길 수 있으면 고맙고."

나는 천천히 고개를 끄덕이며 대답했다.

"야, 이은주! 들었지? 늙다리 새끼로 골라라. 흐물흐물한 껍데기까지 홀랑 벗겨먹게."

지연은 여전히 창훈을 노려보고 있었다.

"언니, 여기요."

은주가 지연의 눈치까지 슬금슬금 보며 휴대전화를 내밀었다. 지연은 은주가 내민 휴대전화를 낚아채듯 받아들고는 꽤 유심히 들여다봤다.

"쉰둘. 됐지? 씨발, 우리 아빠보다도 늙었어."

지연이 심호흡을 하듯 숨을 크게 들이마시더니 단숨에 뱉어냈다. 그러고는 시간과 장소를 찍어 채팅창에 올렸다.

"나가자."

내 말이 떨어지기 무섭게 아이들이 우르르 몰려나갔다. 창훈과 종구는 연신 서로의 뒤통수를 때리며 장난질이었고 십 센티미터는 족히 돼 보이는 하이힐을 신은 지연이 그뒤를 따랐다. 보나마나 창훈의 뒤통수를 뚫어져라 째려보고 있을 게 뻔했다. 터질 듯한 엉덩이를 실룩대며 반지하 계단을 올라가던 은주가 갑자기 멈춰 서 뒤를 돌아봤다. 그 바람에 하마터면 은주의 엉덩이에 얼굴을 파묻을 뻔했다. 깜짝 놀라 상체를 뒤로 빼면서 기우뚱하는 걸 마침 뒤따라나오던 규영이 받쳐주었다.

"어머, 오빠! 괜찮아요? 죄송해요. 정말 죄송해요."

"아이, 씨발. 뭐야?"

뒷걸음질로 계단을 두어 칸 내려서면서 소리쳤다. 내 목소리에 놀랐는지 아이들이 다시 우르르 몰려들어왔다.

"뭐야, 무슨 일인데?"

"폰을 두고 나온 거 같아서요."

"아유, 저 찐따 같은 년. 야, 니 폰 여기 있잖아."

지연이 이맛살을 찌푸리며 제 핸드백에서 은주의 휴대전화를 꺼내 보였다. 갑자기 발가락 끝이 따끔거렸다. 누군가 뾰족한 바늘로 발가락 끝을 콕콕 찌르는 것만 같았다. 나도 모르게 낮은 신음을 내뱉었다. 무릎이 힘없이 꺾이며 휘청하는 걸 이번에도 규영이 잽싸게 붙잡아줬다. 아무래도 예감이 썩 좋지 않다고, 바지가 터질 듯 팽팽한 은주의 엉덩이를 보며 생각했다.

쓰리섬을 원한다는 사내가 채팅에서 제시한 금액은 삼십만 원이었다. 지연과 은주는 영등포역 5번 출구에서 사내를 만나 곧바로 근처 모텔로 향했다.

'지난번처럼 늦기만 해봐. 확 날라버릴 테니까.'

은주의 팔짱을 낀 채 사내를 따라간 지연이 모텔 안으로 들어가기 직전에 단체 톡을 보내왔다. 우리는 모텔 근처 편의점에서 만두와 라면을 먹으며 계집애들의 다음 문자를 기다렸다. 십 분쯤 지났을까. 규영의 휴대전화가 울렸다.

"307호래."

규영의 말에 종구가 남은 만두 세 알을 한입에 욱여넣고 우물거렸다. 창훈이 마시던 콜라를 종구에게 건넸다. 남은 콜라를 단숨에 마셔버린 종구가 꺼억, 크게 트림을 했다. 규영이 더럽다며 종구의 뒤통수를 슬쩍 쳤다. 종구도 규영의 옆구리를 향해 가볍게 잽을 날렸다. 규영이 눈을 동그랗게 뜨며 헤드록을 걸었다. 우리는 한데 뒤엉켜 티격태격하며 우르르 편의점을 빠져나왔다. 모텔 앞에 다다르자 짓까불던 아이들이 조용해졌다. 우리는 잠시 서로의 얼굴을 바라보며 숨을 골랐다. 내가 고개를 끄덕여 신호를 보내자 창훈이 모텔 문을 열어젖혔다.

"들어갈 때 신분증 검사 안 했어요? 걔들 나이가 몇 살인지 알아요? 열다섯이야, 열다섯. 미성년자라고! 늙다리 새끼가 솜털 보송한 계집애를 둘씩이나 끼고 들어가는데 신분증 검사도 안 했다는 게 말이나 되냐고! 씨발, 확 신고해버리기 전에 스페어 키 안 내놔?"

창훈이 안내데스크를 부술 듯 걷어차며 소리를 질렀다. 그러나 안내데스크를 지키는 남자는 심드렁한 표정으로, 동네 똥개새끼야 목이 터져라 짖건 말건 자신은 아무 상관 없다는 듯 컴퓨터 모니터만 들여다보고 있었다. 남자의 반응에 흥분한 규영마저도 저 새끼가 뒈지려고 환장을 했네 마네 하며 안내데스크에 주먹질을 했다. 나는 흥분한 녀석들을 진정시켰다. 그러곤 몸을 숙여 남자에게 속삭이듯 말했다.

"아저씨가 여기 주인이에요? 그렇다면 지금부터 내가 하는 말 똑똑히 들어야 할 거예요. 아저씨, 우리 같은 놈들이 왜 무서운지 알아요? 우린 내일이 어떨지, 생각 안 하고 사는 놈들이거든요. 내일이 없는 새끼들한테 오늘 저지르지 못할 짓 같은 게 있겠어요? 그러니까 우리 같은 놈들 빡치게 해봐야 좋을 거 하나도 없다고요. 막말로 우리가 모텔에 불이라도 싸지르면 어쩌려고 이러세요? 왜요, 우리가 못할 거 같아요? 그럼 지금부터, 우리 같은 새끼들이 빡치면 어떻게 되는지, 한번 보실래요?"

남자의 얼굴이 굳어졌다. 나는 안내데스크를 중지로 톡, 톡, 톡, 반복해서 두드리며 말을 이어갔다.

"그러니까 피차 피곤하게 굴지 말고 좋게 끝내자고요. 참, 짭새들한테 찔러봐야 아무 소용 없다는 건 말 안 해도 알죠? 장사 하루이틀 한 것도 아닐 텐데, 짭새들이 얼마나 느려터졌는지 아저씨가 모를 리 있겠어요. 느려터지기만 하면 다행이게요? 일 다 끝난 뒤에 나타나서는 쓸데없이 모가지에 힘만 잔뜩 주고, 신분증 검사를 했느냐 안 했느냐, 미성년자인 줄 알았느냐 몰랐느냐, 오라, 가라…… 아주 여러 날 귀찮게 굴겠죠. 그러니까 아저씬 그냥, 여차했다가는 짭새들보다 119가 먼저 오는 수가 있다는 거랑 내가 한번 본 얼굴은 절대로 잊어버리지 않는 스타일이라는 사실만 명심하면 돼요. 알아들어요?"

남자는 긴 한숨을 토해내더니 스페어 키를 내밀었다.

"제발 부탁인데, 경찰 들이닥치겐 하지 마라. 최대한 조용히 끝내고 가라고."

엘리베이터에 올라타는 우리들의 뒤통수에 대고 남자가 다짐을 두듯 소리쳤다. 엘리베이터 문이 닫히기 직전, 규영이 남자를 향해 오른손을 슬쩍 들어 보였다.

계집애들은 팬티 바람을 하고 하나는 사내의 배 위에, 또 하나는 머리맡에 걸터앉아 있었다. 종구가 가장 먼저 달려가 휴대전화 카메라로 사내와 계집애들의 모습을 찍어댔다. 계집애들은 종구가 촬영을 끝내자마자 잽싸게 내려와 각자 옷을 찾아 입었다. 타이트한 스키니를 억지로 끌어올리느라 부산하게 움직이는 은주의 가슴이 덜렁거렸다. 실오라기 하나 걸치지 않은 사내는 어리둥절한 얼굴로 계집애들과 우리를 번갈아 쳐다봤다. 규영이 겨우 바지를 꿰어 입은 은주의 따귀를 올려붙였다. 은주가 뺨을 감싸며 주저앉았다. 그제야 뭔가 잘못됐다는 생각이 들었는지, 사내는 서둘러 일어나려다 침대 위에서 굴러떨어지고 말았다. 창훈이 바닥을 나뒹구는 사내의 머리채를 잡고 억지로 일으켜세웠다. 사내는 악, 소리도 내지 못한 채 어쩔 줄 몰라했다. 종구가 그런 사내의 복부를 연달아 강타했다. 사내가 배를 부여잡고 주저앉았다.

"일어나. 빨랑 안 일어나? 일어나라고 이 씹새끼야!"

종구가 알몸뚱이인 사내의 머리채를 꺼들었다. 사내가 미처 일어나기도 전에 이번엔 창훈이 사내의 얼굴을 걷어찼다.

"누, 누구세요. 왜들 이러시는데요. 네?"

사내가 피 섞인 침을 뱉어내며 말했다. 규영이 사내 앞에 쪼그려앉았다.

"우리가 누구고 왜 이러는지가 궁금해요? 이봐요 아저씨, 정신 좀 차려요. 지금 아저씨가 궁금해해야 할 건 우리가 누구고 왜 이러는지가 아니야. 어떻게 해야 우리를 진정시킬 수 있을까 하는 거지. 안 그래요, 이 개자식아?"

규영이 어느새 꺼낸 잭나이프로 사내의 왼쪽 볼을 쓱 그었다. 칼자국을 따라 선홍색 핏방울이 몽글몽글 맺히다 볼을 타고 주르륵 흘러내렸다. 사내가 제 볼에 손을 가져다 댔다. 피 묻은 손을 내려다보는 사내의 눈빛이 탁해졌다.

"똑바로 말해. 쟤들 미성년자인 거 알았어, 몰랐어. 몰랐다고? 모르긴 뭘 몰라, 이 미친 새끼야. 우리가 누군지 궁금해? 저기 있는 저년이 내 동생이다. 그러니 이제 어쩌실래요, 이 씨발놈아!"

규영이 일어서며 들고 있던 잭나이프를 내게 건넸다. 종구와 창훈이 사내를 일으켜세웠다. 사내의 볼을 타고 흐른 피가 턱 끝에 매달렸다 규칙적으로 뚝, 뚝, 떨어졌다. 나는 사내의 텅 빈 눈을 담담히 바라보며 그에게 다가섰다.

"이봐요, 아저씨. 이 칼 보여요? 날카롭긴 하지만, 자, 봐요, 칼날이 너무 짧아요. 설사 내가 이걸로 아저씨 배를 쑤신다고 해도 여간해선 죽지 않을 거예요. 그러니까 지레 겁먹고 징징거리지 말란 소리예요. 시끄러운 건 딱 질색이니까. 물론 죽이려고 들자면 방법이야 왜 없겠어요. 그렇지만 아직까지 난 아저씨를 죽일 생각이 없어요. 아저씨가 저기 있는 저년들을 건드린 건, 전적으로 아저씨의 오늘 일진이 나빴기 때문이라고 생각하거든요. 친구 동생한테 할 말은 아니지만 저년들 말이에요, 한마디로 걸레예요. 아저씨가 아니었더라도 누군가 와는 조건을 했을 거란 말이죠. 그러니까 난, 우리가 아저씨를 죽이기까지 하는 건 너무 오버하는 거라고 생각해요. 자, 여기까진 아저씨도 동감하죠?"

낮고 차분한 음성으로 천천히 이야기했다. 나는 사내에게 지금 자신에게 닥친 현실을 정확하게 이해시킴으로써 그가 느낄 공포감을 극대화시키고 싶었다. 사내는 한층 간절해진 눈으로 나와 시선을 맞추려 애쓰며 고개를 주억거렸다.

"하지만 아저씨, 아저씨가 하필이면 저 새끼의 동생을 건드린 건 틀림없는 사실이잖아요. 그러니까 아저씬 저 새끼한테 진심으로 용서를 빌어야 돼요. 아저씨도 생각을 해봐요. 아저씨 여동생이나 딸내미를 어떤 늙다리 새끼가 홀랑 따먹었다면, 그것도 쓰리섬으로 말이죠, 아저씨 같으면 가만히 있겠어요? 입장을 바꿔놓고 생각해보면 저 새끼나 우리가 길길이 날뛰는 것도 이해가 될 거예요. 세상일이 다 그런 거잖아요.

안 그래요?"

사내의 볼에선 여전히 피가 배어나오고 있었다. 나는 사내와 눈을 맞추며 빙긋 웃었다. 사내의 탁한 동공이 불안하게 흔들렸다. 규영에게서 건네받은 잭나이프로 사내의 왼쪽 젖꼭지 아래부터 배꼽을 향해 천천히 내리그었다. 치명적이진 않되 이성적인 판단이 불가능해질 만큼의 피를 보자면 힘 조절이 중요했다. 칼날이 지나간 선을 따라 피가 배어나왔다. 사내의 얼굴이 사색이 되었다. 사내는 아무 말도 하지 못한 채 거친 숨만 헐떡였다.

"오빠, 이제 우린 나가 있어도 되지?"

지연이 묻자, 창훈이 고갯짓으로 나가라는 시늉을 했다.

계집애들이 방을 빠져나가자 종구와 창훈이 붙잡고 있던 사내의 팔을 놓아주었다. 사내는 바닥에 털썩 주저앉더니 온몸을 부들부들 떨었다. 나는 침대 옆 의자에 반듯하게 걸쳐 있던 사내의 와이셔츠를 집어 잭나이프에 묻은 피를 꼼꼼히 닦아냈다. 사내는 멍한 얼굴로 피가 흐르는 상처와 나를 번갈아 쳐다봤다. 잭나이프를 규영에게 돌려주었다. 상처 입은 짐승처럼 숨을 헐떡이던 사내가 기어이 꺼억꺼억 울음을 토해내기 시작했다.

"어이, 아저씨. 울 거 없다니까 그러네."

창훈이 사내 앞에 쪼그리고 앉아 어깨를 토닥였다.

"고거 다쳤다고 사람 안 죽어요. 그러니까 씨발, 시끄럽게 굴지 말고 뚝 해요. 뚝! 누가 들으면 우리가 사람 잡는 줄 알겠네. 아저씨가 계속 이렇게 울면 우리가 진도를 나갈 수가 없잖아요. 아저씨도 얼른 끝내고 집에 가고 싶을 거 아니야. 안 그래?"

창훈의 말에 사내가 억지로 울음을 삼키며 우리를 올려다보았다. 사내의 목울대가 출렁였다. 종구가 사내의 지갑 속에서 신분증과 작은 사진 한 장을 꺼내 사내의 코앞에 들이밀었다.

"이건 우리가 보관할게요. 아저씨 지금 신상 털린 거야. 뭔 소린지 이해하지? 근데 얘들 아저씨 딸들이야? 와, 완전 내 스타일이야. 아저씨 집 근처에서 죽치고 있다보면 만날 수 있는 건가?"

피투성이가 된 사내가 있는 힘껏 고개를 내저으며 오열했다.

"아저씨, 흥분하지 말고 잘 들어요. 사람이 잘못을 하면 용서를 빌고 자기가 잘못한 만큼 보상을 하는 게 당연하잖아요? 아저씨 때문에 지금 재랑 재 동생이 엄청 상처받았다고요. 덩달아 우리는 또 이게 뭐예요. 괜히 시간 낭비하면서 할 짓이 아니잖아요. 안 그래요? 그러니까 아저씬 우리들한테 용서를 빌고 보상도 해야 하는 거예요. 오케이?"

내가 말하는 동안 규영은 찰칵찰칵, 잭나이프를 접었다 펴길 반복했다. 사내는 두려움이 가득한 눈으로 규영의 손을 쳐다보며 고개를 주억거렸다.

"어라, 근데 이 새끼 현금이라곤 딱 칠만 원뿐인데? 야, 이 씹새끼 삼십만 원짜리 조건이라고 하지 않았냐? 너 이 새끼 솔직히 까봐. 처음부터 먹튀할 생각이었지? 아 놔, 뭐 이런 새끼가 다 있지?"

종구가 뭔가 변명을 하려는 듯 제 쪽으로 몸을 바싹 당기는 사내를 걷어찼다. 사내는 벌렁 나자빠지며 침대 모서리에 머리를 찧었다. 종구가 지갑 속의 현금을 꺼내 규영에게 건넨 뒤 피칠갑을 한 사내의 알몸뚱이에 걸쭉한 가래침을 뱉었다. 사내는 한참을 버둥거린 끝에 간신히 일어나 앉았다.

"씨발, 됐고, 비밀번호나 쭉 읊어봐."

종구가 사내의 지갑에서 카드 세 장을 꺼내 흔들었다. 사내는 눈물과 핏물로 범벅이 된 얼굴을 역시 피범벅인 손으로 훔쳐내며 각 카드의 비밀번호들을 나열했다.

"에이, 씨발. 그냥 한 가지로 통일할 것이지. 먹이는 거야 뭐야."

종구가 투덜대며 방을 나섰다. 나는 침대로 올라가 베개를 괴고 침대 헤드에 기대앉았다. 규영과 창훈은 사내를 가운데 두고 언제나 그랬듯 시시껄렁한 농담을 주고받았다. 넋은 빠져나가고 껍데기만 남은 듯 사내의 몸이 폭 까부라졌다. 사내는 더이상 울지 않았다. 그저 초점이 흐린 눈으로 허공 어딘가를 응시하고 있을 뿐이었다. 그런 사내의 모습이 마치 바싹

마른, 낙엽, 같다고 생각하는 순간.

처음엔 감전이라도 된 듯 발가락 끝이 찌릿했다. 발 저림 증상은 점점 심해졌고 곧 양다리가 불길에 휩싸인 것처럼 뜨거워졌다. 발끝에서 시작된 통증은 하반신 구석구석으로 퍼져나갔다. 입술을 앙다물고 주먹을 꽉 쥐었다.

"살갗을 벗겨낸 뒤에 사포로 사정없이 문질러대는 것처럼 아려. 이러다 터져버리는 게 아닐까 싶을 정도로 조여들기도 하고. 어떤 땐 사지가 찢겨나가는 것 같기도 해. 타들어갈 듯 뜨거운 건 예사지. 그 와중에 한번씩 녹슨 칼로 몸 이곳저곳을 푹푹 쑤셔대는 것만 같아. 통증에는 어떤 일관성도 없어. 도무지 정신을 차릴 수가 없고 울음은커녕 신음 소리조차 낼 수 없을 때가 허다해. 어느 부위가 얼마나, 어떻게 아픈지, 도저히 설명을 못하겠어. 어쩌면 내 몸 전체가 하나의 커다란 통각점이 되어버린 것인지도 모르겠단 생각이 들 뿐이야. 어떤 감각도 느끼지 못하는데 통증만은 비현실적일 정도로 선명하게 느껴지거든. 어떻게 이럴 수가 있는 걸까? 실존하지도 않는 통증을 어떻게 이렇게 생생하게 느낄 수 있느냔 말이야. 차라리 죽어버리는 게 낫겠다 싶지만, 이런 몸으로는 마음대로 죽을 수도 없으니……"

언젠가, 도대체 어디가 얼마나 어떻게 아픈 거냐고 묻는 내게 형이 말했다. 숨 쉬기가 곤란할 정도로 힘이 들어간 몸이 떨리기 시작했다. 아이들에게 들키지 않기 위해 눈을 부릅

뜨고 이를 악물었다. 두 다리가 뜯겨나가는 듯한 통증이 느껴질 때마다 생각했다. 아마도 형은 나와는 비교도 안 될 만큼 고통스러운 시간들을 견뎌내고 있을 거야. 그러니까 이 정도는 아무것도 아니야. 그런데, 우리가 무엇을 그렇게 잘못한 걸까. 왜 우리만 이런 고통 속에서 살아가야 하는 걸까. 형과 나는, 도대체 왜, 죽지도 못하고 살아가고 있을까. 칠 년 전, 우리는 왜 그곳에 있었던 것일까. 하필이면, 왜.

난생처음 떠나는 가족여행이었다. 출발 전부터 설렘을 감추지 못하는 부모님이나 나와는 달리, 형은 여행을 계획할 때부터 시종일관 시큰둥해했다. 그즈음 한창 사춘기였던 형은 가족여행뿐만이 아니라 어떤 일에도 별다른 반응을 보이지 않았다. 설사 내일 당장 지구가 멸망한다고 해도 시큰둥해했을 것이 뻔하다. 출발 당일, 엄마는 새벽부터 일어나 팬티 바람으로 설쳐대는 내게 정신 사납다며 소리를 지르기도 했지만 정말로 화를 낸 것은 아니었다. 엄마는 미리 준비해뒀던 고기와 과일, 김치 같은 것들을 냉장고에서 꺼내 커다란 아이스박스에 차곡차곡 담았다. 과일이나 고기 같은 거야 그쪽에 가서 사도 될 텐데 뭐하러 그렇게 바리바리 싸 짊어지고 가려고 하느냐는 아빠의 잔소리는 들은 척도 하지 않았다. 아빠는 형과 내가 아주 어렸을 때 충동적으로 사놓고 한 번도 펼쳐보지 않았던 텐트와 전날 준비해둔 취사도구, 마지막으로 커다란 아이스박스까지 차례로 들고 나가 차에 실었다. 형은 다른 식구들이야 그러거나 말거나 깨우기 전까지는 절대로 일어나지 않을 태세로 이불을 뒤집어쓰고 있었다. 엄마는 설쳐대는 나를 진정시키랴, 아무리 불러도 대꾸가 없는 형을 두드려 깨우랴, 달랑 짐만 실어놓고는 소파에 누워 느긋하게 아침뉴스를 보고 있는 아빠에게 잔소리하랴, 가는 길에 먹을 점심 도시락 싸랴, 혼자서 몇 사람 몫을 도맡아 하며 부산을 떨었다. 그렇게 족히 서너 시간은 북새통을 이룬 끝에야 가까스로 출발할 수 있었다. 여행지는 아빠가 군생활을 했다는 강원도의 어느 계곡이었다.

텐트는 한 번도 쓰지 않은 새것이었지만 계곡 옆 캠핑장에 나란히 늘어선 다른 텐트들에 비하면 확실히 구식이었다. 아빠의 말에 의하면 전날 밤 분명히 챙겨 넣어두었다는 설치설명서는 어디로 사라졌는지 아무리 찾아도 보이지 않았다. 결국 아빠는 설명서도 없이 한 번도 쳐본 적 없는 구닥다리 텐트를 치느라 삼 분에 한 번꼴로 욕설을 내뱉으며 낑낑댔다. 엄마는 그런 아빠를 보며 그러게 한가하게 텔레비전이나 들여다보고 있을 시간에 한번 더 점검했더라면 얼마나 좋았겠냐며 하나마나한 잔소리를 했다. 형은 그새 어디로 갔는지 보이지 않았다. 나는 짐 속에서 튜브를 꺼내 바람을 불어넣었다. 빵빵해진 튜브를 어깨에 끼고 조심조심 물가로 내려갔다. 물속에 발을 담그자 오소소 소름이 돋았다. 한여름이었는데도 계곡물은 생각했던 것보다 찼다. 튜브를 잡고 물장구를 쳐 물 한가운데로 헤엄쳐갔다. 차가운 계곡물의 온도에 익숙해질 즈음 주위를 둘러봤다. 얕은 물가엔 꼬마들과 여자들뿐이었다. 어쩐지 시시한 기분이 들었다. 튜브를 허리에 끼고 큰 형들이나 어른들이 수영과 다이빙을 즐기고 있는 폭포 쪽으로 물길을 거슬러올라갔다. 언제 올라갔는지, 형이 폭포가 쏟아지는 절벽 꼭대기에 걸터앉아 다리를 까딱대고 있었다. 그 옆에선 젊은 남자들이 절벽 아래 계곡물을 향해 차례로 다이빙을 했다. 폭포 아래서 물놀이를 하고 있던 사람들은 절벽 위의 남자들이 텀블링을 하며 다이빙할 때마다 박수를 치거나 환호성을 질렀다. 묘한 열기에 이끌려 폭포 쪽으로 헤엄쳐갔다. 튜브를 잡고 있었는데도 막상 발이 바닥에 닿지 않자 덜컥 겁이 났다. 얼른 방향을 바꿔 다시 물가 쪽으로 헤엄쳐 나왔다. 절벽 위의 형은 그때까지도 다리를 까딱대며 남들이 다이빙하는 걸 구경만 하고 있었다.

"형! 형도 뛰어내려봐!"

형을 올려다보며 소리쳤다. 형도 나를 발견했는지 내 쪽을 쳐다보았지만 어깨를 한번 으쓱해 보일 뿐이었다. 아마도 폭포 소리와 사람들의 함성 때문에 잘 들리지 않는 모양이었다. 두 손을 모아 입가에 대고 다시 한번 또박또박 소리쳤다.

"형! 형도, 뛰어내려, 보라고!"

알아들은 건지 못 알아들은 건지, 이번에도 형은 고개만

절레절레 저어댔다. 공중으로 부웅 날아올라 한 바퀴나 한 바퀴 반을 빠르게 회전한 뒤 물속으로 첨벙. 다이빙을 한 남자들은 계곡물 속으로 깊이 잠수했다가 푸아, 거친 숨을 토해내며 솟구쳐올랐다. 멋있었다. 그 모습을 보고 있자니 나도 한번 뛰어내려보고 싶다는 생각이 들었다. 어쩐지 할 수 있을 것도 같았다. 내가 형처럼 중학생이었다면 뛰어내려도 벌써 뛰어내렸을 텐데. 사춘기랍시고 똥폼이나 잡을 줄 알았지 알고 보면 순 겁쟁이. 줄까지 서서 다이빙을 즐기는 사람들 틈에 앉아서 구경만 하고 있는 형이 영 못마땅했다.

"형도 뛰어내리라니까! 야, 이 겁쟁이야!"

형이 알아듣거나 말거나 한번 더 소리친 다음 허리에 끼고 있던 튜브를 벗어 물 밖으로 던져버렸다. 그리고 다시 다이빙을 하기 위해 절벽 위로 올라가는 남자들을 따라 절벽을 기어오르기 시작했다. 절벽의 양끝은 비교적 완만한 경사에 발을 디딜 만한 홈들도 여러 군데여서 꼭대기까지 쉽게 올라갈 수 있었다.

다이빙을 하기 위해 줄을 선 사람들은 뭐가 그리 신나는지 웅성웅성 깔깔깔, 저마다 웃고 떠드느라 정신이 없어 보였다. 형은 내가 올라온 것도 모르고 절벽 밖으로 뻗은 두 발을 까딱대며 남들이 다이빙하는 모습을 구경하고 있었다. 나는 숨을 고르며 형 쪽으로 살금살금 다가갔다. 형은 여전히 내 존재를 전혀 깨닫지 못했다. 고개를 쭉 빼고 절벽 아래를 내려다봤다. 아래서 올려다볼 땐 몰랐는데 막상 올라와보니 꽤 높게 느껴졌다. 여름 한낮의 땡볕에 달궈진 바위가 뜨끈뜨끈했다. 온몸을 휘감는 열기에 한층 더 달떠 공연히 웃음이 났다.

절벽 아래 물가에서 손을 흔드는 엄마의 모습이 보였다. 엄마를 향해 나도 신나게 손을 흔들었다. 형은 엄마를 보지 못했는지 별다른 반응이 없었다. 엄마는 내가 형에게 그랬듯 두 손을 모아 입에 대고 무슨 말인가를 외쳤다. 폭포 소리와 웃고 떠드는 사람들 때문에 뭐라고 하는지 전혀 들리지 않았다. 그러나 굳이 듣지 않아도 엄마가 뭐라고 외치는지 알 것 같았다. 나는 엄마가 확실히 볼 수 있도록 크게 고개를 끄덕이며 소리쳤다.

"형! 엄마가 불러. 그만 내려가자!"

그리고 슬쩍.

그날, 그 순간에, 나는 도대체 무슨 생각으로 그런 짓을 벌였던 것일까. 위험에 대한 자각 같은 것은 전혀 없었다. 형은 부웅, 날아오를 새도 없이 추락해버렸다. 엄청난 물보라와 함께 물속으로 빨려들어간 형은 다른 사람들처럼 푸아, 하며 솟구쳐오르지 않았다. 형의 추락과 함께 폭포 주변의 모든 사람들이 움직임을 멈췄다. 들리는 것은 오직 폭포 소리뿐이었다. 그렇게 잠깐의 침묵이 흐른 뒤 절벽 위에서 차례를 기다리던 남자 셋이 한꺼번에 뛰어내렸다. 잠시 후, 형은 물속으로 뛰어들었던 남자들에 의해 물 밖으로 옮겨졌다. 엄마가 폭포 소리를 관통하고도 남을 만한 비명을 질러대며 형에게 달려들어 축 늘어진 형의 몸을 마구 흔들었다. 형과 엄마를 둘러싸고 있던 사람들 중 몇몇이 엄마를 형에게서 떼어냈고, 다른 누군가는 정신을 차리지 못하는 형에게 인공호흡을 했다. 나는 절벽 위에 서서 그 모든 모습들을 낱낱이 지켜보았다. 멀리, 그때까지도 구식 텐트와 씨름을 하고 있는 아빠의 모습이 보였다.

그날 이후 엄마가 드러내놓고 나를 탓한 적은 단 한 번도 없었다. 하지만 나는 엄마가 나를 대하는 태도와 표정, 심지어 들숨과 날숨에서조차 나를 향한 분노와 비난을 고스란히 느낄 수 있었다. 그렇다고 나를 대하는 엄마의 태도를, 들숨과 날숨을 원망하지는 않았다. 내게는 엄마를 원망할 자격이 없었다. 엄마는 경수 손상으로 사지마비 장애를 갖게 된 장남의 엄마로 살아가는 일만으로도 충분히 힘들어했다. 그 시절 엄마에게 세상은, 반드시 극복해야만 할 장애, 그 이상도 이하도 아니었다. 더구나 엄마에게는 믿고 의지할 남편마저 없었다. 사고가 있던 날에도 구닥다리 텐트와 씨름하느라 형이 병원으로 옮겨진 다음에야 비로소 사고 소식을 접하게 된 아빠는, 이후에도 가족들과 서너 걸음쯤 떨어진 채 겉돌기만 했다. 그리고 어느 날 갑자기 거짓말처럼 우리들 곁에서 사라져버렸다. 우리들 중 누구도 아빠를 원망하지 않았다. 언젠가 형이 아빠는 그냥 그럴 수밖에 없는 사람이었던 것 같다고 말한 적이 있다. 엄마도 나도 형의 말에 선선히 수긍했다. 문제는 바로 나였다. 나는 나 자신을 도저히 용서할 수가 없었다. 그리고 결코 용서받지 못할 나 자신으로부터 가능한 한 멀리 도망치고 싶었다.

형이 다니던 중학교에 입학하던 해부터 집을 나오기 시작했다. 처음 집을 나왔을 때는 사흘을 못 버티고 돌아갔다. 그다음은 일주일, 그다음은 열흘, 그리고 보름. 여느 부모들과는 달리, 엄마는 나의 가출이 반복될수록 오히려 안정을 찾아가는 것처럼 보였다. 내가 집을 나가든 말든, 학교를 다니든 말든, 밥을 먹든 굶든 아무 상관 없는 사람 같았다. 엄마는 형 곁에서 한시도 떨어지지 않으려 했다. 아빠가 사라지자 형에 대한 엄마의 집착은 더욱 심해졌다. 내가 출석일수 부족으로 유급을 당할 처지에 놓였을 때도 엄마는 담임선생의 면담 요청마저 거부하고 형에게만 매달렸다. 엄마의 눈에는 오로지 사지가 마비된 채 밤낮없이 극심한 통증에 시달리는 형밖에 보이지 않는 것 같았다. 통증에 시달리는 사람이 형뿐만이 아니라는 사실을, 끝내 엄마에게 말할 수 없었다. 열네 살의 나는 몸과 마음이 갈가리 찢겨나가는 듯한 통증을 혼자서 견뎌내야만 했다.

종구가 세 장의 카드에서 천만 원 남짓의 돈을 뽑아온 뒤에야 우리는 사내를 놓아주었다. 물론, 사내의 주민등록증과 딸들의 사진은 돌려주지 않았다. 나는 사내가 방을 빠져나가기 직전, 다시 한번 그것들이 우리 손에 있음을 각인시켰다. 허둥지둥 꿰어 입은 와이셔츠에 피가 배어 엉망이었지만, 생명에 지장을 줄 만한 출혈은 아니었다. 돈은 다시 벌면 될 테고 상처는 꿰매면 될 일이다. 흉터야 남겠지만 시간이 흐르다 보면 그마저도 희미해질 것이다. 사내는 단돈 천만 원과 치명적이지 않은 상처만으로 오늘밤 자신이 저지른 죄의 값을 치렀다. 동시에, 딸들에게 닥칠지도 모를 불행을 미연에 방지할 수 있게 되었다. 우리 입장에서도 나쁘지 않은 결말이었다. 덕분에 당분간 잘 먹고, 잘 마시고, 잘 잘 수 있는 현금과 언제고 필요한 만큼 다시 뽑아먹을 수 있는 '아빠 카드' 찬스를 갖게 되었으니. 그러니까 오늘밤 닉스모텔 307호에서 일어난 일은 그 자리에 함께 있던 모두에게 두루두루 나쁘지 않은 일이었던 셈이다.

통증은 가라앉았지만 언제 또 몰아쳐올지 알 수 없는 노릇이었다. 형의 말대로 어떤 일관성도 없는 통증은 나의 몸마저 하나의 커다란 통각점으로 만들어버렸다. 실존하지도 않는 통증을 이토록 생생하게 느낄 수 있다는 사실을 누구에게 어떻게 설명하면 좋을지, 나 역시 잘 모르겠다. 툭하면 거만을 떠는 게 좀 밥맛이긴 했지만 아무 잘못도 없는 형을 혼자 힘으로는 죽을 수조차 없게 만든 사람은 바로 나였다. 좀 게 으르고 꽉 막히긴 했어도 나름대로 가족에게 최선을 다하던 아빠를 가족으로부터 도망치게 만든 사람도 나였고, 유쾌한 잔소리쟁이였던 엄마에게서 말과 웃음을 빼앗은 사람도 나였다.

사내가 도망치듯 방에서 빠져나간 뒤 우리도 모텔 밖으로 나왔다. 안내데스크의 남자는 우리를 본 척도 하지 않았다. 모텔 근처 편의점에서 우리를 기다리던 지연과 은주가 합류했다.

"일단 찐하게 한잔 빨아야겠지?"

규영이 내 어깨에 제 팔을 척 걸치며 말했다. 창훈과 종구도 신이 나서 저희들끼리 어깨동무를 했고 계집애들 역시 팔짱을 끼고 총총히 뒤따랐다. 우리는 두 무리로 나눠 택시를 잡아타고 강남역으로 향했다. 주머니에서 사내의 주민등록증과 사진을 꺼내 유심히 들여다보았다. 사내는 자신을 빼닮은 두 딸을 둔 가장이었다. 이런 것들이 우리를, 아니 나를, 언제까지 지켜줄 수 있을까. 나도 모르게 길고도 긴 한숨이 비어져나왔다. 주민등록증과 사진을 다시 주머니 속에 넣었다. 퇴근시간이 지난 지 한참이었는데도 정체가 풀리지 않은 도로 위에서 택시는 도통 움직일 줄을 몰랐다.

"이럴 줄 알았으면 그냥 근처에서 놀걸 그랬나?"

조수석에 앉은 규영이 답답했는지 기지개를 쫙 피며 중얼거렸다. 나는 고개를 돌려 차창 밖을 바라보았다. 옆 차선의 승용차에 실내등이 환했다. 승용차의 운전자가 내 쪽을 흘끔 보곤 다시 전방을 주시했다. 조수석에는 운전자의 아내로 보이는 여자가 타고 있었고 뒷좌석에는 고만고만한 사내아이 둘이 타고 있었다. 조수석의 여자가 몸을 틀어 뒷좌석의 아이들에게 무슨 말인가를 하자 아이들이 활짝 웃으며 몸을 들썩거렸다.

"그러게. 우린 도대체 왜 여기에 있는 걸까. 하필이면, 왜."

옆 차선의 가족들에게서 시선을 떼지 못한 채 중얼거렸다. 또다시 발가락 끝이 찌릿했다. 주먹을 꽉 쥐고 이를 앙다물었다. 사고가 일어났던 시점으로 돌아갈 수도, 사고에 관한 기억으로부터 도망칠 수도 없었다. 죽어라고 견뎌내는 것 말고 내가 할 수 있는 일은 아무것도 없었다. 형은 그저 우연한 사고였을 뿐이라고 수없이 말했지만, 그건 사실이 아니다. 도대체 언제쯤이면 이 끔찍한 통증으로부터 벗어날 수 있을지, 생각만으로도 숨이 막혔다. 심한 정체로 발이 묶여버린 도로 위, 지금 나는 바로 그 지점에 멈춰 서 있었다. 하필이면, 왜.

금

골목 초입부터 악취가 진동했다. 좁고 긴 골목을 따라 조심스레 차를 몰았다. 오늘 작업할 현장은 낡은 빌라건물의 4층 1호였다. 김과장과 상만이 트럭에서 이삿짐 상자와 장비를 내리는 동안 나는 지하부터 옥상 계단까지, 건물 전체에 분무 소독을 했다. 내려와보니 두 사람은 이미 짐을 다 내린 상태였다. 우리는 이삿짐 상자와 밀봉용 비닐마대, 소독과 청소에 필요한 각종 장비를 날랐다. 3층과 4층 사이의 계단참에 작업에 필요한 물건을 차곡차곡 쌓아놓고 마스크와 장갑을 착용했다. 현장에 진입하기 전부터 눈이 따끔거렸다. 연신 눈을 끔벅이던 김과장이 가방에서 고글을 꺼내 착용했다.

"일단 연막부터 치자."

김과장의 말이 떨어지자 막내 상만이 연막 소독기를 들고 계단을 올랐다. 상만이 현관문을 열자 익숙한 악취가 한꺼번에 쏟아져나왔다.

"아우, 장난 아닌데요. 문 다 닫고 작업해야 하는 거 아닐까 모르겠어요."

잠시 후 현장에서 빠져나온 상만이 연막 소독기를 내려놓으며 말했다. 오늘 같은 날 문까지 닫아걸고 작업을 하면 몸에 밴 악취가 아무리 씻어내도 사나흘은 갈 게 뻔했다. 아이들은 내 몸에서 나는 악취를 끔찍해했다.

"자, 그럼 시작해볼까. 견적이 꽤 크게 나온 현장이니까 각오들 하고, 최대한 서두르자고."

김과장이 걸음을 떼어놓으며 말했다. 나는 분무 소독기를 들고 김과장을 따라 계단을 올랐다. 상만이 폐기물을 담을 봉투와 밀봉용 테이프, 그리고 청소용품을 담은 통을 챙겨들고 뒤따랐다. 망자는 사후 약 2주 만에 발견되었으며 시체를 수습하고 우리에게 청소 의뢰가 들어오기까지 또다시 일주일이 흘렀다. 요즘 같은 무더위 속에 방치될 경우 시체는 엄청난 속도로 부패한다. 망자가 살아생전 남긴 여러 흔적들 역시 마찬가지다. 현장은 보나마나 온갖 해충과 곰팡이가 들끓는, 그야말로 아수라장일 게 뻔했다. 시체에서 흘러나온 부패액이 장판 아래 바닥과 벽 속까지 스며들었다면 작업이 길어질 수도 있었다. 현관문을 열기 전 크게 심호흡을 했다. 김과장이 천천히 현관문을 열었다.

예상했던 대로 현장은 처참했다. 현관 앞에서 김과장의 주도로 망자를 위해 잠시 묵념했다. 작업을 시작하기 전에 차리는 최소한의 예였다. 그때마다 나는 얼굴도 이름도 모르는 망자를 위해 진심으로 기원했다. 다음 세상에서는 최소한 혼자서 쓸쓸히 죽어가는 인생은 살지 않기를. 그래서 부디 낯모르는 이들에게 삶의 마지막 행적을 들키지 말기를.

"창문 열어도 될까요?"

"아무래도 안 되겠는데. 그냥 두고 얼른 정리하자."

김과장이 좁은 마루를 성큼성큼 지나쳐 방문을 열며 말했다. 방바닥엔 방안을 점령하다시피 한 부패액이 시커멓게 들러붙어 있었다. 이미 시체가 수습되었음에도 방안엔 여전히 꼬물대는 구더기와 번데기 탈피각이 수북했다. 침대 옆으로 빈 술병들이 나뒹굴었고 그 옆엔 갈색 머리카락 뭉치가 엉겨 있었다. 시체가 부패하면서 마치 허물을 벗듯 두피와 함께 머리카락이 떨어져나온다. 시체를 수습하는 과정에서 깨끗하게 정리되면 좋겠지만 이번처럼 방치되는 경우가 허다했다. 나는 시체에서 흘러나온 피와 유기산유 같은 부패액과 부산물에 들끓는 구더기보다도 저렇게 뭉텅 빠져버린 머리카락을 보는 일이 더 힘들었다. 김과장과 함께 현장을 찬찬히 둘러봤다. 방의 삼분의 이 이상을 오염시킨 부패액이 벽지는 물론 문틀까지 타고 올라와 있었다. 집안 곳곳에 널브러진 술병들로 미루어 짐작건대, 망자는 이미 심한 알코올중독이었거나 최근에 갑작스럽게 많은 양의 술을 마셔야 할 만큼 힘든 상황에 놓여 있었던 것 같다. 어느 쪽이든, 망자는 돌연히 찾아온 생의 마지막 순간까지 지독한 고독에 잠긴 채 허우적댔을 것이다. 현장엔 그 흔한 사진 액자 하나 보이지 않았다.

구더기와 곰팡이가 끓는 현장 구석구석에 롱다운을 희석한 소독액을 분무했다. 그런 다음 일차 악취 제거 작업을 실시했다. 사장은 일본에서 직수입한 피톤치드 원액이 얼마나 고가인지 강조하며 불필요한 과정은 최대한 생략하라고 노래를 불렀지만, 오늘 같은 경우엔 어쩔 수 없었다. 상만이 빗자루로 머리카락 뭉치와 수북한 번데기 탈피각을 쓸어 폐기물봉투에 담았다. 현장에 투입된 지 겨우 두 달 남짓이었지만, 상만은 누구보다 빠르고 담담하게 현장을 익혀나가고 있었다. 일을 시작한 지 넉 달이 넘도록 악몽과 구역질에 시달렸던 나와는 많이 다른 모습이었다. 장비를 마루로 내다놓은 뒤 다시 방으로 가 상만을 도왔다. 우선 부패액이 스며들어 구더기가 들끓는 이불과 옷가지부터 쓸어담기 시작했다. 상만이 침대 시트를 벗겨내며 너무 힘을 준 나머지 시트 위에 있던 탈피각이 내 얼굴과 머리에 튀었다. 허리를 숙이고 머리카락을 탈탈 털어냈다. 탈피각과 함께 구더기 몇 마리가 바닥으로 떨어졌다.

문이란 문은 모조리 걸어 잠근 탓인지 일차 악취 제거 작업을 했음에도 악취는 쉬 가시지 않았다. 이런 날엔 방진마스크도 무용지물이었다. 무더위에 악취까지, 그야말로 숨이 턱턱 막혔다. 문득, 요새 에어컨 하나 없는 집구석이 어디 있느냐며 주먹으로 방문을 치던 아들 녀석의 모습이 떠올랐다. 녀석은 그런 식으로 집안의 문이란 문은 죄다 망가뜨려놓았다. 올해 스무 살이 된 아들 녀석은 언제부턴가 제 동생이나 내게 별다른 이유도 없이 화를 냈고, 간혹 제 성에 못 이길 때면 자해까지 서슴지 않았다. 눈이 뒤집힌 녀석이 제 팔뚝을 칼로 긋거나 단단한 시멘트벽에 머리를 짓찧어댈 때마다 나는 온몸을 던져 녀석을 감싸안아야만 했다.

"씨발, 무능한 게 무슨 자랑이라고!"

오늘 아침에도 십만 원만 내놓고 가라는 녀석에게 돈 벌기가 얼마나 힘든지 아느냐며 타박하자, 커다란 눈을 부라리며 성깔을 부렸다. 녀석이 진정되길 기다려 어디에 쓸 돈인지 물었다. 그러자 녀석은 다짜고짜 화장실 문을 발로 차며 소리쳤다.

"그딴 건 알아서 뭐하게? 짜증나니까 닥치고 돈이나 내놓으라고!"

나는 변변한 대꾸 한마디 못한 채 지갑 속에 있는 현금 사만 삼천 원을 탈탈 털어줄 수밖에 없었다. 아들 녀석의 성깔을 받아주느라 평소보다 늦어버린 출근길을 재촉해 버스에 올랐다. 버스 안은 바늘 꽂을 자리 하나 없어 보였다. 그러나 승객들은 내가 타자 작은 기적을 일으켜 제법 널찍한 공간을 만들어냈다. 아무리 샤워를 해도 언제나 마찬가지였다. 내 몸에서 나는 악취를 맡지 못하는 사람은 악취에 전 채 살아가는 나뿐이었다.

바닥 정리가 대충 끝나자 상만은 밖으로 나가 계단참에 쌓아뒀던 이삿짐 상자를 옮겨왔다. 상만이 접어준 상자를 받아 들고 방으로 들어가 옷장 문을 열었다. 무채색 계열의 옷가지들이 가지런히 걸려 있었다. 코트와 재킷은 하나같이 검은색이었고 노르께한 셔츠 중 몇 벌은 깃과 소매가 몹시 낡아 있었다. 잠시 옷가지들을 뒤척거리다 한꺼번에 내려 상자에 담았다. 서랍 속의 속옷과 낡은 가방도 담아 상자를 밀봉했다. 마루 한쪽 구석엔 온갖 오염물질로 가득찬 폐기물봉투와 이삿짐 상자가 차곡차곡 쌓여갔다. 생각보다 짐이 많았다. 아무리 보잘것없어 보이는 살림살이도 막상 죄다 끄집어내놓고 보면 그 양이 만만치 않기 마련이었다. 죽고 나면 폐기되고 말 짐덩어리를 하나둘 늘려가며 살아가는 삶이라니. 내가 죽고 나면 내가 쓰던 물건도 이런 식으로 폐기되겠지. 이마를 타고 흐르던 땀이 눈으로 들어갔다. 따가운 눈을 팔뚝으로 문지르며 조만간 김과장이 쓰는 것 같은 고글을 하나 장만해야겠다고 다짐했다. 결국엔 폐기되고 말 짐이 하나 더 느는 셈이겠지만 살아가자면 어쩔 수 없는 일이었다.

방안에 있는 유품 정리를 끝내고 부엌으로 나갔다. 싱크대 서랍 속엔 미처 포장도 뜯지 못한 색색의 수세미와 행주, 플라스틱 주걱 따위가 잔뜩 들어 있었다. 김과장이 냉장고를 비운 뒤 비닐을 씌우고 테이프로 겹겹이 밀봉했다. 그는 냉장고를 시작으로 텔레비전, 전자레인지, 전기밥솥 따위를 하나씩 정리해나갔다. 대체로 상태가 좋아서 그냥 폐기하기엔 좀 아까워 보였다. 유족이 있다면 크게 오염되지 않은 가구나 가전제품은 재사용될 수도 있었다. 그러나 유품을 인수할 유족이 없는 경우엔 전부 폐기하는 것이 원칙이었다.

"그냥 버리긴 좀 아깝네."

내가 중얼거리는 걸 들었는지, 망자에겐 유족이 없는 것 같더라고, 김과장이 탄식하듯 뇌까렸다.

"시간이 벌써 이렇게 됐네. 문주임, 거기 개수대 아래쪽 싱크대 열어보면 문짝에 냉면집 스티커 붙어 있던데, 문주임이 주문 좀 해줘. 더운데 냉면이나 먹지 뭐."

김과장이 마루 한쪽에 털썩 주저앉으며 말했다. 주머니에서 휴대전화를 꺼냈다. 시간은 어느새 두시가 가까워오고 있었다. 시간을 확인하고 나자 비로소 허기가 몰려왔다. 나는 싱크대 문짝에 붙은 스티커와 휴대전화를 번갈아보며 냉면집 전화번호를 꾹꾹 눌렀다.

"자, 나가자고. 다 먹고살자고 하는 짓인데 밥은 먹어야지."

김과장이 끄응 소리를 내며 일어나 현장에서 나갔다. 나와 상만도 현장을 빠져나왔다. 냉면은 십여 분쯤 후 도착했고 우리는 1층 현관 앞에 조르르 앉아 그다지 시원하지 않은 냉면을 게 눈 감추듯 먹어치웠다.

김과장의 아내가 보냉병에 준비해준 냉커피까지 나눠 마신 뒤 오후 작업을 시작했다. 우리는 나머지 유품과 폐기물을 빠르게 정리했고 비교적 오염 정도가 덜한 유품을 정리한 상자부터 트럭으로 옮겨 실었다. 네시가 조금 넘자 대형폐기물 처리업자인 최씨가 도착했다. 이제 덩치 큰 가구와 가전제품을 빼내야 했다. 트럭도 겨우 들어왔을 정도로 좁은 골목의 끝에 위치한 현장 특성상 사다리차는 들어올 수 없었다. 회사는 유품 정리뿐만 아니라 일반적인 이사와 청소 서비스도 겸하고 있었기 때문에 대형 가전제품이나 가구를 옮기는 일에도 이골이 나 있었다. 하지만 이렇게 더운 날 사다리차도 없이 무거운 가구와 가전제품을 4층에서부터 계단을 통해 옮기기란 여간 힘든 일이 아니었다. 더구나 다른 일엔 빠르게 적응해온 상만도 대형폐기물을 옮기는 덴 그다지 도움이 되지 않았다. 상만과 함께 냉장고를 옮길 땐 힘의 균형이 맞지 않아 두 번이나 계단에서 구를 뻔했다. 최씨를 보내고 나자 진이 다 빠져 다리가 후들거릴 지경이었다.

"들어가서 얼른 장판부터 걷어내자고. 너무 늦기 전에 일이 끝났으면 좋겠는데."

김과장이 잠시 벗었던 마스크와 고글을 다시 썼다. 상만이 김과장을 따라 현장으로 올라가는 걸 바라보며 담배를 한 대 빼 물었다.

"얼른 피우고 올라오시래요."

계단참의 창문으로 고개를 삐죽이 내민 상만이 소리쳤다. 나는 선선히 고개를 끄덕이며 깊이 빨아들인 담배연기를 내뿜었다.

아들 녀석이 멀쩡한 방문을 차례로 부수는 동안 딸아이는 가출을 반복했다. 그때마다 나는 만사를 제쳐두고 아이를 찾아나섰다. 아이를 알고 있는 모든 사람들을 만났고 아이가 목격됐다는 낯선 도시의 유흥가를 무작정 뒤지고 다녔다. 계집아이가 집을 나가 할 수 있는 일이란 게 뻔했다. 사내자식들이 득실대는 여관방이나 담배연기 자욱한 노래방, 심지어 변두리의 다방에서 아이 앞으로 붙은 고액의 선불금을 갚고 아이를 데려왔다. 그러나 아이는 애써 찾아내 집으로 데려다 놓은 지 사나흘, 혹은 일주일 후면 도로 집을 나가버렸다. 간혹 제 발로 돌아오기도 했지만 역시 머지않아 다시 자취를 감췄다. 머리 굵어진 자식을, 그것도 계집아이를 쇠사슬로 묶어 가둬둘 수도 없고, 아이가 사라질 때마다 이러지도 저러지도 못한 채 혼자서 동동거려야 했다. 그러던 아이가 두 달쯤 전 돌연 집으로 돌아와서는 무슨 까닭에선지 집밖으로 한 발자국도 나가지 않고 있었다. 게다가 제 오빠가 성깔을 부리면 얻어맞을 걸 뻔히 알면서도 바락바락 덤벼들던 전과는 달리,

욕을 하면 욕하는 대로 때리면 때리는 대로 그저 당하고만 있기 일쑤였다. 돈을 달라고 하지도 않았고 아빠가 내게 해 준 게 뭐가 있느냐고 악을 쓰지도 않았다. 그저 온종일 제 방에 꼭 틀어박혀 정물처럼 앉아 있다가 돌연 아무도 절 알아볼 수 없도록 성형수술을 시켜달라거나 어디든 좋으니 먼 외국으로 보내달라는 둥, 도무지 영문을 알 수 없는 소릴 반복할 뿐이었다.

"아빠 제발, 제발 날 꼭꼭 숨겨줘. 아무도 찾지 못하게 날 좀 숨겨줘. 응? 제발, 제발……"

처음 몇 번은 발작하듯 몸을 떠는 아이에게 도대체 무슨 일이 있었던 거냐고 캐물었다. 그러나 그때마다 아이는 눈물만 흘릴 뿐, 도무지 입을 열려 하지 않았다. 나도 더이상은 묻지 않았다. 한껏 날이 선 아이의 신경을 더는 건드릴 수 없기도 했거니와, 한편으론 아이의 입에서 나올 말을 감당할 자신이 없었기 때문이다. 나 같은 놈도 아비라 할 수 있는 건지, 딸아이를 생각하자 눈과 귀가 뜨겁고 목구멍마저 빽빽해졌다.

"주임님! 과장님이 얼른 올라오라세요!"

상만이 계단참까지 내려와 다시 소리쳤다. 그 소리에 퍼뜩 정신이 들어 필터까지 타들어간 담배를 땅바닥에 던진 후 발로 짓이겼다. 세상에 만만한 것이라곤 담배꽁초가 전부인 인생이라니. 기가 차다못해 억울한 마음마저 들었다.

가구가 모두 빠진 방은 횅댕그렁했다. 장판과 벽지의 연결 부위를 칼로 죽죽 그어 뜯어내고 모서리 쪽 장판을 들치자 번데기 탈피각과 구더기가 그득했다. 상만이 따라들어와 반대편 모서리의 장판을 들쳤다. 우리는 합을 맞춰 들친 장판을 돌돌 말며 방안의 장판을 모두 걷어냈다. 그 모습을 지켜보던 김과장이 분무 소독기를 들고 들어와 탈피각과 구더기가 득실대는 시멘트 바닥에 약을 쳤다. 몸이 잰 상만이 청소 도구를 가져다 바닥을 쓸어냈다. 상만은 아들 녀석보다 다섯 살 위였다. 아들 녀석도 저만한 나이가 되면 철이 들까. 간절한 바람과는 달리 나도 모르게 세차게 고개를 젓고 말았다.

아들 녀석은 고등학교에 들어간 직후부터 등교를 거부하기 시작했다. 초등학교 때부터 줄곧 성적은 변변치 않았지만 그렇게까지 비뚤어진 녀석은 아니었다. 하교 후엔 늘 제 방이나 피시방에 처박혀 시간 가는 줄 모르고 게임에 빠져 있긴 했어도 도둑질을 하거나 다른 사람을 상하게 하지는 않았다. 혹시 학교폭력에 노출되어 있는 게 아닐까 하는 걱정을 하기도 했다. 그러나 제 녀석이 완강히 부인했고, 무엇보다 간간이 고만고만한 녀석들을 집으로 끌어들여 함께 어울리는 것으로 봐서 그런 문제는 아닌 것 같았다. 더이상의 결석은 절대로 용납할 수 없다는 담임선생의 전화를 받던 날엔 작정하고 녀석에게 이유를 추궁했다. 한 시간이 넘도록 같은 질문을 반복했지만 녀석은 입을 꾹 다문 채 매서운 눈으로 나를 쏘아보기만 했다. 녀석과의 기싸움에 지친 나머지, 아무리 그래도 고등학교는 졸업해야 사람 구실 하며 살 수 있는 거라고 중얼거렸다. 그러자 내내 아무런 반응이 없던 녀석이 갑자기 소리쳤다.

"졸업은 해서 뭐해? 씨발, 잘 풀려봐야 아빠처럼 살 게 뻔한데. 아니야? 내 인생이, 자살한 새끼들이 싸질러놓은 피똥이나 치우고 사는 아빠의 그 거지같은 인생보다 나을 거란 보장 있어? 그렇게 해줄 수 있냐고. 그럴 자신 없으면 그냥 닥치고 찌그러져 있어. 뭐? 사람 구실? 좆같은 소리 하고 있네."

그날 난 녀석의 말에 아무런 대꾸도 하지 못했다. 대꾸는 커녕 녀석을 똑바로 쳐다볼 수조차 없었다.

정식으로 자퇴서를 낸 후 아들 녀석은 나날이 거칠어졌다. 방문이나 농짝을 부수거나 의자를 집어던져 창문을 박살냈다. 툭하면 말도 안 되는 억지를 부렸고 제 요구를 들어주지 않으면 내 팔목을 비틀며 위협하기도 했다. 심지어 별다른 이유도 없이 제 누이를 쥐어패서 병원 신세를 지게 만든 적도 있다. 하루가 멀게 깨고 부수고 악쓰는 소리로 집안에서 일어나고 있는 일을 짐작한 이웃 중 몇몇이 자식은 그렇게 키우는 게 아니라고 훈계했다. 시끄러워서 살 수가 없다며 거칠게 항의하기도 했고, 실제로 이웃들의 신고로 지구대 신세를 진 일도 몇 번이나 있었다. 여기서 더 나가게 두면 안 된다는 걸 나도 알고는 있었다. 그러나 내게는 녀석을 제어할 힘이 없었다.

상대적으로 오염이 덜한 마루의 장판도 모두 걷어냈다. 집주인은 김과장에게 견적이 더 나와도 좋으니 사람이 죽어나간 흔적은 모조리 지워달라고 당부했다고 한다.

"염병할 년. 뒈질 거면 다른 데서 뒈질 일이지 애먼 사람 똥바가지 씌우는 것도 아니고, 대체 이게 뭐야. 사람 죽어나간 거 소문나면 세 들어올 사람이 있겠냐고!"

김과장은 집주인을 만나고 온 날 그가 한 말과 행동을 구체적으로 재연했다. 그리고 더할 수 없이 천박한 인간이라며 그를 욕했다. 김과장은 이 일을 진심으로 좋아했다. 몇 년 전 회식 자리에선 이 일에 대해 자부심을 넘어 어떤 사명감 같은 걸 느끼고 있다고 고백하기도 했다. 처음엔 도대체 이렇게 험한 일이 뭐가 저리 좋을까 싶었다. 그러나 어디까지나 한시적으로 하는 일일 뿐이라고 다짐했던 나 역시 벌써 오 년째 일을 계속하고 있었다. 일을 하면 할수록 그가 느끼는 사명감이 어떤 것인지, 조금은 알 것도 같았다. 언제부턴가 고독사 현장에 가면 세상 어디에서도 볼 수 없을 만큼 신산한 삶의 흔적이 보이기 시작했다. 자살 현장에선 마지막 순간까지 삶을 향해 치열하게 손을 뻗쳤을, 애처로운 생욕(生慾)의 흔적을 확인할 수 있었다. 죽음의 흔적을 모두 지워내고 난 현장에선 오래전 애들 엄마가 머물렀던 그 방이 떠올라 가슴

한편이 아릿해지기도 했다. 일의 강도에 비하면 보수도 넉넉지 않았고 무엇보다 아이들이 끔찍이 싫어하는 걸 알면서도 이 일을 그만둘 수가 없었다.

"사람이 언제 죽을지 알고 살면 행복할까요, 불행할까요?"

벽지를 뜯어내면서 상만이 말했다.

"별 쓸데없는 소리를 다 한다. 언제 죽을지 뻔히 알면 맨정신으로 살아지겠냐? 언젠간 죽는다는 거 다 알아도 그게 언젠지는 모르니까 살아지는 거지."

김과장이 중얼거렸다.

"이렇게 혼자 죽는 것도 무섭지만 내가 죽었다는 걸 아무도 눈치채지 못할지도 모른다고 생각하면 너무 끔찍해요."

상만이 얘기 끝에 긴 한숨을 내쉬었다.

"젊은 놈이 한숨은. 그러니까 외롭지 않게 살아. 주변에 잘하면서. 그러면 되는 거야."

김과장이 토닥이듯 말했다.

"그게 어디 마음대로 되는 일인가요. 세상에 외롭지 않은 인생이 어디 있다고. 다 그렇게 살다 죽는 거죠."

내 말에 김과장과 상만이 동시에 일을 멈추고 나를 빤히 쳐다봤다.

"와, 주임님도 그런 말씀을 다 할 줄 아시네요."

상만이 활짝 웃으며 말했다. 어쩐지 머쓱해져 나도 희미하게 웃어 보였다.

장판과 벽지를 모두 제거한 현장을 꼼꼼히 둘러본 김과장이 문틀과 맞닿은 곳을 제외한 나머지 벽과 바닥은 보존하는 것으로 결정했다.

"문틀 주변 벽이랑 바닥은 부분적으로라도 해체할 수밖에 없겠어. 문주임은 일단 문틀부터 해체하고 그다음엔 상만이랑 같이 싱크대랑 현관문 소독 좀 하지. 나머진 내가 할 테니까."

상만에겐 콘센트 덮개와 스위치, 형광등 커버를 떼어내 소독할 건 소독하고 폐기할 건 폐기한 뒤 화장실 청소를 마무리하라고 지시했다. 상만은 김과장의 말이 떨어지기 무섭게 드라이버를 챙겨들고 방안에 있는 콘센트 덮개부터 떼어내기 시작했다. 휴대전화를 꺼내 시간을 확인했다. 여섯시가 넘어 있었다. 딸아이가 끼니는 제대로 챙겨 먹고 있을지 걱정스러웠다. 마음이 조급해졌다. 나는 서둘러 해머드릴을 찾아 들었다.

애들 엄마가 온다 간다 말도 없이 집을 나간 것은 아들 녀석이 열한 살, 딸아이가 여덟 살이 되던 해였다. 나는 두 아이를 해남 큰형님 댁에 맡겨두고 꼬박 일 년을 애들 엄마 찾는 일에만 매달렸다. 결혼 이후 몇 차례 실직과 재취업을 반복하긴 했어도 생활비를 거른 적은 없었다. 넉넉하진 않았겠지만 어디 가서 아쉬운 소리를 할 정도는 아니었다. 그렇다고 내가 바람을 피우거나 도박을 한 것도 아니었다. 술에 찌들어 제 식구에게 손질을 한 적도 없었다. 만난 지 두 달 만에 청혼했고 그로부터 석 달쯤 뒤에 결혼식을 올렸으니 보통의 경우보다는 빠른 편이었다. 고등학교 동창놈이 거래처 여직원이라며 소개해준 애들 엄마와 불꽃이 튀는 연애를 한 건 아니었다. 오히려 만나는 내내 서로에게 데면데면한 편이었다. 그럼에도 그토록 빨리 결혼을 결심했던 것은 해진 치맛단을 말아넣고 손수 감친 그녀의 검정 치마 때문이었다. 애들 엄마에게 그 시절 느닷없는 내 청혼을 선선히 받아들인 이유에 대해 물어본 적은 없었다. 그저 그녀 역시 나와 비슷한 이유였을 거라고 생각해왔을 뿐이다.

결혼식을 올리자마자 덜컥 큰아이가 들어섰다. 덕분에 아기자기한 신혼생활도 누리지 못했다. 그러나 나는 우리 부부처럼 다소 밋밋하고 덤덤한 관계도 나쁘지 않다고 생각했다. 애들 엄마 역시 사근사근하거나 수다스러운 성격이 아니어선지 적극적으로 불만을 표시한 적이 없었다. 간혹 남편인 난 뒷전인 채 아이들에게만 매달리는 그녀에게 서운할 때도 있었지만, 그때마다 세상의 많은 엄마들이 그러하듯 그녀 역시 여자나 아내보다는 엄마로서의 삶에 충실하고 있는 것뿐이라고 스스로를 다독였다. 나로서는 도무지, 어떠한 전조도 없이 증발하듯 사라져버린 그녀의 속내를 짐작조차 할 수 없었다.

처음 며칠은 갑작스러운 상황이 믿기지 않아 멍하기만 했다. 텅 빈 집에 틀어박혀서 애들 엄마에게 내가 미처 감지하지 못했던 변화의 조짐이 있진 않았는지 십여 년 간의 결혼 생활을 반복해서 복기했다. 그렇게 시간을 흘려보내던 어느 날 문득, 참을 수 없이 궁금해졌다. 그것은 분노나 억울함 같은 감정이 조금도 섞이지 않은, 정말이지 오롯한 궁금증이었다. 그토록 끔찍이 아끼던 아이들마저 버려두고 집을 나가야 할 만큼 절박한 이유가 무엇이었는지, 그렇게 집을 떠나 어디서 누구와 무엇을 하고 있는지 궁금해 참을 수가 없었다. 그 길로 가방을 꾸려 애들 엄마를 찾아나섰다. 가출신고를 하기는 했지만, 집 나간 여편네를 경찰이 찾아줬다는 소리는 들어본 적이 없었다. 손놓고 기다릴 게 아니라면 직접 찾아내는 수밖에 없다고 생각했다. 그렇게 무턱대고 나서서 전국을 떠돌기 시작한 지 십여 개월 만에 믿기지 않는 현실과 조우했다.

상거지 꼴로 나타난 내게 형님은 세상에 다시없을 못난 놈이라며 호통을 쳤다. 형수님은 말없이 눈물만 훔쳤다. 부모 없이 자란 내게 큰형님은 아버지 대신이었고 젖먹이 때부터 나를 거둬 키운 큰형수님은 어머니나 마찬가지였다. 왈칵, 눈물이 솟았다. 형수님이 소리 없이 흐느끼는 내 손을 잡아끌었다. 툇마루에 앉아 형수님이 급하게 내온 밥상을 막 받는데 일 년 새 까맣게 그을린 아이들이 학교에서 돌아왔다. 내가 제 엄마와 함께 돌아올 거라 철석같이 믿고 있었던지, 딸아이는 나를 보자마자 엄마는 어디에 있느냐고 물었다. 내가 아무 대답도 하지 못하자 불안한 표정을 감추지 못하던 아이는 방이며 부엌, 뒷마당을 수선스레 뒤지고 다니며 엄마를 불러댔다. 끝내 제 엄마를 찾지 못한 딸아이가 울음을 터뜨릴 때까지 아들 녀석은 나를 뚫어져라 노려보고만 있었다. 그 모습을 보다못한 형수님이 아빠와 함께 밥을 먹으라며 녀석을 불렀지만, 녀석은 가방만 내팽개치곤 밖으로 뛰쳐나갔다. 잠시 내 눈치를 살피며 안절부절못하던 형수님은 마당을 데굴데굴 구르며 울고 있는 딸아이를 달래 기어이 밥상머리에 앉혔다. 울음기를 채 떨쳐내지 못한 딸아이는 숟가락을 든 채로 계속해서 딸꾹질을 했다. 형수님이 물을 먹여보고 등도 쓸어주었지만 아이의 딸꾹질은 멈추지 않았다. 아들 녀석이 사라져버린 대문과 딸꾹질을 멈추지 못하는 딸아이를 번갈아 쳐다보고 있자니 그제야 정신이 번쩍 들었다. 계속 이렇게 살다간 아이들마저 영영 놓쳐버리고 말 거라는 불안감이 엄습했다.

늦은 시간까지 바닥과 벽을 해체하는 소음이 상당했지만 아무도 항의하지 않았다. 어쩌면 처음부터 창문을 활짝 열고 작업했다 해도 주민 항의 같은 건 들어오지 않았을지도 모른다. 현장에 쌓아뒀던 폐기물봉투와 바닥과 벽의 해체 과정에서 나온 폐자재를 트럭으로 옮겨 실은 뒤 김과장과 나란히 담배를 피워 물었다. 열대야가 기승을 부리는 밤이었는데도 창문을 열어둔 집이 단 한 곳도 없었다. 주변을 술렁이게 만들던 악취와 해충의 근원지를 알게 되었을 때 망자의 이웃들은 대개 상당한 충격과 공포에 빠진다. 그리고 몹시 불편해한다. 오며가며 수없이 마주쳤을 이웃의 쓸쓸한 죽음을 애도하기보다 날것 그대로 까발려진 죽음의 참담한 실체 앞에서 눈 감아버리는 쪽을 택하는 것은, 어찌 보면 지극히 자연스러운 일이다. 그들과 똑같은 입장에 처하면 나 역시도 지척에서 일어난 불편한 죽음의 흔적을 누군가 최대한 빨리, 그리고 가능하면 감쪽같이 지워주기만을 바랄 테니까.

담배를 다 피우고 우리는 다시 현장으로 올라갔다. 마지막 정리와 악취 제거 작업을 하기 위해서였다. 나는 김과장과 상만이 현장 구석구석을 살펴보고 홈페이지에 업데이트할 사진을 찍는 동안 피톤치드 액을 분무했다. 현장뿐만이 아니라 건물 계단과 지하실 구석구석까지 빠짐없이 분무했다. 이제 망자의 흔적은 세상 어디에서도 찾아볼 수 없게 된 셈이다. 애들 엄마가 머물던 방 역시 그랬다. 그곳엔 빈 벽을 타고 기어오르는 금 말고는 아무것도 남아 있지 않았다. 그 금을 시작으로 우리들 사이에 돌이킬 수 없는 틈이 벌어졌다는 사실을, 나는 진작 눈치챘어야 했다.

장인과 장모는 애들 엄마가 열아홉 살이 되던 해에 앞서거니 뒤서거니 세상을 등졌다고 했다. 내가 애들 엄마를 만났을 때 그녀의 나이가 스물여덟이었으니 부모를 잃은 지 십 년이 다 되어가던 때였다. 세월이 그만큼 흘러서였는지 무덤덤한 성격 탓이었는지는 잘 모르겠지만, 그녀는 제 부모의 죽음에 대해 이야기할 때조차 별다른 감정의 동요를 보이지 않았다. 결혼식에 참석한 처가 식구라고는 앞니가 뭉텅 빠진 처이모와 그 가족들뿐이었다. 친구 역시 많지 않았는데, 결혼을 준비하면서 자연스레 퇴직한 직장의 동료 몇이 전부였다. 막상 애들 엄마를 찾아나서기는 했지만 누구를 만나 무엇을 물어봐야 할지 막막하기만 했다. 내가 아는 그녀의 지인이라고는 결혼식에 참석한 이들이 전부였다. 하는 수 없이 무턱대고 애들 엄마의 옛 직장을 찾아갔다. 그러나 그 시절 애들 엄마와 함께 근무하던 이들 중 회사에 남아 있는 사람은 겨우 세 사람뿐이었다. 그들은 애들 엄마를 어렴풋하게나마 기억은 하고 있었지만 그녀의 근황에 대해선 아는 게 없었다. 어깨를 늘어뜨리고 회사 정문을 막 나서려는데 누군가 등을 두드렸다. 푸른색 작업복을 입은 남자는 아무렇게나 찢어낸 수첩 종이 한 장을 내밀었다. 그는 결혼식 이후 애들 엄마를 만났다는 이가 생각났다고 했다. 종이에 적힌 이름이 낯익었다. 직장생활을 하는 동안 가장 친하게 지냈던 언니라고 애들 엄마도 여러 번 말한 적이 있는 여자였다. 그 자리에서 종이에 적힌 번호로 전화를 걸었다. 그리고 썩 내켜하지 않는 상대를 겨우 설득해 약속을 잡을 수 있었다.

"결혼할 때, 드디어 자기에게도 가족이 생겼다면서 무척 벅

차하던 기억이 나요. 좀 안쓰러워 보였죠. 부모님이 안 계시다는 걸 알고 있었으니까요. 이후 쭉 연락이 없다가 우리 둘째가 백일쯤 됐을 때 갑자기 찾아와서 만났던 거예요. 그날 무슨 얘길 했는지, 다는 기억나지 않아요. 그게 벌써 삼 년, 아니, 사 년이 다 되어가는 일이니까요. 근데 좀 이상한 말을 하긴 했어요. 뭐라고 했더라…… 집이 있는데도 돌아갈 곳이 없는 것 같다고 했던가? 아무튼 그 비슷한 얘기였어요. 그게 무슨 소리냐고 했더니, 남편도 아이들도 있는데 자기에겐 여전히 가족이 없는 것 같다고 했던 건 확실히 기억이 나거든요. 다 가짜 같다나요? 글쎄, 어느 날 갑자기 자기가 사라져버려도 아무 상관 없을 것 같다는 거예요. 애 키우는 엄마가 못하는 소리가 없다고 제가 좀 심하게 나무랐죠. 그랬는데도 싫은 내색 없이 그냥 웃기만 하더라고요. 그러곤 다시 연락이 끊겼어요. 사실, 그렇게 친한 사이였달 수도 없어요. 가끔 점심식사를 같이 하는 정도였죠. 그나마도 단 둘이 먹은 적은 몇 번 안 돼요."

꼬치꼬치 캐묻는 게 부담스러웠는지, 그녀는 애들 엄마와 특별한 관계가 아니었다는 말을 여러 차례 강조한 뒤 서둘러 자리에서 일어섰다. 애들 엄마의 행방에 대해선 물을 기회조차 없었다.

대책 없이 전국을 떠돌다 마지막으로 찾아간 처이모는 귀가 어두운 나머지 엉뚱한 대답만 반복하던 끝에, 애들 엄마가 서너 살 무렵부터 수원에서 자랐다는 사실을 얘기해줬을 뿐이다. 더는 찾아갈 이도 찾아갈 곳도 남아 있지 않은 때였다. 그길로 수원으로 올라가 무턱대고 이곳저곳을 기웃거리기 시작했다. 좁고 지저분한 골목을 헤맬 때마다 애들 엄마가 어딘가에 숨어 있다면 꼭 이런 곳일 것 같다는 생각을 했다. 무모한 짓이라는 걸 알고 있었지만 포기할 수가 없었다. 그녀가 왜 집을 나갔는지 궁금해 미칠 지경이었다. 다 가짜 같다니, 자기가 사라져버려도 아무 상관 없을 것 같다니, 도대체 어떻게 그런 생각을 할 수 있었는지 이해할 수 없었다. 어쩌면 그녀가 어디에 숨었는지보다 왜 숨었는지가 더 궁금했던 것도 같다. 낯선 동네를 뒤지고 다니다 밤이 되면 술을 사들고 아무 여관에나 들어가 술을 마시다 잠들었다. 술이 과할 때면 집을 나간 이후 한 번도 켜진 적 없는 애들 엄마의 전화기로 끊임없이 전화를 걸었다. 어느 날엔 이 여자가 어디서 무슨 짓을 하고 있든 무사히 살아 있기만 하면 좋겠다고 생각하기도 했고, 또다른 어느 날엔 이 망할 놈의 여편네를 찾아내기만 하면 그 자리에서 죽여버리리라 다짐하기도 했다. 그렇게 찾아 헤매던 그녀의 소식을 전해준 이는 뜻밖에도 경찰이었다.

신원확인과 시신인계 절차를 밟은 뒤 애들 엄마가 지난 일 년 간 머물렀다는 수원의 쪽방촌을 찾아갔다. 금이 가다못해 틈이 쩍쩍 벌어진 담장 너머로 보이는 집은 금방이라도 쓰러져버릴 것 같았다. 지붕이 새는지 얇은 슬레이트 지붕 위엔 파란색 비닐 천막이 덮여 있었다. 녹이 심하게 슬어 원래 어떤 색이었는지조차 가늠하기 힘든 대문을 조심스레 밀고 집 안으로 들어섰다. 애들 엄마는 벽을 빙 둘러싸듯 다닥다닥 붙어 있는 방 중 한 곳에서 생의 마지막을 맞이했다. 경찰은 돌연사라고 했지만 나는 그 말이 믿기지 않았다. 아이들을 신앙처럼 믿고 의지하던 여자가 아이들을 내팽개쳐두고 집을 뛰쳐나와, 이런 쪽방에 머물다 돌연 혼자서 죽어갔다는 사실을 도저히 받아들일 수가 없었다. 죽은 지 삼 주가 넘어서야 발견됐다는 그녀의 사체를 경찰은 끝내 보여주지 않았다. 그들은 번갈아가며 시신의 부패 정도가 너무 심해서 봐도 알아볼 수 없을 거라는 말만 반복했다. 집주인의 안내로 애들 엄마가 머물렀던 방안을 둘러볼 수 있었다. 장판과 벽지를 모두 걷어낸 방은 좁고 어두웠다.

"이 방 청소하느라 돈이 얼마나 들었는지 아슈? 죽은 이가 마누라라고 했지? 그럼 이제라도 남편이 청소비용 정도는 해결해주는 게 도리지."

망연해하고 있는 내게 집주인이 말했다. 대꾸하지 않고 지갑 속의 돈을 모두 꺼내 그에게 건넸다. 문간에 서서 건네받은 돈을 세어본 집주인이 나를 한번 흘끔 쳐다보더니 혀를 차며 돌아갔다. 잠시 망설이다 방안으로 들어섰다. 그리고 어쩌면 남아 있을지도 모를 애들 엄마의 흔적을 찾아 방안 구석구석을 살펴봤다. 벽지를 뜯어낸 자국이 군데군데 남은 벽에는 여러 개의 실금이 가 있었다. 벽에 난 금을 따라 천천히 시선을 옮기며 애들 엄마의 마지막 순간을 상상했다. 문득, 까맣게 잊고 있었던 기억 하나가 되살아났다. 가물거리던 기억이 선명해질수록 숨이 막혀왔다. 그녀와 나를 둘러싸고 있던 세상이 금방이라도 무너져내릴 듯 위태롭게 흔들리기 시작했다.

"당신은, 나를, 믿어요?"

어느 날 저녁밥을 먹다 말고 오래 망설인 듯 머뭇거리며 애들 엄마가 물었다. 뜬금없는 말이었다. 나는 잠깐 동안 물끄러미 그녀를 쳐다보다 다시금 밥상에 시선을 고정했다. 하루 종일 일자리를 찾아 헤매다 끝내는 허탕을 치고 들어와 늦은 저녁을 먹던 참이었다. 더구나 그건 그날의 첫 끼니이기도 했다. 한동안 잘 다니던 직장에서 갑작스레 떨려난 뒤 제대로 된 직장을 잡지 못하고 이런저런 일용직을 떠돌던 때였다. 빠듯하게나마 생활비는 마련하고 있었지만 미래를 기약할 수 없는 시간이 길어질수록 자괴감은 커져만 갔다. 신경 또한 더할 수 없이 예민해져서 도무지 그런 이상한 질문에 대답할 기분이 아니었다. 그러나 그녀는 몇 번이나 더 같은 질문을 반복했다. 나는 결국 밥상을 엎어버렸다. 놀란 아이들이 연이어 울음을 터뜨렸다. 아직 어리긴 해도 속이 멀쩡한 애들이었다. 아이들이 신경쓰여 잠시 멈칫했지만 이내 엎어진 밥상을 한번 더 걷어찬 뒤 밖으로 나왔다. 그리고 집 근처 포장마차에서 연거푸 담배를 피우며 빈속에 소주를 들이부었다. 쉬 풀리지 않는 화를 겨우 삭인 뒤 집으로 돌아갔다. 애들 엄마는 그때까지도 밥상을 치우지 않고 있었다. 앉은 채로 오줌을 싸버린 아들 녀석을 닦이지도, 울다 지쳐 숨을 깔딱대는 딸아이를 어르지도 않았다. 그녀는 그저 멍한 얼굴로 벽만 쳐다보고 있었다.

"대체 뭐하고 앉아 있는 거야? 애들 우는 소리 안 들려?"

참다못해 소리쳤다. 축 늘어져 있던 아이들이 다시금 목청을 돋워 울기 시작했다.

"저기, 저거 보여요? 벽에, 금이 갔어요. 어제보다 더 길어진 것 같아요. 금이, 자꾸자꾸 자라요. 저길 좀 봐요. 금이 자라고 있다고요. 매일매일 쑥쑥 자라고 있어요. 이러다 무너지고 말 것 같아."

애들 엄마가 넋이 나간 얼굴로 웅얼거렸다. 저게 사람이 내는 소리인가 귀신이 내는 소리인가 싶을 만큼 오싹한 울림이 느껴지는 목소리였다. 모골이 송연했다. 나는 성큼성큼 방으로 들어가 맨바닥에 벌렁 드러누웠다. 그리고 대체 저 여자가 갑자기 왜 저러나 궁리하다 잠들어버렸다. 다음날 잠에서 깨 밖으로 나왔을 때 애들 엄마는 멀쩡한 얼굴로 아침밥을 준비하고 있었다. 밥상을 다 차린 그녀가 어서 먹고 유치원에 가야 한다며 큰아이를 재촉했다. 헝클어진 딸아이의 머리도 단정하게 빗겨주었다. 평소와 다를 바 없는 모습이었다. 나 역시 아무 일도 없었던 듯 밥상 앞에 앉아 고춧가루를 풀어 끓인 콩나물국을 들이켰다. 그날 이후 애들 엄마는 두 번 다시 이상한 질문을 하지 않았다. 아니, 질문 자체를 한 적이 없는 것도 같다.

금이 자라고 있다니, 애들 엄마는 그날 무엇을 말하고 싶었던 것일까. 잘 모르겠다. 알려고 해본 적도 없었다. 그녀의 가슴속에 난 금이 무럭무럭 자라도록 나는 그녀를 묵살했고 방치했다. 모든 게 다 가짜 같다고 했다던가. 갑자기 그녀에 대해 내가 기억하고 있는 모든 것들이 가짜처럼 여겨졌다. 나는 결국 그 자리에 주저앉고 말았다. 그리고 손바닥만한 쪽방에 어둠이 짙게 드리우기까지, 오래 울었다. 경찰은 그녀가 혼자서 돌연 죽어갔다고 했지만 그건 사실이 아니었다. 그녀의 죽음은 명백한 타살이었다.

폐기물을 실은 트럭을 타고 현장을 벗어나면서는 다소 헛헛한 기분에 사로잡혔다. 나만 그런 것이 아니었는지, 폐기물처리공장으로 향하는 내내 김과장과 상만도 입을 열지 않았다. 공장에 도착해 업자에게 트럭의 키를 넘겨준 뒤, 닭내장탕에 소주나 한잔하자는 김과장의 청을 뿌리치고 집으로 가는 버스에 올라탔다. 예상했던 것보다도 늦은 시간이었다. 한산한 버스의 맨 뒷자리에 앉아 차창 밖을 내다봤다. 어제와 다름없이 휘황한 빛으로 휘청거리는 도시의 풍경이 오늘따라 낯설어 보였다.

현관문이 활짝 열려 있었다. 신발도 벗지 못하고 딸아이의 방으로 가서 불부터 켰다. 방은 텅 비어 있었다. 마루 불을 켰다. 안방과 아들 녀석 방의 불도 차례로 켰다. 딸아이의 모습은 보이지 않았다. 아들 녀석이야 이 시간에 집에 있을 리 없었지만 딸아이가 다시 사라져버릴 거라곤 생각지 못하고 있었다. 마루 가운데 털썩 주저앉아 딸아이에게 전화를 걸었다. 전화기의 전원은 꺼져 있었다. 다시 한번 전화를 걸어보았다. 역시 마찬가지였다. 이번엔 아들 녀석에게 전화를 걸었다. 신호는 갔지만 받지 않았다. 일부러 받지 않는 것인지 어쩐지는 알 수 없었다. 혹시나 싶어 딸아이에게 다시 전화를 걸었다. 이번에도 역시 전화기의 전원은 꺼진 채였다. 갑자기 눈물이 치솟았다. 고개를 푹 수그리고 이를 악물었다. 툭. 툭. 툭. 시커멓게 탄 장판 위로 눈물이 떨어졌다. 한 달쯤 전, 아들 녀석은 요구하는 돈을 주지 않자 들고 있던 수건에 불을 붙여 마루 한가운데로 던졌다. 놀란 나머지 되는대로 불을 끄다가 발등에 가벼운 화상을 입고 말았다.

"자꾸 이딴 식으로 나오면 싹 다 태워 죽여버리는 수가 있으니까 조심하는 게 좋을 거야. 알아들어?"

아들 녀석은 혼이 빠진 나를 밀치더니 주머니에서 지갑을 빼가며 빈정거렸다. 그날 밤, 반쯤 탄 수건을 쓰레기봉투에 담으며 나는 아들 녀석이 아닌 나 자신의 무능을 탓했다. 내가 괴물을 키워냈다는 사실을 인정하고 싶지 않았다.

한번은 아들 녀석에게 엄마도 없이 저희들을 키우는 고충을 털어놓은 적이 있다.

"아, 그래서 어쩌라고. 혹시 엄마 없이 크는 놈은 좋아죽겠는 줄 알고 있는 거야? 엄마도 없이 키우면 미안한 줄 알고 더 잘할 생각을 해야지, 그렇게 죽는소리나 하고 있으면 어쩌겠다는 거냐고. 엉? 엄마가 누구 때문에 집을 나갔는데!"

아들 녀석은 벌어진 입을 다물지 못하는 나를 한껏 비웃은 뒤 다 필요 없으니까 돈이나 내놓으라며 평소보다 더 성깔을 부렸다.

이런저런 생각 끝에 문득 고개를 들었을 때, 아직 화장실 문을 열어보지 않았다는 사실을 깨달았다. 땀에 전 셔츠자락으로 눈물을 훔치며 자리에서 벌떡 일어났다. 천천히 걸음을 옮겨 화장실 앞에 섰다. 화장실 전등 스위치를 누르고 조심스레 문고리를 잡았다. 덜그럭대는 문고리를 비틀자 힘없이 문이 열렸다. 그곳에도 딸아이는 없었다. 절망스러운 마음에 시선을 아래로 떨어뜨렸다. 텅 빈 화장실 바닥에 노란 머리카락이 수북했다. 세면대 위도 머리카락으로 어지러웠다. 치렁치렁한 머리카락을 노랗게 염색한 딸아이의 모습이 떠올랐다. 나도 모르게 무릎이 꺾여 그 자리에 주저앉고 말았다. 아들 녀석의 칼 장난으로 군데군데 짓이겨진 문틀을 잡고 있던 손이 스르르 미끄러지면서 손바닥에 가시가 박혔다. 한동안 화장실 바닥의 수북한 머리카락에 머물던 시선을 옮겨 가시 박힌 손바닥을 내려다봤다. 문득, 부패액이 시커멓게 들러붙은 방바닥에 엉겨 있던 머리카락 뭉치가 떠올랐다. 구역질이 치밀었다.

날이 훤하게 밝아오도록 아이들은 돌아오지 않았다. 기름을 덮어쓴 듯 끈끈한 몸을 천천히 모로 뉘었다. 창문을 통해 들어오는 아침햇살이 얼굴 위로 쏟아졌다. 딸아이를 찾기 위해 또다시 그 애를 아는 모든 사람들을 만나고 낯선 도시를 뒤지고 다닐 일을 생각하니 나도 모르게 한숨이 새어나왔다. 이번엔 그렇게 해서 아이를 찾을 수 있으리란 확신도 들지 않았다. 아들 녀석은 또 어느 거리를 헤매느라 집에 들어오지 않은 걸까. 그리고 제 스스로 머리카락을 뭉텅뭉텅 잘라낸 딸아이는 도대체 어디로 사라진 것일까. 뜨끈한 햇살의 열기를 느끼며 눈을 꼭 감았다. 이대로 아이들이 돌아오지 않는다면, 나 역시 지금껏 내가 만나온 망자들이나 애들 엄마가 그랬던 것처럼 혼자서 쓸쓸한 죽음을 맞이하겠지. 나의 죽음을 수거하는 이들은 나를 어떤 사람이라고 생각할까. 멀쩡한 문이라고는 하나도 없고 마룻바닥은 시커멓게 타버렸으며 떨어져나간 싱크대 문짝을 그대로 방치해둔 내 집을 둘러보며 그들이 어떤 인생을 상상할지 궁금했다. 어쩌면 그들 중 누군가는 뭉텅 빠져버린 내 머리카락을 보고 구역질을 할지도 몰랐다. 꽉 감은 눈에서 눈물이 비어져나왔다.

정오가 가까워져서야 눈을 떴다. 자리를 박차고 일어나 화장실로 갔다. 딸아이의 노란 머리카락을 쓸어 치우고 차가운 물로 샤워를 했다. 살아 있는 동안에 해야 할 일이 너무 많았다. 나는 아직 아이들에게 저희들 엄마가 죽었다는 사실조차 이야기해주지 못했다. 부서진 문짝을 고치고 마루 장판도 새로 깔아야 했다. 아이들이 끔찍해하는 악취에서 벗어나기 위해 회사에 사직서를 제출해야 했고, 언제 제구실을 할지 모를 아이들을 계속 돌보자면 새로운 일자리도 구해야 했다. 무엇보다 딸아이를 찾아 도대체 무슨 일이 생긴 거냐고 제대로 물어봐야 했다. 애들 엄마에게 그랬듯 딸아이마저 이대로 놓쳐버릴 수는 없었다. 젖은 몸의 물기를 닦고 옷을 찾아 입었다. 딸아이에게 다시 전화를 걸었다. 전화기의 전원은 여전히 꺼져 있었다. 이번엔 아들 녀석에게 전화를 걸어보았다. 긴 신호 끝에 전화를 받은 녀석은 도대체 어디에 있느냐는 내 물음에 아무 대답도 하지 않고 전화를 끊어버렸다. 전화기에 저장되어 있는 전화번호를 훑어봤다. 대부분이 아이들의 친구나 그 아이들 부모의 전화번호였다. 언제나 그랬듯 이들부터 시작해 꼬리를 밟아가다보면 이번에도 딸아이의 행방을 찾아낼 수 있을 것이다. 못내 불안했지만 지금은 그렇게 믿는 수밖에 없었다. 전화기와 지갑을 주머니에 챙겨넣고 서둘러 집을 나섰다.

샤워를 한 지 겨우 십여 분이 흘렀을 뿐인데 벌써부터 목덜미를 타고 땀이 흘러내렸다. 뒷주머니에서 손수건을 꺼내 목덜미를 훔쳐냈다. 가시 박힌 손바닥이 욱신거렸다. 문득 올려다본 하늘엔 구름 한 점 보이지 않았다. 걸음을 멈추고 터무니없이 새파란 하늘에 시선을 고정했다. 눈앞이 핑그르르 돌더니 가슴이 세차게 뛰기 시작했다. 돌연히 찾아오는 것들은 하나같이 고독하기 짝이 없다. 아내와의 만남이 그랬고 이별 역시 그러했다. 그것들 앞에서 나는 매번 속수무책이었다. 그러나 마지막 순간만은 달라야 했다. 돌연히 찾아올 마지막 순간을 위해서라도 아직은 걸음을 멈출 수 없었다. 더이상 손쓸 수 없을 만큼 틈이 벌어지기 전에 금간 벽을 손봐야 했다. 고개를 수그리고 가슴을 누르며 크게 심호흡했다. 세차게 뛰던 가슴이 진정되면서 차츰 시야도 맑아졌다. 저만치 버스정류장으로 들어오고 있는 버스가 보였다. 어쩐지 이번만은 버스를 놓쳐선 안 될 것 같다는 생각이 들었다. 아직은 어디로 가야 할지 정확히 알 수 없었지만, 나는 무턱대고 뛰기 시작했다.

소녀들

신발을 벗어야 할까.

고개를 숙여 신발을 내려다봤다. 운동화 끈이 풀려 있었다. 난간에서 내려왔다. 천천히 쪼그려앉아 운동화 끈을 묶었다. 얼마 전 유튜브에서 운동화 끈이 풀리지 않도록 묶는 동영상을 봤는데, 방법이 기억나지 않았다. 풀린 끈을 묶으면서, 집에 가면 유튜브 영상을 다시 찾아봐야겠다고 생각했다. 끈을 다 묶고 일어나려는데 운동화 앞코에 묻은 붉은 얼룩이 눈에 들어왔다. 손가락으로 문질러봤지만, 아무리 세게 문질러도 지워지지가 않았다. 하얀색 운동화라서 그런지 한번 눈에 띈 얼룩은 점점 더 도드라져 보였다. 운동화는 한 스포츠 의류업체에서 한류 아이돌 그룹을 모티프로 제작한 슈퍼스타

라인 중, 블랙 몬스터를 위해 디자인된 것이었다. 내겐 이것과 똑같은 운동화가 한 켤레 더 있다. 아직 상표도 떼지 않은 그 운동화는 신발장 맨 아래 칸에 되는대로 쑤셔박혀 있다. 운동화를 쑤셔박은 건 엄마였는데, 나는 그러는 엄마를 말리지도, 이후에 운동화를 꺼내 다시 정리하지도 않았다. 어차피 마음에 들어서 산 운동화도 아니었다.

미래는 블랙 몬스터의 랩퍼 R를 좋아한다. 유난히 하얀 피부와 붉은 입술을 가진 R는 연습생 시절부터 이미 거대한 팬덤이 형성되어 있었다. 미래는 R의 붉은 입술을 보면 발밑이 푹 꺼지는 것만 같다고 했다. R의 주변에서 알짱대는 년들은 모조리 없애버리겠다거나 언젠간 반드시 R와 자고 말 거라는 다짐을 끊임없이 반복했다. 지은인 블랙 몬스터의 K를 좋아한다고 했지만 사실이 아니다. 언젠가 미래에겐 비밀이라면서 내게 말한 적이 있다.

"R가 너무 좋지만, R는 미래 거니까."

나는 블랙 몬스터를 좋아하지 않는다. 보컬도 퍼포먼스도 수준급임엔 틀림없었지만 딱히 끌리는 구석이 없었다. R는 특히 마음에 들지 않았다. 백치처럼 아무때나 벌쭉벌쭉 웃는 것도 싫었고 인터뷰 때마다 터져나오는 말실수는 수준 이하였다. 멤버들의 자작곡이라며 발표한 몇몇 곡들은 기획사에 소속된 작곡 팀의 곡이라는 소문마저 돌았다. 팬픽과 현실을 구분 못하는 초딩들처럼 연예인을 두고 네 것이니 내 것이니

하는 상황은 생각하기도 싫을 만큼 유치했다. 물론 내 생각 같은 건 조금도 중요하지 않다. 나는 미래가 R에 대해 얘기할 때면 눈을 빛내며 들어줬고, 지은의 비밀 역시 발설한 적이 없다. 아무도 행복해하지 않을 사실은 굳이 알릴 필요가 없다고 생각했기 때문이다. 내 입에서 나간 말은 결국 내게로 돌아오기 마련이고, 불화는 언제나 말에서부터 싹튼다.

이 운동화를 사면 스포츠브랜드에서 프로모션하는 블랙몬스터의 팬미팅 응모권을 줬다. 미래와 나, 지은은 각각 두 켤레씩 운동화를 샀고 여섯 장의 응모권은 모두 미래가 가져갔다. 애초부터 그러기로 한 일이었다. 내가 받은 응모권을 미래에게 줄 땐 지은의 눈치가 보였지만 하는 수 없었다. 지은 역시 순순히 제 몫의 응모권을 미래에게 건넸다. 여섯 장의 응모권을 보내고도 미래는 끝내 팬미팅에 가지 못했다. 그래도 함께 운동화를 사러 다니고 이벤트에 응모해서 결과를 기다리는 과정 자체가 재미있었기 때문에 나로선 아무 불만이 없었다. 지은도 그랬는지는 알 수 없었다.

운동화를 사들고 들어간 날, 엄마는 똑같은 운동화를 두 켤레씩이나 사는 게 제정신 박힌 사람이 할 수 있는 짓이냐며 화를 냈다. 신발장에서 내 신발들을 전부 꺼내더니 싹 다 내다버리겠다고 엄포를 놓기도 했다. 내 돈으로 내가 무얼 사든 무슨 상관일까 싶었지만 말대꾸해봐야 욕먹는 시간만 늘어날 뿐이어서 잠자코 있었다. 엄마는 우르르 쏟아놓은 신발들과 새로 사온 운동화까지 신발장에 도로 다 쑤셔박은 뒤에야 잔소리를 그쳤다. 사실 그 신발들을 몽땅 내다버린다고 해도 나는 아무 상관 없었다. 앞으로도 새 신발을 계속해서 사들일 텐데, 이미 오래전 신발장 속에 처박힌 신발들을 버리든 말든 무슨 상관이겠는가. 낡기도 전에 잊힌 것들을 버리지 못하고 쌓아두는 건 내가 아니라 엄마였다.

한 손으로 신발장을 짚고 서서 운동화를 신거나 벗을 때마다 생각했다. 만약 미래가 이벤트에 당첨돼서 팬미팅에 갔다면 어땠을까. 그랬다면 미래가 지금처럼 차갑게 돌아서지 않았을까. 아무리 생각해봐도 결과는 마찬가지였을 것 같다. 이벤트 따위야 어떻게 됐든, 미래는 미래의 방식대로 나를 벌줬을 거다. 내가 무엇 때문에 벌을 받아야 하는진 모르겠지만 어차피 그런 건 아무래도 상관없었다. 아이들은 그저 놀이를 하는 것뿐이니까. 나 역시 마찬가지였다. 미래가 판을 벌일 때마다 고민 없이 게임에 뛰어들었다. 옆도 뒤도 돌아보지 않고 표적만 보고 달렸다. 그래도 된다고 생각했다. 아니, 생각 자체를 하지 않았다. 이건 누구든 표적이 될 수 있는 게임이었다. 표적이 된 아이가 왜 표적이 되었는지는 게임을 설계하는 미래만이 알고 있었다. 우리들 중 누구도 이유에 대해 궁금해하지 않았다. 아무 이유도 없는 편이 나았기 때문이다. 먹잇감으로 던져진 게 내가 아니었다면 그게 누구든 나도 다른 아이들과 똑같았을 것이다. 한 번도 부당하다고 생각한 적 없으면서 내가 표적이 되었다고 새삼 아이들을 탓할 수는 없는 노릇이었다. 더이상 참지 못하겠다는 생각이 들었을 때 마침내 칼을 빼들었지만 누구를 찔러야 할지 알 수 없었다. 원망의 대상을 찾지 못해 갈팡질팡하는 사이 저격의 강도는 점점 더 심해졌다. 설계자의 손을 떠난 게임은 스스로 생명력을 획득했고, 게임 속 캐릭터들 간의 관계를 자양분 삼아 살아 있는 생물처럼 알아서 성장했다. 나는 거대한 괴물이 되어버린 게임에게 잡아먹힌 기분이었다. 내가 빼든 칼로 누구를 찔러야 이 게임이 끝날지, 도무지 가늠할 수가 없었다.

머리가 쪼개지는 것만 같았다. 눈이 뻑뻑하다못해 깜빡일 때마다 까끌까끌하고 가려웠다. 끊임없이 울리는 알람 때문에 거의 잠을 자지 못했다. 벌써 두 달째다. 그렇다고 알람을 해제할 수도 초대를 거절할 수도 없었다. 여러 개의 방이 한꺼번에 운영될 때도 많아 언제 어떤 방에서 메시지가 올라올지 알 수 없었다. 잠시만 방심해도 존재했던 방이 사라지고 다른 방이 생성됐다. 초대되는 방마다 제때 들어가 흔적을 남기지 않으면 아이들이 가만있지 않았다. 아무도 내 말에 대답하지 않았지만 나는 나를 부르는 모두의 말을 듣고 대답해야 한다. 그게 게임의 룰이었다. 룰을 지키지 않는 캐릭터는 무리에서 추방된다. 한번 추방되면 돌이킬 수 없다. 돌아오고 싶어도 돌아올 수 없게 된다는 뜻이다. 그렇게 되고 싶진 않았다. 언젠가 새로운 표적이 나타나면 아이들은 이전 표적이었던 날 잊을 것이다. 그러면 나는 아무 일도 없었던 것처럼 새로운 표적을 공격하는 아이들 속으로 스며들기만 하면 된다. 그러니까, 그때까지는 견뎌야 한다. 그때가 언제든, 오긴 올 테니까.

"발딱 못 일어나! 아침마다 이게 뭐하는 짓이야. 그리고 그놈의 전화기 좀 그만 들여다봐. 눈 뜨자마자 그놈의 것부터 들여다보기 시작해서 잠들 때까지 그 짓이니 수업인들 제대로 듣겠어!"

엄마가 휴대전화를 빼앗아갔다. 나는 벌떡 일어나 엄마의 손에서 전화기를 도로 낚아채왔다. 그 바람에 엄마가 휘청거리다 엉덩방아를 찧었지만 어쩔 수 없었다. 아이들의 일에 어른이 끼어들어서 끝이 좋은 꼴을 보지 못했다. 지금 벌어지고 있는 일들을 엄마가 알게 되면 나도 아이들도, 무엇보다 미래가 곤란해진다. 미래가 곤란해지는 만큼 아이들은 더 악랄하게 나를 물어뜯을 터였다. 그때는 추방당하고 싶어도 추방조차 당하지 못한다. 들들들 갈릴 만큼 갈린 후에야 버려지겠지. 그런 꼴로는 누구도 멀쩡히 살아갈 수 없다. 결국 죽어서 흩어지거나 산 채로 가라앉거나 둘 중 하나가 될 텐데, 어느 쪽도 끔찍하긴 마찬가지다. 튀어오르듯 침대에서 내려가 버둥대는 엄마를 부축해 일으켰다. 그 잠깐 사이에도 알람이 네 번이나 울렸다.

"미안해, 엄마. 정말 미안해. 얼른 씻을게!"

엄마를 일으키자마자 화장실로 뛰어들어가 문을 잠갔다. 변기 위에 앉아 휴대전화 홈버튼을 눌렀다. 카톡 화면을 불러오자 새로운 메시지 네 개가 올라와 있었다.

'야, 그 씨발년은 오늘도 학교 나오겠지?'

'오겠지. 눈치도 더럽게 없는 년.'

'야, 걔 옆에 가면 걸레 썩는 냄새 안 나냐?'

'걸레한테 걸레 냄새 나는 게 당연하지 뭘 그러냐?'

그 밑으로 온갖 이모티콘들이 줄줄이 달리기 시작했다.

'ㅋㅋㅋㅋ'

나도 흔적을 남겼다. 그러자 아이들은 일제히 'ㅋㅋㅋㅋ'를 올리기 시작했다. '걸레년 웃는 것 좀 봐라. 좋단다. 병신'이라는 메시지가 올라오고 나서야 'ㅋㅋㅋㅋ'의 행렬은 끝이 났고 방은 폭파됐다. 곧 새로운 방이 생성될 것이다.

"얼른 안 나오고 뭐해! 너 또 변기에 앉아서 자는 거지!"

엄마가 화장실 문을 두드렸다. 얼른 일어나 양치질을 했다. 거울 속에선 병신 같은 걸레년이 거품을 잔뜩 문 채 실실 웃고 있었다. 고개를 숙이고 거품을 뱉어냈다. 거품엔 피가 섞여 있었다. 잇몸이 헐어서 아물지 않은 지 꽤 되었다. 물을 틀었다. 차고 투명한 ㅋㅋㅋㅋ가 피 섞인 치약거품을 휩쓸고 내려갔다.

살짝 열린 뒷문 틈새로 내 자리가 보였다. 햇살이 쏟아져

들어오는 창가 세번째 줄. 두 달 전까지만 해도 쉬는 시간마다 서너 명쯤은 모여들어 특별한 이유도 없이 깔깔대고는 했던 곳. 그땐 저 자리에도 다정한 대화가 고였다. 살며시 뒷문을 열었다. 숨을 한번 크게 들이쉬고 뒷문을 통과했다. 시선은 바닥에 고정한 채 가만가만 걸어 내 자리로 갔다. 가능하면 그림자처럼 바닥에 납작 들러붙어 소리 없이 움직이고 싶었다. 다행히 아이들은 제각각 자신의 일에 빠져 있어 아무도 돌아보지 않았다. 자리에 앉아 조심스레 가방 지퍼를 열었다.

"아, 걸레 냄새!"

누군가 소리쳤다. 가슴이 세차게 뛰면서 속이 울렁거렸다. 가방 속에서 책을 꺼내 책상 서랍에 넣고 공책과 필통은 책상 위에 올려놨다. 사물함은 비어 있다. 사물함에 넣어두면 책이든 체육복이든 하루가 채 지나기도 전에 쓰레기가 되고 말았다. 가방을 책상 옆 고리에 걸고 필통에서 자와 볼펜을 꺼내 공책에 줄을 긋기 시작했다. 활짝 열린 창문으로 후텁지근한 바람이 들이쳤다. 바람에 일렁이는 커튼자락이 언뜻언뜻 보였다. 눈 돌리지 않고 더욱 집중해서 줄을 그었다.

'걸레년 뒈져버려.'

책상 한가운데 팬 자국을 노트로 덮고 자와 볼펜을 이용해 반듯한 줄을 긋고 또 그었다. 이럴 땐 뭐라도 해야 하는데, 어떤 짓을 해도 비참하기만 했다. 그래도 그중 덜 비참해지는 짓이라고 고른 게 공책에 반듯반듯 줄을 긋는 거였다.

눈물이 쏟아지려 할 때도 줄을 긋다보면 그런대로 견딜 만했다. 가로줄을 다 그으면 세로줄을 그었다. 한 면이 모눈으로 가득차면 다음 면에 다시 가로줄을 그었다. 그리고 세로줄, 다시 가로줄, 또 세로줄…… 이렇게 공책 한 권을 아무짝에도 쓸모없는 모눈으로 가득 채우면 납작했던 공책이 통통하게 일어났다. 통통해진 공책을 가방에 챙겨넣고 다음 공책에 다시 줄을 긋다보면 하루가 지나갔다. 아무도 내게 말 걸지 않는 하루, 말은 걸지 않으면서 욕은 하는 하루, 모두에게 아무것도 아니겠지만 내게는 더더욱 아무것도 아닌 하루가.

"아악!"

나도 모르게 비명을 지르며 돌아봤다. 어깨에서 날카로운 통증이 느껴졌다. 무언가로 찌른 게 틀림없었다.

"뭘 봐, 이 걸레야."

뒷자리의 민지가 내 의자를 발로 차며 말했다. 그리고 탁, 무언가가 날아와 내 머리를 가격했다. 야구공만한 종이 뭉치였다. 잠시 망설이다 종이 뭉치를 주워 펴봤다.

'넌 왜 자살도 안 하냐?'

꾸깃꾸깃한 종이를 펼쳐든 채 얼음처럼 굳어버렸다. 아이들이 웃기 시작했다. 모두가 나만 보고 있어서 나는 아무도 볼 수 없었다. 들고 있던 종이를 다시 뭉쳐 책상 서랍 속에 넣곤 '걸레년 뒈져버려'라고 쓰인 책상에 엎드렸다. 겨우 그것밖엔 할 수 없었다. 그러게, 나는 왜 자살도 안 할까. 조심조심 한숨을 내쉬며 생각했다. 그리고 아이들의 조롱이 그치길, 남은 하루가 빨리 지나가길 간절히 기다렸다. 어깨가 욱신거렸다. 도대체 무엇으로 찔렀는지 감도 안 왔다.

아이들의 웃음이 잦아들 즈음 영어선생이 들어와 노크하듯 교탁을 두드렸다. 하는 수 없이 일어나 앉았다. 영어책을 꺼내 아무데나 펼쳐놓고 다시 공책에 줄을 긋기 시작했다. 가로줄을 다 그으면 세로줄을 긋고, 한 면이 가득차면 다음 면에 다시 가로줄을 그었다. 단순한 행동을 반복하는데도 좀처럼 진정이 되지 않았다. 가슴이 세차게 뛰고 호흡이 점점 가팔라졌다. 쏟아지려는 눈물을 거듭 삼키다보니 눈알까지 들이마셔버릴 것만 같았다. 결국, 들고 있던 볼펜으로 책상을 내리찍었다. 영어선생이 책을 거칠게 내려놓았다. 나는 자를 대지 않고 닥치는 대로 줄을 긋기 시작했다. 볼펜심이 망가져 줄을 그을 때마다 공책이 찢어졌다. 갈기갈기 찢긴 공책이 너덜거리는데도 멈출 수 없었다. 영어선생이 무슨 말인가 했지만 알아듣지 못했다. 나는 오로지 있는 힘껏 줄만 그어댔다.

"미친년."

그 와중에도 뒷자리의 민지가 낮게 웅얼거리는 소리만은 똑똑히 들려왔다. 잠시 후 영어선생이 무언가로 내 어깨를 후려쳤다. 그제야 정신이 들어 망가진 볼펜을 손에서 놓았다. 다음 표적이 나타날 때까지 내가 견딜 수 있을지, 사실은 자신이 없었다.

옥상에서 아주 오래 서성였다. 시간이 얼마나 흘렀는지 가늠이 되지 않았다. 깊은 밤이 끝나지 않을 것처럼 계속됐다.

계단을 내려가다보니 현관 옆에 앉아 있는 오빠가 보였다. 몇 계단 더 내려가 오빠 뒤에 쪼그려앉았다. 오빠에게선 술 냄새가 풀풀 풍겨왔다. 오빠는 내가 자기 뒤에 앉은 걸 아는지 모르는지 웅송그린 어깨가 들썩일 정도로 깊은 한숨만 내쉬었다. 오빠가 자리에서 일어났다. 나도 따라 일어났다. 현관 비밀번호를 누르는 오빠를 올려다봤지만 오빠는 내게 눈길도 주지 않았다. 막힘없이 비밀번호를 누른 걸 보면 많이 취하진 않은 모양인데도 그랬다. 하긴, 내가 초등학교에 입학할 즈음부터 오빠는 나를 상대해주지 않았다. 그때가 한창 사춘기이기도 했지만, 오빠는 기본적으로 나를 별로 좋아하지 않았다. 아니, 싫어했다. 피임이 뭔지 미처 알기도 전부터 '너는 피임 실패로 태어난 애'라고 했고, 동생이 있으니 덜 외롭지 않느냐고 묻는 사람들에겐 언제나 '동생 같은 게 생기길 바란 적은 단 한 번도 없었다'고 말했다. 그래도 대학생이 되고 나선 간혹 한두 마디쯤 섞어주기도 했는데, 오늘은 또 뭐가 마음에 안 들어 그러는지 알 수 없었다. 가족에게조차 존재를 부정당하는 것 같아 화가 났지만 건드려봐야 좋을 게 없다는 건 경험으로 알고 있었다. 하는 수 없이 입을 꾹 다물고 오빠를 따라 집으로 들어갔다. 집안이 컴컴했다. 현관 센서등만 환할 뿐 거실도 부엌도 불이 꺼진 채였다. 오빠는 어쩐 일인지 조용히 신발을 벗고 방으로 들어갔다. 술을 마시고 온 날이면 새벽에도 식구들이 깨건 말건 라면을 끓여먹겠다고 수선을 피우던 평소와는 다른 모습이었다. 현관에 우두커니 서서 안방과 오빠 방 문을 번갈아 쳐다봤다. 센서등이 꺼지자 집안은 어둠에 잠겼다. 계속 서 있다간 무거운 어둠에 짓눌려 납작해질 것만 같았다. 나도 오빠처럼 조용히 내 방으로 들어갔다. 가방을 내던지고 쓰러지듯 침대에 누웠다. 아무래도 학원을 계속 빼먹은 게 마음에 걸렸다. 이번주 내내 빠졌으니 조만간 엄마한테 연락이 가겠지. 엄마가 내 방에서 버티고 있지 않은 걸 보면 아직은 연락을 받지 못한 것 같지만, 당장 내일 아침에 원장이 전화를 걸 수도 있었다. 엄마가 왜 학원에 가지 않았느냐고 하면 뭐라고 대답해야 할까. 아이들이 지정하는 장소들을 차례로 찍으며 혼자서 시내를 빙빙 도느라 학원에 가지 못했다고 말할 수는 없었다. 아무도 기다리지 않는데 왜 그러고 다녔느냐고 물으면, 사실 할말이 없기도 했다. 그럴 듯한 변명을 궁리해봤지만 딱히 떠오르는 게 없었다.

번쩍 눈을 떴다. 언제 잠들었는지도 모르게 잠들어 거짓말처럼 깊은 잠을 잤다. 얼마만의 일인지 모르겠다. 천장을 올려다보며 눈을 끔벅였다. 몸도 머리도 이렇게 가벼웠던 적이 없었다. 뭔가 부자연스럽다는 생각이 들었다. 도대체 얼마나 잤지. 방안이 너무 환했다. 휴대전화를 들어 시간을 확인했다. 여덟시가 넘어 있었다. 아무리 서두른다 해도 지각을 면하긴 힘들 시간이었다. 엄마는 왜 깨워주지 않았을까. 앞으론 지각을 하든 말든 깨우지 않을 테니 알아서 일어나라고 아침마다 잔소릴 했지만, 정말로 깨우지 않았던 적은 단 한 번도 없었다. 어떡하지. 천장을 올려다보며 아랫입술을 잘근잘근 씹었다. 아이 씨! 나도 모르게 소리쳤다. 잔뜩 성이 나서 있는 대로 툴툴대며 밖으로 나왔다. 집안이 조용했다. 그릇 부딪치는 소리, 칼질 소리, 물이 쏟아지는 소리, 무언가 끓어오르는 소리 같은, 아침마다 부엌에서 들려오던 소음이 감쪽같이 사라졌다. 엄마가 일어나자마자 습관처럼 틀어놓는 텔레비전 소리, 아빠나 오빠가 화장실에서 오줌을 누거나 가래를 뱉는 소리, 무언가를 찾아달라며 엄마를 불러대는 소리도 들리지 않았다. 그 모든 소리와 함께 집안을 가득 메우던 냄새도 사라졌다. 늦은 시간이긴 했지만 이렇게 조용할 수는 없었다. 성큼성큼 걸어가 안방 문을 열었다. 말끔하게 정돈된 안방엔 아무도 없었다. 화장실 문도 모두 열어봤다. 텅 비어 있었다. 아빠야 이미 출근했다 해도 엄마는 어디로 간 걸까. 아, 오빠. 오빠가 있었지. 돌아서서 오빠 방으로 갔다. 방문을 열었다. 오빠 역시 보이지 않았다. 엄마의 표현에 따르면 거지 움막 같은 방이 오늘따라 말끔했다. 침구가 헝클어진 채여서 그나마 사람이 들고 난 자리라는 표가 나는 정도였다. 오빠는 대체 어느새 나간 걸까. 오빠가 술 마신 다음날 아침 일찍부터 부지런을 떠는 건 본 적이 없었다. 대체 모두 어디로 간 걸까. 방으로 돌아와 엄마에게 전화를 걸었다. 신호는 갔지만 받지 않았다. 전화를 끊고 오빠에게 전화를 걸어봤다. 오빠 역시 신호만 갈 뿐 전화를 받지 않았다. 아빠에겐 전화를 걸 수 없었다. 아빠 전화번호는 휴대전화에 저장되어 있지 않았다. 정말 무슨 일이 벌어진 걸까. 갑자기 와락 무서워졌다.

세수와 양치질만 간신히 하고 집에서 나왔다. 걸으면서도 계속 엄마에게 전화를 걸었다. 여전히 신호는 갔지만 전화를 받지 않았다. 계속 통화버튼을 누르며 버스정류장 앞을 지나쳤다. 학교까지는 버스를 타기에도 걷기에도 애매한 거리여서, 매번 버스정류장 앞을 지날 때마다 갈등하곤 했다. 하지만 오늘은 이미 지각해버렸으니 바쁠 것도 없었다. 천천히 걸으며, 수업중에 교실로 들어가면 모두의 주목을 피할 수 없을 테니 1교시가 끝난 뒤 쉬는 시간에 살짝 들어가기로 마음먹었다. 십 분 정도만 화장실에 숨어 있으면 될 것 같았다. 전화기의 홈버튼을 눌렀다. 모두들 어딜 갔는지는 저녁때 집에 가보면 알게 되겠지. 전화기를 주머니에 넣었다. 그때까지도 아무도 없으면 어쩌나 걱정이 됐지만 걱정한다고 달라질 것은 없을 터였다. 터벅터벅 걷다 문득 내려다보니 운동화 끈이 풀려 있었다. 길 한쪽으로 비켜앉아 운동화 끈을 묶었다. 유튜브에서 봤던 동영상을 다시 떠올려봤다. 양쪽에 고리를 만든 다음 어떻게 했더라. 별로 복잡하지 않다고 생각했던 것까지 기억나는데, 거짓말처럼 매듭을 묶는 부분만 까맣게 잊어버렸다. 하는 수 없이 매듭을 한번 더 동여매면서 조금 있다 화장실에서 동영상을 찾아봐야겠다고 생각했다.

운좋게도 교문을 통과해 화장실까지 오는 동안 누구와도 마주치지 않았다. 2층 화장실 맨 마지막 칸으로 들어갔다. 휴지통 속에 생리혈로 범벅이 된 생리대가 보였다. 비위가 상했다. 아직 1교시도 끝나기 전인데 누가 벌써 이래놨을까. 깔끔하게 정리해서 버리면 어때서. 혼잣말을 하며 휴지통을 최대한 구석으로 밀었다. 변기 뚜껑을 덮고 그 위에 앉았다. 시간을 확인해보니 칠 분 후면 쉬는 시간이었다. 전화기를 손에 꼭 쥐고 앉아 화장실 문을 응시했다. 아침에 눈을 뜬 순간부터 지금까지의 과정을 돌이켜봤다. 나도 모르게 자꾸만 지난 행적을 더듬고 있었다. 어떤 기억을 찾으려는 건지도 모르는 채 무턱대고 기억을 뒤적거리는 것이었다. 분명히, 아주 중요한 무언가를 놓치고 있는 게 틀림없는데 그게 뭔지 모르겠어서 불안했다.

누군가 화장실로 뛰어들어왔다. 그러곤 화장실 문을 하나씩 열어젖히다 내 바로 옆 칸에서 멈추더니 들어가 문을 잠갔다. 누군지 알 수 없는 그 사람, 아니 그 애는 신경질적으로 변기 뚜껑을 닫고 그 위에 털썩 주저앉더니 흐느끼기 시작했다. 낮고 무거운 울음이었다. 화장실 바닥을 타고 슬금슬금 퍼져나가는 슬픔과 절망이 눈에 보이는 것만 같았다. 공연히 나까지 왈칵 눈물이 솟았다. 입술을 앙다물고 눈물을 참는데, 어딘가 익숙하다는 생각이 들었다. 동시에 뒷목이 뻣뻣해지면서 당장이라도 쏟아질 것 같던 눈물이 쑥 들어갔다. 옆 칸의 아이는 여전히 서럽게 흐느끼고 있었지만 나는 더이상 슬프지 않았다. 그 대신 예민해진 감각을 총동원해 그 애의 흐느낌에 귀를 기울였다.

"내 잘못이 아니야…… 다 죽여버릴 거야…… 씨발년들……"

흐느낌 사이사이로 흐느낌보다 낮고 무겁게 뇌까리는 소리가 들려왔다. 물기를 잔뜩 머금은 욕설들은 한없이 무력했지만 한 가지 사실만은 분명하게 알려주었다. 미래였다. 잠시 후, 수업이 끝났음을 알리는 종이 울렸다. 화장실은 몰려든 아이들로 금세 북새통을 이뤘다. 휴대전화를 가방 속에 넣었다. 최대한 이목을 덜 끌면서 빠져나갈 틈을 찾아야 했다. 내가 좀처럼 적기를 못 찾고 망설이는 사이 옆 칸을 두드리는 노크 소리가 연거푸 들렸다. 내 옆 칸에 들어앉아 숨죽여 흐느끼던 미래는 어느새 울음을 멈췄지만 나와 마찬가지로 화장실에서 나가진 못하고 있었다. 아무 응답도 없으면서 나오지도 않자 바깥의 누군가가 화장실 문을 발로 걷어찼다.

“야, 너 누구야. 왜 안 나오는데? 똥 싸냐?”

이번에도 아무 대답이 없자 손바닥으로 연신 문짝을 두드려댔다. 그런데도 옆 칸의 미래는 꿈쩍도 하지 않았다. 덕분에 나까지 덩달아 발이 묶였다. 미래에게 무슨 일이 벌어진 걸까. 마지막으로 봤을 때 미래는 지은을 비롯한 몇몇과 함께 K-POP 스토어에 간다며 학교를 나서고 있었다. 그게 어제였나? 아니, 그제였나? 그도 아니면 지난주였던가? 잘 기억이 나지 않았다. 학교에서 누군가와 눈을 맞추거나 이야기를 나눈 지 너무 오래되다보니, 내가 기억하는 장면이 정말로 내 눈으로 본 것이 맞는지도 확신할 수 없게 되어버렸다.

“야, 너 이미래지. 아니면 대답해.”

문밖의 아이가 말했다. 미래가 아무 대답도 하지 않자 문밖의 아이는 다시 말했다.

“맞네. 이미래. 어쩐지 썩은 내가 풀풀 나더라니. 야, 맨 마지막 칸엔 들어가지 마라. 누가 똥 싸놓고 도망갔다.”

아이들이 웃기 시작했다. 문밖의 아이, 민지가 발끝으로 문을 툭툭 찼다.

“야, 나오지 말고 거기 가만히 있어라. 절대 나오지 마. 알았냐?”

한동안 잠잠하더니 양동이에 물 받는 소리가 들렸다. 잠시 후, 양동이 가득한 물이 폭포처럼 미래를 덮쳤다. 물벼락을 맞은 건 미래였는데 나까지 정신이 번쩍 들었다. 저격이었다.

나는 천천히 일어났다. 표적이 바뀌었구나. 언제 그렇게 됐는지, 왜 미래가 표적이 되었는지는 모르겠지만 표적이 바뀐 것만은 틀림없었다. 나는 숨을 깊게 들이마신 뒤 천천히 내쉬었다. 그런 식으로 몇 번 더 심호흡을 하며 요동치는 가슴을 진정시켰다. 슬며시 화장실 문을 열고 나가 아이들 틈에 섞여들었다. 아무도 나를 주목하지 않았다. 욕을 하는 사람도, 침을 뱉거나 모른 척 밀쳐 넘어뜨리는 사람도 없었다.

"야, 다시."

민지가 말하자 빈 양동이를 받아든 아이가 다시 물을 떠서 옆 칸 변기 위에 올라서 있는 아이에게 가져다주었다.

"부어."

민지의 말이 떨어지자 양동이의 물은 다시 한번 미래의 머리 위로 쏟아졌다. 한참 깔깔대며 웃던 민지가 화장실에서 나갔다. 다른 아이들도 각자 볼일을 보거나 교실로 돌아갔다. 나도 아이들에게 떠밀리듯 교실로 갔다. 새로운 저격이 시작되었다.

가방은 자리에 두고 전화기만 꺼내 다시 화장실로 갔다. 당연한 일이었지만 그사이에도 내게 관심을 보이는 애들은 없었다. 나만 보면 들으라는 듯 욕을 해대던 아이들도 잠잠했다. 수군대거나 흘겨보지도 않았다. 책상에 팬 자국과 더러운 낙서들은 아직 그대로였지만, 이제는 그걸 지워도 아무도 뭐라 하지 않을 거라 생각하니 그것만으로도 좋았다. 교실에서 나오기 전 지은의 자리 쪽을 슬쩍 봤다. 지은은 앞자리 책상에 걸터앉은 민지와 무슨 얘긴가 나누고 있었다. 나는 환하게 웃고 있는 지은의 옆모습을 조금 더 바라보다 교실을 빠져나왔다. 2교시 시작을 알리는 종이 울렸다.

미래가 들어간 화장실은 여전히 닫힌 채였다. 끝에서 두번째 칸, 미래가 있는 화장실 앞에 섰다. 잠시 망설이다 노크를 했다. 미래는 아무런 반응도 보이지 않았다.

"미래야."

나지막이 미래의 이름을 불렀다. 미래는 여전히 대답하지 않았다.

"이미래. 이제 나와도 돼. 여기 나 말곤 아무도 없어."

수건이 있었다면 좋았을 텐데. 체육복이라도 가져다줘야 하나. 이런저런 고민이 드는 순간 찰칵, 걸쇠를 푸는 소리가 들렸다. 화장실 문이 빼꼼 열리면서 미래가 모습을 드러냈다. 나는 얼른 한 걸음 옆으로 비켜서줬다. 머리카락이며 옷자락에서 여전히 물이 뚝뚝 듣는데다 마스카라와 아이라인이 흘러내려 미래의 모습은 생각했던 것보다 훨씬 더 엉망이었다. 한동안 잔뜩 긴장한 얼굴로 문밖을 살펴보던 미래는 정말로 아무도 없다는 걸 확인하고 나서야 화장실 밖으로 나왔다.

"괜찮아? 수건이라도 챙겨올걸 그랬나봐……"

내가 말했지만 미래는 별 대꾸 없이 거울 앞으로 갔다. 미래가 빠져나온 화장실로 시선이 갔다. 바닥과 벽이 온통 흥건하게 젖어 미래의 모습만큼이나 엉망이었다. 휴지통이 엎어져 있었고 생리혈로 범벅이 된 생리대는 물에 푹 젖은 채 바닥을 나뒹굴고 있었다. 비위가 상했다. 눈길을 돌려 미래를 바라봤다. 한동안 넋이 나간 사람처럼 거울만 들여다보던 미래가 고개를 세차게 흔들더니 입술을 앙다물었다. 그러고는 주머니에서 휴대전화를 꺼내 들여다봤다. 화장실에서 휴지를 뜯어다가 휴대전화의 물기를 닦고 홈버튼을 누르자 전화기 액정에 전원이 들어왔다. 많이 젖진 않은 모양이었다. 미래는 전화기를 핸드드라이어 위에 올려놓고 긴 머리카락을 한쪽으로 쓸어모으더니 돌돌 감아 물기를 꼭 짰다. 교복 블라우스와 치맛자락도 비틀어 짰다. 마지막으로 세수까지 말끔하게 하고는 전화기를 챙겨들고 화장실을 빠져나갔다.

옥상 난간에 걸터앉은 미래가 하늘을 올려다봤다. 나는 조금 떨어져 서서 미래를 바라봤다. 나를 저격할 때, 미래는 무자비했다. 나에 대해 잘 알기 때문에 더 잔인할 수 있었을 것이다. 처음엔 내가 왜 표적이 됐는지 궁금했다. 그걸 알면 저격을 멈출 방법도 찾을 수 있을 거라 생각했다. 하루는 미래의 집 앞에서 무작정 그 앨 기다렸다. 아무리 전화를 걸어도 미래는 전화를 받지 않았다. 자정이 다 돼서야 귀가하는 미래를 만날 수 있었다. 미래는 나를 보고도 보지 못한 척 지나치려 했다. 나도 모르게 그 애의 팔을 붙잡았다. 그와 동시에 미래가 내 뺨을 올려붙였다. 그러곤 더러운 오물이라도 묻은 듯 휴지로 내 뺨을 때린 손과 내 손이 닿았던 부분을 반복해서 닦아냈다.

"제발 나한테 왜 이러는지, 그것만이라도 가르쳐줘."

애원하는 내게 미래가 말했다.

"그건 알아서 뭐하게. 알면 뭐가 달라져?"

내가 소리도 내지 못한 채 눈물만 흘리고 있자 미래는 혀를 찼다.

"깝치지 말고 돌아가. 계속 이렇게 질척거리면 영영 못 벗어나는 거야. 게임을 하란 말이야, 게임을. 주어진 캐릭터대로 열심히. 늘 하던 대로 최선을 다해서. 너 잘하잖아, 그런 거."

그 말을 끝으로 미래는 제집으로 들어가버렸다. 다음날, 등굣길에 마주친 미래가 내 옆을 스치듯 지나며 속삭였다.

"이제부터 진짜 게임이 시작될 거야. 견딜 준비 됐지?"

그날 나는 그 자리에 우뚝 멈춰 서서 더이상 보이지 않을 때까지 미래의 뒷모습을 바라봤다. 말할 수 없이 무서웠는데 눈물조차 나지 않아 점점 더 무서워졌다.

미래의 전화기는 끊임없이 울어댔다. 수업시간이었지만 원래 그런 건 아무 상관이 없다. 미래가 휴대전화를 들여다보며 다리를 까딱댔다. 나는 나와 똑같은 운동화를 신은 미래의 발을 유심히 봤다. 같은 날 산 건데 미래의 운동화는 얼룩 하나 없이 말끔했다. 운동화 끈도 단단하게 묶여 있었다. 고개를 돌려 내 발을 내려다봤다. 운동화 코에 묻은 얼룩이 더 커진 것 같았다. 그럴 리가 없는데 그렇게 느껴졌다. 운동화 끈도 풀려 있었다. 언제 또 풀린 걸까. 동영상을 찾아봐야 하는데. 풀리지 않는 매듭을 묶어야 하는데. 자꾸만 초조해지는 마음을 간신히 누르며 풀린 운동화 끈을 묶었다.

"미친년들. 이런다고 내가 쫄까봐?"

미래가 휴대전화를 들여다보며 중얼거렸다. 도대체 무슨 일인지 궁금했다. 나도 전화기를 꺼내 카톡방을 열었다.

'야, 이 또라이 수업 또 쨌다.'

'아, 진짜 상또라이. 상황 파악을 이렇게 못하나.'

'아까 봤냐. 속이 다 시원하더라.'

'저도 당해봐야 해.'

'씨발, 일은 다 자기가 저질러놓고 아닌 척 생까면 다냐고.'

'야, 증거 모아. 걸리는 대로 다 모아.'

'더러운 걸레년. 씨발 가랑이는 자기가 벌리고 다녔으면서.'

'안 따먹은 새끼가 없대. 독서실이랑 학원에 소문 쫙 났어. 좆나 벌리고 다닌다더라.'

'씨발, R랑 자기 전에 연습하나보지.'

'R는 무슨. 좆나 양아치 같은 새끼들이랑 어울리는 년이.'

'계속 이렇게 유언비어 퍼뜨리면 뒤진다. 다 캡쳐했으니까 알아서들 해라.'

생각지 않게 미래가 끼어들자 정신없이 올라오던 메시지가 주춤했다.

'와, 이 또라이가 미쳤나.'

짧은 침묵을 깨고 누군가 말했다.

'야, 그냥 둬. 혼자 열폭하다 뒈지게.'

'ㅋㅋㅋㅋㅋㅋ'

또다시 ㅋㅋㅋㅋ의 행렬이 시작됐다.

'폭파.'

누군가의 메시지가 올라왔고 방은 사라졌다. 그러나 다른 누군가 곧 새로운 방을 만들 테고 미래는 또다시 소환될 것이다. 저항하면 할수록 괴롭힘이 집요해질 거란 건 누구보다 미래가 잘 알고 있었다. 저 앤 대체 어쩌려는 걸까. 나는 얼룩 하나 없이 말끔하고 끈도 꽉 묶여 있는 미래의 운동화를 쳐다보며 생각했다. 내 운동화는 왜 이렇게 더러워졌을까. 끈은 왜 자꾸 풀어지는 거고. 무엇보다, 도대체 나는 왜 미래가 밉지 않을까. 이쯤 되면 죽이고 싶은 게 정상일 텐데, 나는 미래가 밉지 않았다. 두렵긴 해도 미운 적은 없었다.

미래가 난간에서 폴짝 뛰어내렸다.

"대체 왜 너야?"

한참을 망설이다 물었다.

"왜 그랬니, 넌."

미래가 중얼거렸다. 그러곤 난간 너머로 몸을 한껏 기울인 채 그 너머의 어디쯤을 응시했다. 나는 차분히 미래의 대답을 기다렸다. 미래가 이윽고 몸을 일으켰다.

"내 잘못이 아니야. 전부 다 네가 자초한 거지."

난간에 기대서며 미래가 말했다. 미래의 얼굴과 말투는 더 할 수 없이 진지했지만 그건 내가 원하는 대답이 아니었다. 미래가 풀썩 주저앉더니 몸을 웅크렸다. 나는 미래에게 한 걸음 다가섰다.

"어째서 네가 표적이 된 거야? 너는 설계자잖아."

미래는 대답 대신 어깨가 들썩일 정도로 깊고 긴 한숨을 내쉬었다. 미래의 휴대전화가 다시 울리기 시작했다. 그새 새로운 방이 만들어진 모양이었다. 잔뜩 웅크리고 있던 미래가 무릎을 그러안은 팔을 풀고 휴대전화를 들여다봤다.

"증거 같은 소리 하고 있네. 그런 게 어디 있어. 멍청한 년들."

미래가 휴대전화를 집어던졌다. 얼굴을 잔뜩 일그러뜨린 채 있는 힘을 다해서. 전화기는 시멘트 바닥에 부딪히며 박살났다. 이방 저방 조리돌리듯 끌고 다녀봐야 증거를 없애지 못한다는 건 미래나 아이들도 모르지 않을 터였다. 그러니까 그건, 표적을 혼란에 빠뜨리기 위한 행동이었다. 어느 정도 효과도 있었다. 그런 식으로 끌려다니다보면, 나를 비웃는 아이들이 아니라 비웃음거리가 되고 만 내가 문제라는 생각이 들곤 했으니까. 무기력은 가장 마지막 것까지 포기하게 만든다. 영악한 설계자가 그걸 놓칠 리 없었다.

"말해봐. 왜 나였고, 지금은 왜 너인 거야?"

나는 부서진 휴대전화와 미래를 번갈아 쳐다봤다. 전화기를 노려보는 미래의 눈이 적의로 번뜩였다. 마치 재앙의 씨앗인 저 전화기만 사라지면 모든 게 괜찮아질 거라고 믿기라도 하는 것처럼.

"증거 같은 건 없어. 내 잘못이 아니니까. 다 네가 자초한 거라고. 걸레 같은 년."

미래가 흐느껴 울기 시작했다. 이번에도 내가 원하는 대답이 아니었다. 나는 그대로 돌아서서 옥상을 빠져나왔다. 계단을 내려가면서, 도대체 왜 나였을까 다시 생각해봤다. 게임을 즐길 땐 당연하게 여겼던 사실들도 표적이 되고나니 받아들이기 힘들었다. 하지만 이젠 받아들일 수 있을 것도 같았다. 애초부터 이유 같은 건 없었다는 걸. 어쩌면 내가 사소한 실수를 했을지도 모르고, 어떤 빌미를 제공했을 수도 있지만, 그건 진짜 이유가 아닐 터였다. 숨막히는 생활에 지친 아이들에겐 그저 조롱하고 후려치고 밟고 짓이길 대상이 필요했을 뿐이다. 나는 우연히 무대 위에 올라갔던 것이다. 내 앞의 표적이 그랬고, 그 앞의 표적이 그랬던 것처럼. 그런데 미래는 왜 우는 걸까. 단지 두려움 때문일까. 증거가 없다고 말하면서 우는 건 증거가 있다는 뜻이겠지. 그런데 대체 무슨 증거를 말하는 걸까. 마지막 계단을 내려서다가 또다시 풀려 있는 운동화 끈을 발견했다. 그대로 멈춰 서서 동영상을 검색하기 시작했다. 풀리지 않는 매듭을 묶는 동영상을 찾아 이 망할 놈의 운동화 끈을 어떻게든 해야 했다. 앞코에 묻은 붉은 얼룩이 자꾸만 커지는 것 같아 안 그래도 기분이 좋지 않았다. 그러나 아무리 찾아봐도 운동화 끈이 풀어지지 않게 묶는 법 같은 건 없었다. 분명히 봤는데, 수도 없이 많은 동영상들이 올라와 있었는데, 지금은 모두 사라지고 없었다.

미래는 수업이 다 끝날 때까지 교실로 돌아오지 않았다. 수업이 끝나고 옥상에 다시 가봤지만 미래는 없었다. 부서진 휴대전화 역시 보이지 않았다. 미래가 두고 간 가방은 누군가에 의해 화장실 쓰레기통에 버려졌다. 나는 보고도 못 본 척했다. 괜히 아이들의 눈에 띌 만한 행동은 하고 싶지 않았다. 하굣길에도 아이들과 무리지어 가는 지은의 뒤를 따라 한참이나 걸었지만 알은체는 하지 않았다. 다만, 우리가 함께 샀던 운동화를 틈틈이 훔쳐보았을 뿐이다. 지은의 운동화도 미래와 마찬가지로 얼룩 하나 없이 말끔했다. 끈도 단단히 묶여 가지런히 매듭지어져 있었다. 아니나 다를까, 내 운동화 끈은 또다시 풀려서 너풀너풀 밟히고 끌리며 점점 더 엉망이 되어 가고 있었다. 팥알만하던 붉은 얼룩은 어느새 밤톨보다도 크게 번져 있었다. 운동화 코에 점처럼 찍혀 있던 얼룩이 잉크 번지듯 번지는 것도, 아무리 묶어도 자꾸만 풀어지는 끈도 짜증스러웠다. 어서 집으로 가서 이 이상한 운동화를 벗어버리고 싶었다. 집에 가면 엄마도 돌아와 있을 거였다. 걸음이 빨라졌다. 그렇다고 지은의 무리를 앞질러 걷진 않았다. 미래가 표적으로 추락했으니, 이제부터 게임의 설계는 지은이 하게 되는 걸까. 문득 의문이 들었지만, 반드시 알고 싶을 만큼 궁금한 것은 아니었다.

현관문을 열자마자 익숙한 엄마의 신발이 눈에 들어와 마음이 놓였다. 나는 가방도 내려놓지 않고 안방 문부터 열었다. 대체 아침엔 어딜 갔던 거냐고 물어볼 참이었다. 엄마는 턱밑까지 이불을 덮고 잠들어 있었다. 몸살이라도 났는지 협탁 위엔 약봉지와 빈 컵이 놓여 있었다. 이맛살과 미간을 잔뜩 찌푸린 채였지만 숨소리는 규칙적이었다. 잠깐 깨워볼까 하다 약봉지가 마음에 걸려 살금살금 방에서 나왔다. 부엌으로 가 밥솥을 열어봤다. 코드가 뽑힌 솥은 텅 비어 있었다. 냉장고를 열어봤지만 반찬통 몇 개가 전부였다. 유통기한은 이미 한참 지났지만 아직 곰팡이가 피지는 않은 식빵을 한쪽 입에 물고 내 방으로 갔다. 그제야 가방을 내려놓고 침대에 대자로 누웠다. 학원은 가고 싶지 않았고 독서실엔 가봐야 아무것도 안 하고 딴생각만 할 게 뻔했다. 푸석거리는 식빵을 우물대며 끊임없이 내 뒤통수를 잡아당기는 이 부자연스러움에 대해 생각했다. 어젯밤부터 오늘까지 내내, 벌어지고 있는 모든 일들이 자연스럽지 않았다. 현관문을 여는 소리가 들렸다. 나는 냉큼 일어나 방문을 열었다. 오빠가 어젯밤처럼 현관 센서등 아래 우두커니 서 있었다. 센서등이 꺼지자 어둑한 집안은 길고 긴 그림자들로 가득찼다.

"안 들어오고 뭐해?"

멍하니 서 있는 오빠를 올려다보며 물었다. 오빠는 대답하지 않았다. 짜증이 나서 견딜 수가 없었다.

"야, 이젠 나랑은 아예 말 안 할 거야?"

목소리를 높였지만 오빠는 대답 대신 한숨을 한번 푹 내쉬곤 신발을 벗었다. 오빠는 안방으로 가 방문을 노크했다. 방에서 아무 반응이 없자 살며시 방문을 열고 안으로 들어갔다. 잠시 후 안방에서 나온 오빠가 제 방으로 갔다. 나는 있는 대로 화가 나 오빠 방으로 가서 벌컥 문을 열었다. 방 한구석에 주저앉은 오빠가 어깨를 들썩이며 울고 있었다. 제 팔뚝을 입에 문 채 소리죽여 흐느끼는 오빠를 바라보는데, 문득, 차갑고 날카로운 바람이 정수리부터 발바닥까지 관통하는 듯한 느낌이 들었다. 그때까지도 꽉 쥐고 있던 양손의 힘이 스르륵 풀렸다.

"오빠."

팔뚝을 물고 숨죽여 우는 오빠의 입에서 침이 질질 흘렀다.

"오빠. 정말 나랑 얘기 안 할 거야?"

오빠가 나머지 한 손으로 제 머리카락을 쥐어뜯기 시작했다. 돌아서서 안방으로 갔다. 엄마는 여전히 얼굴을 잔뜩 일그러뜨린 채 잠들어 있었다.

"엄마. 오빠가 울어."

엄마를 흔들어 깨웠지만 엄마는 꿈쩍도 하지 않았다. 살짝 벌어진 엄마의 입에서 비릿한 냄새가 났다.

"엄마, 오빠가 운다고. 엄마, 나 배고파. 응? 엄마아…… 엄마아아……"

울음이 터져서 제대로 말을 할 수가 없었다. 엄마는 아무리 불러도 대답하지 않았고 오빠는 울음을 그치지 않았다. 아빠는 어디에 있는지 알 수가 없었다. 전화를 하고 싶어도 아빠의 전화번호는 저장되어 있지 않았다. 다들 이상했다. 너무 이상하긴 한데 뭐가 이상한지 구체적으로 떠오르는 건 없었다. 언제부터 이상했더라. 자꾸만 비어져나오는 눈물을 훔치며 기억을 더듬었다. 그대로 방에서 나와 운동화를 꿰어 신었다. 끈이 풀려 있었지만 상관하지 않고 현관문을 열고 뛰쳐나왔다. 엘리베이터는 지하 1층에 멈춰 서 있었다. 나는 계단을 뛰어오르기 시작했다.

옥상 난간에 걸터앉아 있는 건 미래였다. 학교에서 사라졌던 미래가 어째서 우리 아파트 옥상에 올라와 있는지 모를 일이었다. 모두가 이상했지만 그중에서도 미래가 가장 이상했다.

"미래야."

조심조심 미래를 향해 걸어갔다. 난간에 걸터앉아 있던 미래가 일어서더니 난간을 가볍게 뛰어넘어 바깥쪽으로 내려섰다. 나는 걸음을 멈췄다. 미래가 난간을 잡은 채 활처럼 몸을 휘었다. 아찔했다. 터져나오려는 비명을 억지로 삼키며 다시 미래를 향해 천천히 걸음을 옮겼다.

"미래야. 그러지 마. 응? 미래야. 그러면 안 돼."

한동안 몸을 휜 채 허공을 응시하던 미래가 바로 섰다. 하지만 난간을 넘어오지는 않았다. 내가 다시 걸음을 떼어놓으려는데 미래가 고개를 숙이며 말했다.

"신발을 벗었어야 하는 걸까?"

내 시선도 자연히 그 애의 신발로 향했다. 단단하게 묶여 있던 미래의 운동화 끈이 풀려 있었다. 앞코엔 붉은 얼룩이 선명했다.

"운동화가 더러워졌어. 짜증나게."

미래가 가볍게 난간을 뛰어넘어 내 쪽으로 다가왔다. 나는 여전히 그 애의 운동화에서 시선을 뗄 수 없었다. 미래가 걸음을 멈췄다. 미래의 운동화와 내 운동화가 마주섰다. 나는 천천히 고개를 들었다. 미래의 블라우스와 치맛자락에선 여전히 뚝뚝 물이 떨어지고 있었다.

"그냥 게임이었을 뿐이야. 너도 좋아했잖아."

미래가 말했다.

"그래, 그랬어. 표적이 되기 전엔 나도 즐겼어. 하지만 표적이 되니 모든 게 달라졌어. 너도 이젠 알잖아."

내가 대답했다.

"아니, 내 잘못이 아니야. 절대로 사과하지 않을 거야."

미래가 주먹을 꽉 쥐며 말했다. 나도 모르게 한숨이 비어져나왔다.

"그래. 알았어."

내가 대답했다. 이윽고 미래와 시선이 부딪혔다. 꼬박 두 달 만이었다.

우화(羽化), 혹은 우화(寓話)

크게 심호흡을 한 뒤 유리문을 밀고 들어섰다. 소리 끝이 약간 뭉그러진 차임벨이 울리자 카운터에 앉아 있던 주인 여자가 고개를 들었다. 부스스한 머리부터 기미가 덕지덕지 앉은 얼굴까지, 주인 여자의 모습은 여느 날과 다르지 않았다.

"안녕하세요, 이모. 삼촌 찾으러 왔어요."

주인 여자와 눈이 마주치자마자 반사적으로 튀어나온 말이었다. 주인 여자는 아무런 대꾸 없이 내가 내민 수첩에 도장을 찍어주었다. 신경쓰지 않으려 노력하는데도 주인 여자의 냉담한 태도에는 번번이 기가 죽었다. 굳이 할 필요가 없어진 말을 매번 큰 소리로 떠들어대는 내가 우스워 보일까봐 조바심이 났다. 나도 모르게 어깨가 움츠러들었다. 이런 순간엔 얼굴보다 가슴이 더 화끈댔다. 아마도 바닥에 깔린 카펫 때문이겠지만, 걸음을 옮길 때마다 발밑이 푹푹 꺼지는 듯한 느낌이었다.

CCTV용 돔카메라가 설치된 엘리베이터에는 타지 않았다. 이곳에 왔던 첫날 엘리베이터 안에서 카메라를 발견한 뒤로 쭉 그렇게 해왔다. 물론, 카메라는 엘리베이터뿐만 아니라 입구와 복도 곳곳에도 설치되어 있었다. 그러나 다른 곳과는 달리 엘리베이터 안의 카메라를 발견했을 때는, 마치 나를 아는 누군가와 정면으로 눈이 마주친 것처럼 당혹스러웠다. 나는 엘리베이터의 버튼을 누르는 대신 그 옆의 철문 손잡이를 돌렸다. 철문을 열고 들어가자 좁고 어두운 비상계단이 나타났다. 소리가 나지 않도록 조심조심 문을 닫은 뒤 한동안 숨을 죽이고 서 있었다. 간혹 이 계단을 통해 지하주차장에서 곧장 객실까지 올라가는 사람도 있기 때문이었다. 물론, 나는 그렇게 할 수가 없다. 상대측에서 계산하는 여관비와는 별도로 매달 객실 사용 횟수에 따라 일정한 비율의 액수를 주인에게 지불해야 하기 때문이다. 원투쓰리는 안전을 위한 일이므로 아까워하지도, 쪽팔려하지도, 또 섣불리 속이려 하지도 말라고 당부했다. 한참 동안 귀를 기울였지만 인기척은 들리지 않았다. 잽싸게 사복을 벗고 교복으로 갈아입었다.

'403호.'

원투쓰리가 보내는 메시지는 언제나 간결했다. 나를 시작으로 세 명의 여자애들을 더 끌어들여 본격적으로 포주 노릇을 하고 있는 원투쓰리는, 문자메시지를 보낼 때조차 카리스마를 잃지 않았다. 그 애들은 우리에게 정기적이고 안정적인 일거리를 제공하는 대신 적지 않은 소개비를 뜯어갔는데, 그 과정에 구체적인 폭력이나 위협이 오간 적은 단 한 번도 없었다. 원투쓰리는 이유 없이 폭력을 행사하거나 명목도 없이 삥이나 뜯는 여느 일진들과는 달랐다. 우리는 적지 않은 돈을 상납하면서도 우리를 썹창걸레 취급하는 그 애들의 카리스마에 매번 알아서 주눅이 들었다. 다른 아이들이 어떻게 생각하는지는 알 수 없지만, 나는 그 애들의 카리스마가 미모에서 나오는 것이라고 확신했다. 의식적으로든 무의식적으로든 사람들은 아름다운 것 앞에 쉽게 무릎 꿇는다.

객실 문을 노크한 뒤 다시 한번 크게 심호흡을 했다. 문이 열리기를 기다리는 짧은 시간에 느끼게 되는 긴장감은, 문 안쪽의 상대에 대한 궁금증과 맞닿아 있다. 지난번에는 환갑이 넘었음직한 노인네였고 그전에는 오른쪽 다리가 내 팔뚝보다도 가는 중년의 남자였다. 그전에도, 또 그전에도, 별반 다를 것이 없었다. 이번엔 어떤 진상이 나를 기다리고 있을지 궁금했다. 어릴수록 비싸게 팔리는 게 보통이지만, 나는 예외였다.

"못생긴 것도 어느 정도여야지. 찾는 사람들이 있다는 게 신기할 지경인걸."

다른 애들에 비해 내 페이가 유독 싼 이유를 묻는 원에게 쓰리가 설명한 적이 있다. 내 교복이 먹히는 대상은, 변변히 해놓은 일도 없이 나이만 처먹은 중늙은이들이나 몸뚱이가 삐꾸난 인간들뿐이었다. 충분히 각오한 일이지만, 막상 현실이 눈앞에 닥쳤을 땐 짐작했던 것보다 훨씬 더 비참한 기분이 들었다. 물론 이 일에서 대상이 누구인가 하는 점은 그다지 중요하지 않다. 중요한 것은 오직, 날이 갈수록 너덜너덜해지는 현실을 담보로 내가 무엇을 얼마나 얻을 수 있는가 하는 점뿐이다. 어리지만 충분히 악랄한 나의 아름다운 포주들에게 떼어줄 소개비와 여관 주인에게 지불해야 할 돈을 제하고 나면, 실제로 내 손에 떨어지는 건 얼마 안 됐다. 자칫하다가는 계획에 차질이 생길지도 모른다는 위기감이 들 정도였다. 그런데도 나는 여전히 내가 상대해야 할 대상에 대한 혐오조차 떨쳐내지 못하고 있었다. 한심한 노릇이다.

"네가 진아냐?"

문을 열어준 남자는 멀쩡해 보였다. 나는 남자를 따라 방 안으로 들어서며 남자의 모습을 샅샅이 훑어봤다. 남자는 다리를 절지 않았고 양쪽 팔도 모두 멀쩡히 붙어 있었다. 게다가 그다지 늙어 보이지도 않았다.

"와, 준근이 새끼한테 듣던 것보다 상태가 훨 심각한데? 재미있겠어."

남자는 재미있어죽겠다는 듯한 표정이었다. 남자가 말한 준근이 새끼는 도시에서 세 손가락 안에 꼽히는 규모의 보도 조직에서 몇 년째 따까리 노릇을 하고 있는 놈이었다. 주로 봉고차에 여자애들을 싣고 지정된 장소로 배달했다가 다시 수거하는 일을 했는데, 나의 아름다운 포주들을 차례로 따먹는 게 일생일대의 소원이라고 떠들고 다녔다. 그래선지 그는 내게 적당한 상대를 붙여달라는 원투쓰리의 터무니없는 부탁을 거절하지 못했다. 최근에는 나뿐만이 아니라 나의 포주들에게 소속되어 있는 다른 애들에게도 일거리를 제공하고 있는 모양이었다.

"준근이 새끼가 너무 세게 다루지는 말아달라고 부탁하던데, 너희들 혹시 무슨 사이냐? 그 쌍판에 깔치일 리는 없고."

"선불이에요."

아무리 준근이 새끼의 친구라 해도 다를 바 없다는 점을 확실히 해두기 위해, 나는 가능한 한 단호한 어투로 말했다. 그러나 남자는 느물느물 웃으며 내 가슴팍을 콕콕 찔러댔다.

"어쭈, 대답하기 곤란하다 이거냐? 알았으니까 가서 씻고 와. 뜨거운 물 쓰지 말고 찬물로. 참, 밑구멍은 특히 차게 식혀라. 아주 싸할 정도로."

"선불이라고요."

조금 망설여졌지만 다시 한번 강한 어조로 남자를 다그쳤다. 남자는 살짝 이맛살을 찌푸린 채 주섬주섬 옷을 벗기 시작했다.

"알았다니까."

"돈 먼저 안 주시면 그냥 갈 거예요."

"알았다니까, 썅!"

계산은 언제나 관계 전에 했다. 이 일을 시작하기 전에 원투쓰리가 반복해서 당부한 말도 있었고, 나 역시 계산을 미뤘다가는 떼이기 십상이라는 걸 모를 만큼 멍청이는 아니었다. 하지만 남자가 준근이 새끼와의 친분에 대해 그만큼 힌트를 줬으면 평소와 달리 대해도 크게 문제가 되지는 않았을 것이다. 최악의 경우 돈을 받지 못하게 된다 해도, 내가 중간에서 삥땅친 게 아니라는 사실은 증명할 수 있을 테니까. 그런데도 나는 바락바락 선불을 요구하며 남자의 신경을 건드렸다. 너무 멀쩡해 보이는 남자의 눈빛 속에 가득한 경멸을 새삼 참기 힘들었기 때문이다. 결국 남자는, 계속해서 선불을 요구하는 내 머리채를 꺼들고 화장실로 끌고 가 내동댕이쳤다. 그리고 타일 바닥에 널브러져 있는 내게 샤워기를 들이댄 채 수도꼭지를 틀었다. 차가운 물이 쏟아졌다. 한참 후, 남자는 물을 질질 흘리는 나를 도로 끌고 나왔다.

"그러게 한번 말했을 때 들었어야지. 교복 다 젖었잖아, 썅."

남자는 흠뻑 젖은 탓에 자꾸만 친친 들러붙는 교복을 벗겨내는 내내 투덜거렸다. 왼쪽 팔목이 약간 시큰대는 것만 빼면 그다지 아프지는 않았다. 오랜 세월 매에 길들여져왔던 덕에 욕실 바닥에 내동댕이쳐질 때도 요령껏 넘어질 수 있었고,

남자의 발길질도 표 안 나게 피할 수 있었다. 그러나 내 알몸을 내려다보고 있는 남자의 눈빛만은 무척 아팠다. 그것은 완전히 새로운 종류의 고통이었다.

남자는 가지고 온 가방에서 세 개의 비디오테이프를 꺼냈다. 나는 세 개의 비디오테이프가 다 돌아가도록 남자가 원하는 대로, 비디오 속 여자들과 똑같은 자세를 취해야 했다. 어떤 자세는 아무리 노력해도 도무지 각이 나오지 않아 남자의 분노를 사기도 했다. 남자는 그럴 때마다 내 아랫도리를 당장이라도 짓이겨놓을 듯한 기세로 욕을 했다. 그뿐만이 아니었다. 남자는 틈틈이 나를 욕실로 끌고 들어가 얼어서 터져버릴 것 같다고 느껴질 때까지 아랫도리에 차가운 물이 뿜어져 나오는 샤워기를 들이댔다. 그러고는 한기에 떠는 나를 아무렇게나 엎어놓고 차갑게 식은 내 몸속에 뜨거운 김을 뿜어넣었다. 세 편의 비디오가 모두 끝날 때까지, 남자는 한순간도 틈을 주지 않았다. 내 몸은 쉴 새 없이 스며드는 차가운 물과 남자의 뜨거운 몸, 그리고 축축한 모멸감으로 머지않아 퉁퉁 불어터졌다. 난생처음, 어서 빨리 모든 상황이 끝나 짐승의 소굴 속 너저분한 나의 방으로 돌아가고 싶다는 생각이 들었다. 생각이 그쯤에 이르자, 어이없게도 눈물이 났다.

집으로 돌아왔을 때, 아버지와 고모, 할머니는 큰방에 모여 있었다. 살짝 주저앉아 꽉 닫히지 않는 문틈으로 고모의 앙칼진 목소리와 발음이 뭉개져서 웅웅대는 것 같은 아버지의 말소리가 흘러나왔다. 아마도 언제나 그래온 것처럼 셋 중 누가 가장 개 같은 인간인지 따져보고 있는 중인 듯했다. 그것은 분명 순위 게임이었지만 아무리 반복해도 순위가 매겨지지는 않았다. 고모는 술만 취하면 개가 되는, 물론 술에 취하지 않았을 때가 거의 없는 아버지를 최고로 꼽았다. 아버지는 술을 마시지 않고도, 물론 술을 마시면 더더욱 개 같은 행동만 골라 하는 할머니를 최고로 꼽았으며, 할머니는 발정난 암캐마냥 쏘다니기만 할뿐 아무 벌이도 않는 고모를 최고로 꼽았다. 꼬리잡기를 하는 것도 아니고, 각자가 꼽는 순위가 그 지경이니 순위가 매겨질 리 없었다. 이 단란한 가족 회합에서는 종종 고성과 주먹다짐이 오가기도 했다. 그렇다고 상황이 특별히 악화되는 경우는 거의 없었다. 그들 각자는 오랜 세월 동안 난무해온 폭력 속에서 공격의 기술은 물론, 자기 나름의 방어 기술도 이미 터득했기 때문이다. 온통 무질서해 보이는 소동에도 엄연히 질서라는 것이 존재한다는 뜻이다. 이해하기 힘든 일이지만, 사실이 그랬다. 그 단란한 모임에 나까지 한몫 껴 복닥거리고 싶은 마음은 추호도 없었다. 특히나 이 구역질나는 소굴이 그리워졌을 만큼 엉망으로 지쳐버린 오늘 같은 날에는. 나는 욕설을 주고받으며 순위가 매겨지지 않는 순위 게임에 열 올리고 있는 그들이 눈치채지 못하도록 조심스럽게 내 방으로 걸음을 옮겨놓았다.

"어딜 쏘다니다가 인제서 기어들어오는 거야?"

방문이 벌컥 열리면서 뿌연 담배연기가 쏟아져나왔다. 가장 먼저 얼굴을 내민 것은 고모였다. 그뒤로 번들대는 눈알을 허옇게 치켜뜬 아버지와 도무지 감정이라고는 찾아볼 수 없는 표정의 할머니가 차례로 모습을 드러냈다. 새로운 표적을 포착한 암캐와 그녀의 일족들이 발광을 시작하려는 찰나였다. 나는 별수없이 그들 쪽으로 다가갔다. 걸음을 옮겨놓을 때마다 다리가 후들거렸다. 그러나 아무도 나의 상태에 관심을 보이지는 않았다.

"너 혹시 돈 벌러 다니냐? 왜 이렇게 허구한 날 늦어?"

난데없는 고모의 말에 아버지와 할머니가 눈을 빛냈지만 나는 그 시선들을 외면한 채 의연하게 대꾸했다.

"학교 갔다 왔어. 내가 학교 다니는 학생이라는 사실까지 까먹은 거야?"

이 말도 안 되는 족속들의 발광은 어제오늘 일이 아니었다. 새삼스레 위축될 이유가 없었다.

"이게 누굴 병신으로 아나. 오늘 토요일이잖아."

술 취한 개와 치매기 농후한 개만 상대하기가 아무래도 심심했던지 고모는 또다시 알은체를 하며 이죽거렸다.

"쓸데없는 참견 말고 할일 없으면 잠이나 자!"

나는 일부러 짜증을 내며 대거리를 하고 나섰다. 대가리에 똥만 가득찬 인간들과 상대할 때는 될 수 있는 대로 세게 나가주는 게 좋다. 물론, 당장이라도 얻어터질 듯한 분위기만 아니라면 말이다. 그것이 바로, 지난 십팔 년 간 지긋지긋할 정도로 얻어터져가며 습득한 내 나름의 방어 기술이다. 고모의 표정이 일그러지자 볼썽사나운 눈꺼풀도 덩달아 꿈틀댔다. 작년 봄 찜질방에서 알게 됐다는 정체불명의 여자에게 단돈 사십만 원에 쌍꺼풀수술을 받은 뒤, 가뜩이나 볼품없던 고모의 눈은 양 눈두덩에 벌건 민달팽이를 하나씩 얹어놓은 것처럼 흉측한 모양이 되어버렸다. 그때 이후로, 고모는 불규칙적이나마 다니는 시늉은 내던 공장에도 나가지 않았다. 얼굴에 찍어 바를 화장품조차 제 능력으로 사 쓸 수 없게 된 지경이면서도, 고모는 온종일 집구석에 처박혀서 어떻게 하면 재수술을 받을 수 있을까만 궁리했다. 워낙에 흉터가 크게 남은 탓에 재수술에 드는 비용은 만만치가 않았다. 고모에게 모아놓은 돈 같은 것이 있을 리 없었으므로, 당분간 재수술을 받을 가능성은 희박했다. 시간이 가면 익숙해질 만도 하건만, 고모와 눈이 마주칠 때면 여전히 등골이 오싹해졌다. 고모는 싸구려가 어떻게 싸구려 값을 하는지 온몸으로 보여주는 좋은 본보기였다.

"미친년! 제 밥벌이도 못하는 년이 무슨 말대꾸가 그렇게 많아? 그만큼 걷어 처먹이고 가르쳤으면 제 밥벌이 정도는 할 때도 됐구만, 백날 학교나 처다니고 있으면 밥이 생겨, 떡이 생겨? 어지간한 년 같았으면, 병신 아비 불쌍해서라도 이

악물고 돈 벌러 다녔겠구먼!"

이번에는 아버지가 눈알을 희번덕대며 헛소리를 늘어놓았다. 저 어이없는 일족들의 발광은 언제나 정해진 순서대로, 그러니까 저희들 사이에도 엄연히 존재하는 질서에 따라 진행됐다. 예측이 가능하다는 점에서, 그들의 질서는 내게도 유용했다.

"안 그래도 일 년만 더 다니면 끝나. 일 년 뒤부터는 그렇게 달달 볶지 않아도 돈 벌러 다닐 거란 말이야. 학비를 대주는 것도 아니고 용돈을 주는 것도 아니면서 그것도 못 기다려?"

"이런 썩을 년! 어디서 눈깔을 똑바로 뜨고 말대꾸야, 말대꾸가!"

역시나 정해진 순서에 따라, 아버지는 성한 오른쪽 다리로 빈 술병을 걷어차며 성깔을 부려댔다. 고모의 말에 의하면, 아버지는 스무 살 무렵 양아치처럼 깝치고 다니다가 교통사고를 당했다고 한다. 그때의 사고로 왼쪽 다리를 절단해야 했던 아버지는 장하게도 이후의 세월을 술에 취한 채 흘려보냈다. 지금도 아버지의 왼쪽 다리에는 차갑고 딱딱한 의족이 채워져 있다. 바짓자락 아래로 아버지의 가짜 발이 눈에 들어왔다. 군데군데 흠집이 나 있고 발꿈치 부분은 아예 칠이 벗겨지다시피 해 꼴이 말이 아니었다. 그걸 보자 가슴 한구석이 조여드는 듯한 느낌이었다. 아버지로부터 피와 살을 받았다는 끔찍한 사실을 가장 견딜 수 없을 때가 바로 이런 순간이었다. 아버지는, 혼자 힘으로는 찢고 나올 수조차 없을 만큼 질긴 번데기 속에 나를 처박아놓은 일 말고는 딱히 해준 것도 없는 주제에, 심심치 않게 내 안의 연민을 건드리고는 했다. 위태로이 오르고 있던 낭떠러지에서 허방이라도 짚은 것처럼 아득해졌다.

"아이구, 이 노친네 또 뭐하는 거야? 하여간 지랄도 이런 지랄이 또 있을까! 염병할 놈의 노친네, 더러워죽겠네!"

할머니의 손등을 찰싹찰싹 때리며 소리치는 고모 덕분에 겨우 정신을 차릴 수 있었다. 할머니는 꽁초가 수북한 재떨이를 뒤적여 쓸 만한 꽁초를 골라내고 있는 중이었다. 재떨이뿐만이 아니었다. 할머니는 폐지를 나르는 손수레 귀퉁이에 검정 비닐봉지를 매달고 다니며 폐지를 줍는 틈틈이 피울 만한 꽁초를 주워 모았다. 그러곤 오후 내내 골목 어귀에 쭈그리고 앉아서 주운 꽁초를 빼끔대며 지나가는 사람 아무에게나 욕지거리를 해댔다. 그것은 서로를 잡아먹지 못해 안달인 아버지와 고모조차 단번에 의견일치를 봤을 만큼 궁상맞은 짓거리임에 틀림없었다. 하지만 폐지를 팔아 모은 돈조차 다리병신 아들에게 빼앗기기 일쑤인 할머니로선 안정적으로 담배를 피울 수 있는 유일한 방법일지도 몰랐다. 정말이지 그 면면을 알게 되면 될수록 지긋지긋한 화상들의 지지리도 궁상스러운 조합이 아닐 수 없었다. 저런 궁상들 속에 나를 낳아준 여자까지 끼어 있지 않은 것이 그나마 다행이었다. 얼굴도 기억나지 않을 뿐더러, 살았는지 죽었는지조차 알려오지 않는 여자에겐 아무 감정도 남아 있지 않았다. 낳아놨으면 키워주기까지 했어야 한다느니 하는 식의 투정을 할 생각도 없었다. 오히려 저 심란한 궁상 덩어리들 속에 한몫 보태지 않고 조용히 사라져줘서 고마울 정도였다. 내가 보기에는 친탁한 것 같은데 고모와 할머니는 내가 영락없이 엄마를 닮았다고 주장했다. 그 말이 사실이라면, 엄마와 내가 서로 얼굴을 맞대고 살았더라도 피차 우울하기만 했을 터였다. 싸서 뭉개놓은 똥덩어리 같은 상판대기가 네 개로도 부족해 다섯 개씩이나 빙 둘러앉아 서로를 잡아먹지 못해 안달하는 장면은, 상상만으로도 숨이 막혔다. 나는 벌떡 일어나 방을 나왔다.

"저런 싸가지 없는 년! 지 애비 말도 안 끝났는데, 어디서 발딱발딱 일어나?"

아버지의 마지막 발광이 시작되려 했지만, 더는 그걸 봐줄 기운이 없었다. 끝끝내 남은 발광을 다 해야겠다고 나선다면 차라리 몇 대 얻어터져주고 말리라는 생각이 들었다.

고모에 할머니까지, 성별이 같다는 이유만으로 우르르 몰려서 뭉그적대고 있는 방구석은 아침에 나갈 때와 마찬가지로 너저분했다. 발길에 채는 이불 더미와 옷가지들을 툭툭 걷어차며 거울 앞으로 갔다. 신경을 쓴다고 썼지만 아무도 신경 쓴 흔적을 발견하지 못할 옷차림부터 머리모양까지, 내가 봐도 한심하기 짝이 없었다. 사실, 진짜 문제는 옷차림이나 머리모양 따위가 아니었다. 좋은 스타일링은 타고난 외모의 결점까지도 커버할 수 있다고들 하지만, 어떠한 치장으로도 커버가 불가능한 얼굴도 분명히 존재한다. 머리카락에 꽂혀 있던 실핀을 빼 희미한 자국만 있는 쌍꺼풀 라인을 따라 죽 그어봤다. 가늘고 길쭉한데다 치켜 올라가기까지 해 날카로워 보이던 눈매가 조금은 부드러워졌다. 대신 유난히 짧고 낮은 코에 비해 툭 불거진 광대와 돌출입이 더욱 도드라져 보였다. 광대를 깎아내고 돌출입을 밀어넣은 뒤 콧대를 세움과 동시에 귀 연골을 이식해 코끝의 모양도 잡아주는 수밖에 없었다.

우울하거나 화가 날 때마다 무작정 병원으로 달려가 상담을 받았다. 그동안 만나본 의사들이 권하는 수술 부위와 수술법에는 약간씩 차이가 있었다. 그러나 그들 모두는 수술 후의 내가 달라진 생김새만큼이나 달라진 삶을 살아가게 될 거라고 입을 모아 장담했다. 그것은 매우 감격적인 가능성이었다. 비용이 유일한 문제였지만, 그것도 결국 해결책을 찾아냈다. 단가가 센 광대축소와 돌출입교정은 조금 나중으로 미루고 아쉬운 대로 눈과 코만 먼저 손을 보는 정도라면, 돌아오는 여름 즈음에도 가능할 것 같았다. 이름만 대면 알만한 몇몇 여배우들의 단골 병원이기도 하다는 '아름다운 성형외과'의 원장은 생김새만으로도 신뢰가 가는 사람이었다. 그는 나 같은 케이스는 아쉬운 대로 눈과 코를 손보는 정도만으로도 완전히 다른 사람이 될 수 있다고 말했다. 그것은 마치, 수술만 하면 나에게 피와 살을 나누어준 저 지지리 궁상들과는 완전히 다른 차원의 인간으로 거듭날 수 있다는 말처럼 들렸다. 상상만으로도 가슴이 두근거렸다.

수술을 결심한 이후로 줄곧, 이일 저일 가리지 않고 무조건 열심히 뛰었다. 그러나 결과는 기대에 미치지 못했다. 몸은 늘 피곤했는데도 돈이 모아지는 속도는 너무 느렸다. 그나마 제대로 보수를 받는 경우는 손에 꼽힐 정도였다. 어른들은 가난하고 못생긴 고딩의 돈은 떼어먹어도 상관없다고 생각하는 것 같았다. 할머니가 늘 하는 말처럼 '흉악스럽기 그지없는 족속들'이었다. 일 년여를 죽을둥살둥 벌어 모았지만 눈 한쪽도 시원스레 손보기 힘들 정도였다. 그제야 애초부터 김밥집이나 전단지 아르바이트 따위로 해결할 수 있는 문제가 아니었다는 생각이 들었다. 빠르고 확실한 방법을 찾아내기 위해서는 좀더 영악해질 필요가 있었다. 초조한 마음이 들기는 했지만 두려움은 없었다. 태생의 흔적을 모두 벗고 완벽한 성충의 모습으로 우화하여 날아갈 순간을 위해 하지 못할 일은 아무것도 없었다.

원투쓰리는 아름답다. 그 애들은 셋이 모여 있다는 이유만으로도 화제가 됐고 유행이 됐으며, 무엇보다, 돈이 됐다. 그러나 그 애들이 타고난 미모만으로 오늘에 이른 것은 아니었다. 가장 마지막으로 무리에 합류한 쓰리의 경우, 재작년 겨울 대대적인 공사를 벌인 끝에 지금의 미모를 획득하게 되었다고 했다. 쓰리는 처음부터 그러한 사실을 숨기려 하지 않았다. 심지어, 무려 두 번씩이나 손목을 그은 끝에 이룬 쾌거였다고 떠벌리기까지 했다. 원과 투 역시 어린 나이에 위험부담이 큰 모험을 선택한 쓰리의 용기에 아낌없는 찬사를 보냈다.

"뭐야, 너 이번주는 위험하잖아."

"지금 그딴 거 따지고 자시고 할 겨를 없어. 크로스백 하나 찍어놨단 말이야. 씨발, 죽어도 이달 안에 사고 말 거야."

"어디 건데? 그냥 집에 돈 달라고 해."

원투쓰리의 목소리였다. 교실 안은 소란스러웠지만, 나는 어떤 소란 속에서도 그 애들의 목소리를 구분해낼 수 있었다. 원투쓰리가 나와 눈이 마주칠 때마다 몹시 불쾌해했으므로, 책상 위에 납작 엎드린 채로 그 애들의 대화에 집중하기 위해 신경을 곤두세웠다.

"졸라 짜증나니까 집 얘긴 꺼내지도 마. 가방이고 뭐고 한 번만 더 사들이면 가만 안 둔다고 쌩 지랄이란 말이야."

"아, 구려. 지들은 졸라 사들이면서 왜 우리한테만 그런대? 너희 엄만 어디 구린 데 없냐? 아빠한테 확 꼰질러버린다고 해봐. 그게 직방이더라니까."

마음만 먹으면 명품 가방정도는 얼마든지 마련할 수 있는 그 애들의 능력이 부러워 숨이 멎어버릴 것만 같았다. 나도 모르게, 자신들과는 절대로 눈도 맞추지 말라던 원투쓰리의 경고를 무시한 채 그 애들에게 다가갔다.

"쌍, 뭐야. 재수없게 왜 또 알짱대?"

"앤 또 뭐니? 야, 씨댕! 빨랑 안 꺼져?"

짐작했던 대로 원투쓰리는 다가서는 나를 발견하자마자 신경질을 부리기 시작했다.

"부탁이 있어."

나는 잔뜩 기어들어가는 목소리로 말을 건넸다. 처음엔 어이가 없다는 듯 나를 빤히 쳐다보던 원이 가장 먼저 관심을 보였다.

"뭔데? 어디, 욕 처먹을 거 뻔히 알면서 도대체 뭘 부탁하겠다는 건지, 들어나보자."

"아, 듣긴 뭘 들어. 야, 씨댕! 재수없으니까 꺼져버려. 빨랑 안 꺼져?"

막상 말을 붙이기는 했지만, 한동안은 그 애들과 시선조차 제대로 맞출 수 없었다. 너무 이르다는 이유로 성형을 반대하는 부모를 설득하기 위해 제 손목을 그었을 만큼 성질머리 급한 쓰리가 머리통을 후려갈길 때까지도, 벌겋게 달아오른 얼굴로 우물쭈물했을 뿐이었다. 나로서는, 나를 대신해서 나를 팔아달라는 말을 어떤 식으로 꺼내야 할지 알 수가 없었다.

며칠 뒤, 책상 위에 엎어져서 잠을 청하고 있던 내게 쓰리가 다가왔다.

“야, 씨댕! 돈 벌어서 뭐하려고 그러냐?”

“수술받고 싶어서. 너처럼.”

쓰리는 어이가 없다는 듯 낮게 혀를 찼다.

“야, 갈아엎는다고 다 나같이 되는 줄 아냐? 뭐? 나처럼? 네 얼굴에, 그게 마술이지 수술이냐?”

‘너처럼’이라는 말에 기분이 상했는지, 쓰리는 약간 언성을 높이며 손바닥으로 내 뒤통수를 탁탁 쳤다.

“적어도 사람 같아지기는 하겠지. 너희들도 툭하면 그러잖아. 도대체 저게 사람이야 괴물이야……”

쓰리는 더이상 아무 말도 하지 않았다. 그저 짧은 한숨과 함께 중지로 내 이마를 한번 쿡 찔렀을 뿐이다. 그날의 짧은 대화가 새삼 원투쓰리의 연민을 불러일으켰을 거라고는 생각하지 않는다. 그 애들은 값싼 연민이나 동정 따위로 자신들의 견고한 벽을 허물어버릴 만큼 말랑하지 않았다. 연민은커녕, 나를 시작으로 배짱 좋게 세 명의 여자애들을 더 영입해 본격적으로 성매매 알선에 나섰을 만큼 영악한 애들이었다. 그러니까 우리는 피차 원하는 걸 얻었을 뿐, 서로에게 어떠한 빚도 없는 셈이었다. 그 애들도 그렇게 생각하는지는 알 수 없지만 말이다.

매주 월요일 점심시간이 끝나기 직전, 객실 사용료를 포함해 회당 사만 원씩의 소개비를 원투쓰리에게 상납했다. 다른 애들이 얼마씩 상납하는지는 알 수 없었다. 나는 원투쓰리가 준근이 새끼의 친구라는 놈과 있었던 일에 대해 질책할까봐 지레 겁을 먹고 있었다. 그러나 원투쓰리는 아무것도 묻지 않았다. 상납금에서 토요일 분을 제한 걸 보면 상대가 누구였는지 알고 있는 것 같았지만, 이렇다 저렇다 말이 없었다. 그 대신 평소 가장 말이 없던 원이 계산을 끝내고 돌아선 내게 말을 건넸다.

"아예 집을 나오는 건 어때? 집 나와서 본격적으로 뛰면 계획을 훨씬 앞당길 수도 있을 텐데. 어차피 집구석에 얹어져 있는다고 뾰족한 수가 날 만한 인생도 아니잖아."

나는 걸음을 멈추고 돌아봤다.

"대신 우리 손은 떠나는 거야. 준근이가 잘 아는 형이 있는데, 그 팀에 끼워넣을 수 있다더라고. 누군지는 너도 알 테니까 길게 설명할 필요는 없겠지? 사실, 자꾸 이런 식으로 일 빼내오다가 잘못 걸리면 완전히 골로 가는 건데, 우리도 몸조심해야지. 어이, 씨댕! 그래도 꼴에 기술은 쓸 만한가보더라? 하긴, 사귈 것도 아닌데 기술만 좋으면 됐지 뭐."

투는 제가 말해놓고도 저 스스로 웃음을 참지 못하겠다는 듯 키들거렸다. 나머지 두 포주, 원과 쓰리도 그 애를 따라 웃기 시작했다. 뱃속이 뜨거워지는 기분이었다. 등줄기는 서늘하게 식은 채 식은땀이 흐르는데 뱃속은 점점 더 뜨거워졌다. 너무 뜨거워서, 아무 말도 할 수가 없었다. 입을 벌리면 말이 아니라 불덩이가 튀어나올 것만 같았기 때문이다. 나는 이를 앙다문 채로 돌아서서 뛰었다. 어리지만 충분히 악랄한 포주들의 웃음소리가 질기게 쫓아왔다.

원투쓰리의 웃음소리는 학교를 벗어나 집에 도착할 때까지도 내 등에 들러붙은 채 떨어질 줄을 몰랐다. 그 질긴 웃음을 털어내는 데 골몰하느라 은행에 들르는 것도 잊은 채, 사람의 탈을 쓴 아귀들이 버글대고 있는 소굴에 발을 들여놓고 말았다.

집에 들어서자마자 고모가 반색을 하며 뛰쳐나왔다. 뜻밖의 환대라 어리둥절했다.

"지금 오는 거야? 할말 있으니까 얼른 들어와봐."

고모는 잔뜩 긴장한 표정으로 주변을 살피며 소곤댔다. 나는 거의 반사적으로 내 팔을 움켜잡은 고모의 손을 털어냈다.

"왜, 무슨 일인데? 아버지가 또 무슨 사고 쳤어?"

그러나 고모는 내 팔을 더욱 단단히 부여잡으며 처음보다도 낮은 목소리로 말했다.

"쉿, 조용히 따라 들어오라니까. 나 말고는 아직 아무도 모르니까 우리끼리 쇼부 보자. 응?"

쇼부를 보자는 말에, 돈냄새 하나는 기가 막히게 맡는 고모가 그새 브래지어 속에 감춰둔 지폐 뭉치의 낌새를 알아챈 것이 틀림없다는 생각을 했다. 버틸 때까지 버텨보다가 여의치 않으면 내줘버리는 게, 아깝긴 해도 속은 편할 거라는 생각도 했다. 도무지 앞뒤가 맞지 않는데도 덮어놓고 그렇게 결론지어버렸다. 변명의 여지없이, 내가 너무 안일했다.

"됐으니까 이것 좀 놓고 말해. 그렇게 살고 싶냐? 나잇살이나 처먹어서 조카 상대로 삥이나 뜯으며 살고 싶냐고!"

나는 미처 생각을 정리하기도 전에 소리부터 질렀다.

"뭐가 이렇게 시끄러워? 또 무슨 일이야?"

때마침 검정 비닐봉지를 덜렁덜렁 흔들며 집안으로 들어서던 아버지가 고함을 쳤다. 딱히 궁금해서라기보다는 자신의 존재를 알리는 다른 방법을 모르는 까닭에, 아버지는 사사건건 참견을 하며 성깔을 부려대곤 했다.

"씨발, 내가 무슨 돈이 있다고 이 난리야? 제발 나잇값 좀 해라. 고모가 나이나 적냐? 응?"

나는 그때까지도 내 팔뚝을 잡고 늘어지는 고모를 거의 밀치다시피 한 뒤 내 방 쪽으로 돌아섰다. 고모의 눈두덩에서 꿈틀대는 민달팽이들이 다른 어느 때보다도 붉게 충혈되어 있다는 사실을 발견하지 못한 것은 분명히 내 불찰이었다. 하지만 내 대처가 기민했다 한들, 결과가 크게 달라졌을 거라고는 기대할 수 없었다. 이 너저분한 짐승의 소굴에서 벌어지는 일이란 게, 대개는 이미 정해진 결과를 향해 치닫곤 했으니까.

"이런 염병할 년들, 겁대가리 없이 누구 앞에서 싸우고 지랄들이야?"

아버지는 들고 있던 봉지를 내려놓더니 신발장 뒤에 세워둔 목발을 끄집어내려고 했다. 더럭 겁이 났다. 고모와 할머니는 물론 나도, 아버지의 목발에 잘못 맞아 머리가 깨진 전적이 있었던 것이다. 나는 서둘러 벗어놓았던 신발을 다시 꿰어 신었다. 그러나 막 문을 밀고 밖으로 뛰어나가려던 순간에 들린 고모의 말이 내 발목을 붙잡았다.

"내가 이걸 찾았거든. 도대체 얼마나 들었는데 서랍 밑에다 붙여놓기까지 했나 싶어서 통장정리를 해봤더니, 꽤 되던데? 어이, 나이도 얼마 안 처드셨는데 나잇값 하느라 수고가 많으신 조카님, 대체 뭔 짓을 해서 이렇게 돈을 버셨어요? 최근 몇 달 동안은 아주 꼬박꼬박 날짜까지 맞춰서 입금했던데."

나는 벌어진 입을 다물지 못한 채 고모를 돌아봤다. 고모는 여전히 붉게 충혈된 눈으로 나를 노려보고 있었다. 그 옆에선 언제 어느 구석에서 튀어나왔는지 알 길 없는 할머니가 구부정한 허리를 짚고 선 채로 나를 올려다봤다. 아버지는 밋밋한 낯에 커다랗게 뚫린 콧구멍만 벌름댔다. 그러나 곧, 잊었던 무언가를 기억해낸 사람처럼 들고 있던 철제 목발을 치켜들었다.

"너 일루 와, 이 쌍놈의 지지배. 뒈지고 싶지 않거든 토낄 생각은 아예 않는 게 좋을걸. 일루 와. 얼른 안 튀어와!"

아침에 눈을 뜨면서부터 퍼마시기 시작했을 술기운이 이제야 치솟는지, 아버지의 얼굴은 순식간에 검붉게 달아올랐다.

"저년 저거, 도망 못 가게 꽉 잡아! 홀랑 벗겨서 탈탈 털어 보면 뭐가 나와도 나오겠지."

어느새 다가선 고모가 내 팔뚝을 틀어쥐었다.

"똑똑한 척은 독판 하더니, 꼴좋다. 그러게, 진작 말 들었으면 피차 좋았잖아?"

나는 있는 힘껏 고모를 밀쳤다. 그러나 작정을 하고 덤벼든 고모의 손아귀에서 벗어날 수는 없었다. 갑자기 온몸의 힘이 쭉 빠지면서 또다시 뱃속이 뜨거워지기 시작했다.

아버지는 장담했던 대로 '홀랑 벗겨서 탈탈 털어'댔다. 수치심이 뭔지 아는 인간이라면 할 수 없는 짓일 터였다. 그 와중에 브래지어 속에 감춰뒀던 돈이 방바닥으로 떨어졌다. 그걸 본 아버지는 온몸을 부들부들 떨며 매질을 했다.

"너 이 쌍년, 말해봐. 도대체 어떤 시러베아들 놈이랑 붙어처먹고 다니는 거야?"

어떤 시러베아들 놈이랑 붙어먹었든, 그게 무슨 상관이냐는 말이 목구멍까지 올라왔지만 말을 할 수는 없었다. 찢기고 터진 입술이 어느새 부풀어올라 마음대로 움직여지지 않았기 때문이다. 담배연기만 뻐끔뻐끔 내뿜고 있던 할머니가 잽싸게 쫓아와서 방바닥에 떨어진 돈을 집어들었다. 할머니는 간혹, 일흔을 훌쩍 넘긴 나이라고는 믿기지 않을 만큼 민

첩한 면모를 보이곤 했다.

"그거 못 내려놔? 씨발놈의 노친네가 지금 어따 손을 대는 거야!"

아버지 역시 만만치 않은 순발력을 선보이며 단숨에 할머니로부터 돈을 빼앗아왔다. 그 바람에 벌렁 나자빠졌던 할머니는 재떨이 한쪽 모서리에 기대놨던 담배를 다시 집어 물며 주름진 입술을 삐죽거렸다. 할머니가 담배를 물고 입술을 삐죽거리는 것은 뭔가가 마땅치 않다는, 그러므로 기어이 다시 한번 대거리를 해보고야 말겠다는 의지의 표현이었다. 평소에도 종종 있어왔고 가끔은 며칠씩 집안을 들었다 놨다 하기 일쑤였던 신경전이 다시금 시작될 태세였다. 그러나 이번에는 불화가 길게 가지 않았다. 고모가 그새 내 가방을 뒤져 현금카드를 찾아 내밀었기 때문이었다.

"여기 카드도 있네. 그만들하고 비밀번호나 물어봐. 괜히 빙빙 돌 거 없잖아."

카드를 건네받는 아버지의 낯빛이 환해졌다. 사실 아버지는, 딸년이 어느 시러베아들 놈과 붙어먹었든 말든, 애초부터 그런 것에 관심을 가질 만한 작자가 아니었다.

"밥 먹여주고 학교 보내줬으면 됐지, 쥐똥만한 년이 뭐하는 데 돈이 필요하다고 뻘짓거리를 하고 다녀? 하여간 생겨처먹은 대로 논다고, 생긴 걸로도 모자라서 하는 짓거리까지 지 어미를 빼쏴놨다니까. 비밀번호 뭐야. 얼른 대! 얼른 안 대?"

아버지는 잡히는 대로 잡아든 술병으로 내 어깨를 내리쳤다. 나는 고개를 돌려 문지방에 걸터앉아 있는 고모를 바라봤다. 고모는 나와 눈이 마주치자 슬그머니 시선을 피하며 자리에서 일어섰다. 할머니는 도로 빼앗긴 돈에 대한 아쉬움이 여전한 탓인지, 연신 입술을 삐죽거리며 담배연기만 뻐끔댔다. 나는 최대한 몸을 웅크린 뒤 두 눈을 질끈 감았다. 아무래도 빠져나갈 방법이 없을 것 같았다. 그렇다면 그저 견뎌내는 수밖에. 퍽퍽퍽퍽. 언제나 그래왔듯이, 오로지 살아남기 위해 상황을 견뎌내는 사이 등과 옆구리에 내리꽂히는 주먹의 감각과 마찰음도 차츰 희미해졌다.

상한 얼굴이 다시 사람 꼴을 갖추기까지는 꼬박 일주일이 걸렸다. 아니다. 다시 사람 꼴을 갖췄다기보다는 이전의 상태로 돌아갔다고 하는 것이 옳을 것이다. 이전이라고 내가 사람 꼴을 제대로 갖추고 있었던 것은 아니니까. 반복되는 고열과 두통에 시달리다보면 짧지만 정신이 명료해지는 순간이 찾아온다. 통증이 전혀 느껴지지 않을 뿐만 아니라, 머릿속에서 시원한 바람이 이는 듯한 느낌마저 든다. 그럴 땐, 잠든 할머니와 고모가 내뿜는 텁텁한 입냄새와 고릿한 체취마저도 그다지 거슬리지 않았다. 나는 조심스럽게 일어나 앉았다. 기어이 내게서 비밀번호를 알아낸 아버지는 겨우 하루 반나절 만에 그 돈을 모두 날린 채 집으로 기어들어왔다. 그때 아버지의 손에는 어이없게도 양념돼지갈비가 담긴 비닐봉지가 들려 있었는데, 그날 저녁 그들은 좁아터진 집구석을 연기로 가득 메워가며 열심히 고기를 구워 먹었다. 방에서 꼼짝도 못하고 누워 있던 나까지 억지로 끌려나가 흔들리는 어금니로 돼지갈비를 씹어야만 했다. 오랜만에 열린 가족 회식에서 기분 좋게 취한 아버지는 눈물이 그렁해서는 불쌍한 우리 엄마, 불쌍한 내 동생, 세상에서 제일 불쌍한 내 새끼를 목놓아 외쳐대기까지 했다. 물론 아버지는, 그 불쌍한 딸년이 그동안 어떤 시러베아들 놈들과 붙어먹었는지에 대해서는 더이상 묻지 않았다. 자신이 하루 반나절 만에 날려버린 돈이 어느 주머니에서 나왔는지조차 잊어버린 것이 틀림없어 보였다.

되는대로 널브러져 잠이 든 할머니와 고모의 몸을 차례로 넘어 거울 앞으로 다가갔다. 거울 속에는 좁아터진 아버지의 이마와 찢어진 눈매, 아무렇게나 뭉친 밀가루 반죽을 떼어 붙여놓은 것 같은 할머니의 코, 콧대보다도 높은 고모의 광대뼈가 있었다. 그들은 거울 속에 오글오글 모여서 나를 비웃었다. 기억을 하지 못해서 그렇지, 어느 한 귀퉁이쯤에는 죽었는지 살았는지조차 모르는 엄마의 모습도 숨어 있을 것이었다. 완벽한 불협화음이란 바로 이런 것을 두고 하는 말일 터였다. 나의 이목구비는 생김새부터 각각의 위치까지, 너무나도 제멋대로여서 그편이 오히려 자연스러워 보일 정도였다. 거울을 들여다보고 있자니, 또다시 눈물이 쏟아졌다. 쌍꺼풀을 만들어야 했고, 고어텍스를 삽입해 콧대를 세운 뒤에는 귀 연골을 이식해 코끝을 교정해야 했다. 광대뼈를 축소하고 튀어나온 입을 밀어넣어야 했다. 그러나 뒤늦게나마 속도를 내기 시작했던 계획은 모조리 틀어져버렸다. 나의 부드러운 쌍꺼풀과 오뚝한 콧대는 세상의 빛도 보기 전에 아버지와 할머니, 그리고 고모의 아가리 속에 처박혀버렸다.

원투쓰리의 제안을 받아들일 생각은 없었다. 나는 가능하다면 개나 소도 다닌다는 고등학교를 무사히 졸업하고 싶었고, 졸업과 동시에 완벽한 우화의 과정을 거친 뒤 보란듯이 이 더럽고 냄새나는 곳을 떠나고 싶었다. 나의 마지막 탈피는 너무 늦어서도 안 되지만, 너무 일러서도 안 된다고 언제나 스스로를 다독여왔다. 그러나 이제 두 가지 중 하나는 포기할 수밖에 없게 되었다. 상식적인 선에서는 도무지 이해가 불가능한 저들의 바닥이 어디까지일지, 짐작조차 할 수 없기 때문이다. 그리고 어쩌면 그 애들의 말처럼, 집구석에 얹어져 있는다고 해서 뾰족한 수가 나지도 않을 내게 그 일은 새로운 기회가 될지도 몰랐다. 바깥에서 버글대는 그들이 이 안에서 오글대는 저들보다 나을 거라는 확신은 없지만, 최소한, 아무리 부인하고 싶어도 부인할 수 없는 피의 물림을 새록새록 되새겨야만 하는 고통에서 벗어날 수는 있을 터였다.

잠든 고모와 할머니의 몸을 다시 넘어 방 밖으로 나왔다.

집을 나서기 직전 들여다본 아버지의 방은 텅 비어 있었다. 또 술에 취한 채 어딘가에 고꾸라져 있겠지. 날이 이렇게나 추운데 그러다 얼어 죽기라도 하면…… 얼마나 좋을까.

천천히 부엌문을 열고 밖으로 나왔다. 툭하면 너나없이 발로 걷어차는 바람에 눈에 띄게 틀어진 부엌문은, 조심하지 않으면 여닫을 때마다 요란스러운 소리를 냈다. 원투쓰리 중 누구도 새벽의 단잠을 방해받고 싶어하지 않을 테니, 그 애들에게 연락을 하려면 네댓 시간은 더 기다려야 할 것이었다. 그동안 어디에서 무엇을 하며 시간을 보내야 할지 딱히 떠오르지는 않았지만, 무조건 걷기 시작했다. 새벽공기는 코끝이 쨍하게 느껴질 정도로 찼다. 그러나 덕분에 머릿속은 더할 수 없이 개운해졌다. 질긴 껍질 속에 갇혀 있던 나의 새로운 삶이 꿈틀거리는 듯한 느낌마저 들었다. 바야흐로 우화의 순간이 다가오고 있다고, 마지막 한 고비만 잘 넘기면 너절한 허물을 깨끗이 벗어버리고 새로운 모습으로 날아오를 수 있을 거라고, 믿고 싶었다.

리르와디, 당신의 우물

깡— 깡— 깡— 깡—.

곡괭이가 내리꽂히는 자리마다 파란 불꽃이 일었다. 한 치 앞도 가늠할 수 없는 어둠 속에서 불꽃은 삶과 죽음의 경계만큼이나 명료하게 번뜩였다. 묵묵히 곡괭이질에 몰두하던 늙은이가 돌연 허리를 곧추세웠다. 온몸의 뼈마디가 녹아내리는 듯하던 통증은 사라진 지 이미 오래였다. 남은 것은 오직 마른 우물을 가득 메우고 있는 어둠만큼이나 짙은 회한뿐. 늙은이가 쥐고 있던 괭이자루를 놓았다. 아들놈이 새로 깎아 갈아끼워준 종려나무 자루가 손에 익지 않은 탓인지 늘 해오던 괭이질이 오늘따라 영 불편했다. 늙은이는 화끈대는 손바닥을 달래듯 문지르며 어쩌면 괭이자루 때문이 아닐

지도 모른다는 생각을 했다. 그깟 괭이자루 좀 갈아끼웠다고 옹이 박인 손바닥이 새삼스레 화끈댈 리 없었다. 지금 하는 괭이질이 늘 해오던 괭이질과 같을 수는, 절대로, 없다는 게 문제라면 문제였다. 그건 새 괭이자루를 깎아준 아들놈도, 늙은이의 바짓자락을 붙잡고 늘어지던 딸아이도, 사람들 틈에서 눈물을 훔쳐내던 늙은이의 아내도, 심지어 새 괭이자루와 함께 우물 속에 혼자 남겨진 늙은이까지, 너무나 잘 알고 있는 사실이었다. 늙은이는 한동안 아무것도 보이지 않는 어둠을 응시했다. 마치 그 속에서 삶의 마지막 진실을 찾아내기라도 하려는 듯, 늙은이의 시선은 집요했다. 늙은이의 앙상한 두 팔이 허공을 더듬었다. 아무것도 만져지지 않았다. 사방으로 팔을 휘저어보았지만 역시 마찬가지였다. 늙은이는 비로소 농밀한 어둠이 삼켜버린 공간에 혼자 남겨졌음을 실감했다. 머지않아 어둠은 늙은이의 남은 생마저 삼켜버리고 말 것이었다. 늙은이가 대책 없이 떨려오는 어깨를 감싸안으며 몸을 옹송그렸다. 몸은 늙는데 어째서 두려움은 늙질 않는 건지. 늙은이가 푹 잠긴 목소리로 중얼거렸다. 시시각각 존재를 압박해오는 어둠을 응시하던 늙은이의 눈자위가 축축해졌다. 두려움 앞에 속절없이 무너져내렸던 시간에 대한 부끄러움을 떨쳐내려는 듯, 늙은이가 세차게 고개를 털었다. 그러고는 옹이 박인 손으로 다시 괭이를 찾아 들었다.

깡— 깡— 깡— 깡—.

새 괭이자루는 여전히 손에 잘 붙지 않아 괭이질을 할 때마다 손바닥이 쓸렸다. 그러나 늙은이는 괭이질을 멈추지 않았다. 누군가는 석회암 판을 뚫을 마지막 괭이질을 해야만 했다. 마을의 우물에선 더이상 물이 솟지 않았다. 지금 파고 있는 리르와디마저 솟지 않는다면 젊은 놈들의 삶이 온전할 리 없을 터였다. 이제 늙은이의 머릿속엔 오직, 젊은 놈들의 삶은 계속되어야 한다는 생각뿐이었다. 그것은 이 순간 늙은이가 엄수해야 할 유일한 진리였으며, 늙은이의 늙은 아비와 그 아비의 아비, 그리고 세상의 모든 아비들이 죽음으로써 지켜온 사명이기도 했다. 늙은이의 괭이질에 속도가 붙었다. 한참 뒤, 또다시 괭이질을 멈춘 늙은이가 땅 밑으로부터 전해오는 울림에 귀를 기울였다. 땅 밑에선 말라붙은 오아시스를 적셔줄 새로운 생명이 소용돌이치고 있었다. 젊은 놈들의 삶은 저 깊은 곳으로부터 용솟음칠 새로운 생명과 함께 계속될 것이었다. 늙은이는 이제 정말 얼마 남지 않았음을 직감했다. 어쩌면 단 한 번의 괭이질만으로도 석회암 판은 뚫릴지 몰랐다. 다시금 밀려오는 두려움을 떨쳐내려는 듯, 늙은이가 힘껏 도리질을 쳤다. 그리고 두 눈을 질끈 감은 채 곡괭이를 치켜들었다. 마지막 곡괭이질을 목전에 둔 늙은이의 심장이 터질 듯 두근거렸다. 늙은이가 단단한 석회암 판을 향해 있는 힘껏 곡괭이를 내리꽂았다. 파란 불꽃이 일었다. 허엇! 작지만 옹골찬 기합과 함께 다시 한번 불꽃이 번뜩였다. 드디어 곡괭이가 석회암 판에 꽂혔다. 늙은이는 한 치의 망설임도 없이 석회암 판에 박힌 곡괭이를 뽑아냈다. 늙은이의 노쇠한 몸뚱이가 새로운 생명의 소용돌이를 타고 붕 떠오르다 쑥 빨려들어갔다.

덜 닫힌 서랍 틈으로 양말이 비죽 튀어나와 있었다. 서랍장 위에 가지런하던 미니서랍은 비뚤어진 채였고 벽에 걸린 핸드백의 지퍼도 반쯤 열려 있었다. 신경질적으로 가방을 내던지고 서랍장부터 열어보았다. 함부로 쑤석거린 흔적이 역력했다. 싸구려 액세서리와 머리핀, 제조일자가 언제인지 알 길 없는 샘플화장품 따위를 정리해뒀던 미니서랍도 마찬가지였다.

"개새끼. 그래, 백날 천날 뒤져봐라, 나오는 게 있나."

액세서리가 담긴 서랍을 잡아빼 뒤집으며 낮게 중얼거렸다. 군데군데 큐빅이 빠진 링귀걸이, 흠집투성이인 플라스틱 진주목걸이, 좁쌀만한 크리스털로 장식된 빨간색 볼귀걸이, 시커멓게 변색된 은반지 따위가 방바닥에 흩어졌다. 하나같이 구질구질한 것들뿐이었다. 또다시 욕이 터져나오려는 걸 간신히 억누르고 흩어진 액세서리들을 쓸어모았다. 그리고 끔찍하도록 구질구질한 물건들을 꼼꼼하게 살피고 차곡차곡 정리하며 내가 처한 현실을 곱씹었다. 자신이 서 있는 위치를 정확히 알지 못하는 한 출구를 찾을 수도 없을 터였다. 나는 내가 지금 어디에 서 있는지 단 한 순간도 잊고 싶지 않았다.

샘플화장품들도 가지런히 정리했다. 미니서랍 정리를 끝낸 뒤 이번엔 서랍장을 맨 아래 칸부터 차례로 정리해나갔다. 아무렇게나 뒤섞여버린 옷가지들을 죄 꺼내 다시 갰다. 다른 생각은 하지 않고 오로지 옷을 개는 일에만 집중했다. 구김 없이 반듯하게, 색깔별로 가지런히. 차츰 진정되던 마음이 또다시 뒤집힌 것은 헝클어진 속옷들을 보았을 때다. 내 팬티와 브래지어를 되는대로 쑤석였을 염치없는 손모가지가 떠오르자 온몸의 모공이 일시에 오그라드는 느낌이었다. 개어놓았던 옷가지들을 마구잡이로 집어던지고 차고 밟았다. 그러고도 분이 풀리지 않아 정리를 마치고 서랍장 위에 다시 올려놓았던 미니서랍까지 방문을 향해 집어던졌다. 지금 내가 서 있는 곳이 어딘지 정확하게 가리켜주는 싸구려 이정표들이 세월에 찌든 장판 위로 차르륵 흩어졌다.

처음부터 다시 시작해 정리를 마쳤을 땐 열시가 가까워져 있었다. 그제야 옷을 갈아입고 세수를 했다. 허리가 절로 꺾이던 허기도, 뒷목이 뻣뻣해지도록 부글대던 화도 조금은 누그러졌다. 그렇다고 해서 배가 고프지 않거나 화가 나지 않는 것은 아니었다. 차가운 방바닥에 베개도 이불도 없이 그대로 누워버렸다. 꼼짝도 하고 싶지가 않았다.

"벌써 왔으면서 여태 코빼기도 안 들이민 거냐? 싸가지 없는 년."

방문을 불쑥 열고 들어선 엄마가 눈을 흘기며 말했다. 벌건 얼굴이나 까치집을 인 머리까지, 술기운이 역력한 몰골이었다. 물보다 소주를, 밥보다 막걸리를 더 많이 마시는 엄마의 얼굴은 늘 푸석푸석했다. 엄마의 얼굴을 볼 때마다 아내로서도, 엄마로서도, 여자로서도, 심지어 인간으로서도 완벽하게 실패한 존재의 전형이라는 생각이 들었다.

"오빠는?"

"그걸 내가 알겠냐, 네가 알겠냐? 두 발 달린 짐승이 어느 구석인들 못 싸다닐까."

"언제 나갔는데?"

"들어와서 없었으면 들어오기 전에 기어나갔나보지. 그나저나, 너 나한테 뭐 줄 거 있지 않냐?"

하나마나한 질문에 들으나마나한 대답이었다. 언제나 이런 식이다. 엄마는 자기 입으로 들어가는 술과 밥, 그리고 그 술과 밥을 살 돈 외에는 아무것에도 관심이 없는 사람이다. 그것이 설사 자식새끼들에 대한 일이라 해도 말이다. 엄마가 지금 내 방에 와서 들으나마나한 말이나마 주워섬기고 있는 것도 다 그 돈 때문이다. 다른 건 다 잘도 잊는 엄마가 잊지도 않고 꼬박꼬박 챙기는 것이 바로 내 월급날이었다. 다만 얼마라도 더 뜯어낼 욕심에 온갖 아양과 협박과 패악을 부리는 날이기도 했다. 오래 끌수록 내 쪽에서 손해였다. 가방을 뒤져 미리 인출해놓았던 돈을 꺼냈다. 그 와중에도 가방 속을 넘겨다보는 엄마의 시선을 털어내려 돈이 든 봉투를 던지듯 건넸다.

"정말 지겨워죽겠어!"

돈 봉투를 집어드는 엄마를 향해 한마디 쏘아붙이는 것도 잊지 않았다. 더 닦달해봐야 소용없다는 뜻으로 하는 일종의 입막음이었다. 물론 이런 식의 입막음에 성공한 적이 별로 없긴 했다. 그래도 일단은 화제를 다른 곳으로 돌릴 필요가 있었다. 적어도 돈 때문에 실랑이하는 시간은 줄일 수 있을 테니 말이다.

"망할 년. 돈이라고 개미오줌만큼 내놓으면서 그것도 아까워 벌벌대는 꼬락서니하고는!"

엄마는 건네받은 돈을 꼼꼼히 세어본 뒤 주머니에 욱여넣으며 투덜거렸다. 그러나 곧 표정을 바꿔 입꼬리를 길게 빼며 코 먹은 소리를 하기 시작했다.

"물가는 자꾸 오르는데 수중에 들어오는 돈은 맨날 거기서 거기니, 사람이 도통 살 수가 있어야지. 새끼 키운 보람이 뭔데. 안 그러냐? 너도 알겠지만, 네 오빠랑은 달리 너한테 만큼은 내가……"

"그 새끼가 또 다 엎어놨어. 뭐 아는 거 없어?"

서둘러 엄마의 말을 잘랐다. 갑작스레 말허리를 잘린 엄마가 멍한 눈으로 나를 쳐다봤다. 처음엔 당황하는 기색이 역력하던 엄마는 곧 정색을 하며 소리쳤다.

"알긴 내가 뭘 안다고 생사람을 잡어, 잡길!"

"몰라? 정말 모른다고? 웃기고 있네. 엄마가 모른다는 게 말이나 돼? 신난다고 같이 뒤졌을 거면서. 보나마나 뻔하지, 뭐."

나는 새로울 것도 없는 일이라는 듯 빈정거렸다. 엄마의 입을 다물게 하려면 있는 대로 화를 돋워서 자기 풀에 넘어가게 만들거나, 엄마 자신이 감추고 싶어하는 약점을 정확히 짚어내는 수밖에 없었다.

"이런 염천에 쪄 죽을 년 같으니라고! 새끼들이란 게 다 너 같으면 어디 겁나서 새끼 낳고 살겠냐. 서방 복 없는 년은 자식 복도 없다더니, 새끼라고 달랑 둘 있는 게 어떻게 하나같이 이 모양이래. 이년아, 너 그딴 식으로 사는 거 아니야. 제 팔자 제가 볶는다고, 너 하는 짓을 보면 복도, 복도, 지지리 없게 생겼어. 부모형제도 나 몰라라 하는 년한테 복인들 붙을라고. 그럴 리가 없지. 암!"

예상했던 대로, 엄마는 세상에서 가장 억울하다는 얼굴로 푸념인지 악담인지 모를 소리를 늘어놓은 뒤 서둘러 방에서 나갔다. 귀담아들을 필요 없는 말이라는 걸 잘 알고 있었고 실제로 그다지 귀담아듣지 않았는데도 들을 때마다 무릎이 꺾이는 건 어쩔 수 없었다. 이불을 펴고 누웠다. 신경이 곤두선 탓인지 온몸이 욱신거렸다. 무거운 소금 덩어리를 주렁주렁 매달고 불볕의 사막을 가로질러온 낙타라도 된 듯한 기분이었다. 이불을 뒤집어쓰고 눈을 감았다. 잠이 쏟아졌다.

"개새끼. 백날 천날 뒤져봐라, 나오는 게 있나."

반복해서 웅얼댄 것이 꿈이었는지 현실이었는지조차 분명치 않았다.

저절로 눈이 떠졌다. 요의 때문이었는지 갈증 때문이었는지, 그것도 아니면 꿈속까지 쫓아온 염치없는 손모가지 때문이었는지는 알 수 없었다. 물론 이유 같은 게 중요한 건 아니었다. 내가 지나치게 일찍 일어났고, 그 때문에 보고 싶지 않은 광경을 목격하게 되었다는 사실이 중요할 뿐이었다. 동이 트기도 전, 아직 무덤 속 같은 시간이었다.

싱크대 앞에 웅크리고 앉아 있는 사람은 아버지였다. 모두가 잠든 밤, 좁아터진 부엌의 낡은 싱크대 앞에 웅크리고 앉아 있는 아버지의 모습은 너무 작고 초라해서 금방이라도 폭 까부라지고 말 것만 같았다. 아버지 쪽으로 다가갔다. 썩 내키진 않았지만 이런 시간에 혼자 웅크리고 있는 걸 보고도 못 본 척 지나치기도 어색한 노릇이었다. 쭈뼛거리며 다가서는 나와 달리 아버지는 내내 꼼짝도 하지 않았다. 내가 아버지의 어깨를 가볍게 건들자 그제야 고개를 들어 나를 올려다봤다.

"여기서 뭐하세요?"

"밥이 없다."

"네?"

"밥이 없어. 배가 고픈데……"

아버지가 다시금 몸을 옹송그렸다. 그러고는 정말로 까부라지기 시작했다. 또그르르르. 작고 동그랗게 몸을 만 아버지가 낡은 싱크대 밑으로 굴러들어갔다. 숨이 턱 막혔다. 도대체 내가 본 게 무엇인지 이해가 되지 않았다. 천천히 몸을 수그려 싱크대 밑을 살폈다. 녹이 슨 배수관과 기름때가 덕지덕지 낀 프라이팬 사이에 웅크리고 있는 아버지가 보였다.

"대체 거기서 뭘 하고 있는 거예요, 아버지?"

"밥이 없잖니."

"네?"

"밥이 없다고. 배가 고픈데……"

"그게 무슨 소리예요? 그러지 말고 이리 나와요."

손을 내밀었지만 아버지는 고개만 가로저을 뿐 꼼짝도 하려들지 않았다. 더 깊숙이 손을 밀어넣어 아버지의 앙상한 발목을 붙잡았다. 아버지가 내 손등을 찰싹 때렸다. 배구공보다도 작아져버렸지만, 평생 막노동으로 단련된 사람답게 아버지의 손은 여전히 매웠다. 나는 도망치듯 방으로 돌아왔다. 요의도 갈증도 간밤의 꿈도 멀찍이 달아난 지 오래였다. 조금 전 본 아버지의 모습이 꿈이었는지 현실이었는지, 내가 무언가를 보긴 보았는지, 혼란스러웠다. 목과 어깨가 뻐근했다.

"현실일 리 없지. 몰라. 난 아무것도 못 봤어."

고개를 절레절레 흔들다 다시 이불 속으로 파고들었다.

휴대전화 알람 소리에 눈을 떴다. 벌떡 일어나 이불을 개고 화장실로 가 세수를 했다. 긴 머리카락을 틀어올리고 간단히 화장을 한 뒤 머리를 풀었다. 그리고 살이 촘촘한 브러시로 정성들여 빗질을 했다. 매일 아침 기계적으로 반복해온 일상이었다. 꽉 짜인 일상은 기계적이어서 더욱 자연스러웠다. 갈아입을 옷을 챙기던 중 문득 싱크대 밑으로 굴러들어가버린 아버지가 떠올랐다. 들고 있던 옷가지를 내팽개치고 부엌으로 뛰어갔다.

축축한 시멘트 바닥을 맨발로 가로질러 싱크대 앞으로 갔다. 그리고 천천히 몸을 수그려 싱크대 밑을 살펴봤다. 녹이 슨 배수관과 낡은 프라이팬 사이엔 아무도, 아무것도 없었다. 싱크대를 열고 포개놓은 바가지들과 허옇게 코팅이 벗겨진 양은냄비, 용도를 알 수 없는 플라스틱 병들까지 죄다 끄집어내봤지만 아버지는 보이지 않았다. 젖은 시멘트 바닥에서 올라오는 냉기 때문에 발이 시렸다. 부엌 쪽으론 빛이 잘 들지 않는데다가 통풍마저 시원치 않은 탓에 부엌바닥은 늘 차고 축축했다. 마루문 앞에 놓인 슬리퍼를 꿰어 신고 부엌 여기저기를 샅샅이 뒤지기 시작했다. 쌀통 뒤에도 그릇장 옆에도 아버지는 없었다. 부엌 어디에서도 배구공보다도 작게 까부라진 아버지, 동그랗게 말린 채로 또그르르르 굴러가던 아버지의 흔적은 찾을 수 없었다. 잠시 망설이다 안방으로 갔다.

"아버지는?"

방문 틈으로 고개만 들이밀고 물었다. 엄마는 허연 배를 드러낸 채 잠들어 있었다. 좁아터진 방안은 빈 막걸리병과 소주병, 그리고 과자 봉지와 김치 그릇 따위가 나뒹구는 통에 어수선하기 짝이 없었다.

"엄마! 아버지 어디 있냐니까?"

여전히 고개만 들이민 채 버티고 서서 소리쳤다. 쉬어터진 막걸리 냄새가 진동하는 방안으론 한 발짝도 들여놓고 싶지 않았다. 그제야 엄마가 실눈을 뜨고 내 쪽을 쳐다봤다. 엄마는 퉁퉁 부은 얼굴을 잔뜩 일그러뜨리며 일어나 앉았다.

"썩을 년. 새벽부터 웬 수선이야?"

"아버지 어디 있냐고."

"그 인간을 왜 여기서 찾는다니? 집구석에 없으면 일 나갔겠지!"

"일 나간 거 확실해? 엄마가 아버지 일 나가는 거 봤어?"

다그치듯 따져 묻자 엄마는 빈 막걸리병을 집어던졌다.

"꼭두새벽부터 왜 생전 안 찾던 아버질 찾고 지랄이야, 지랄이! 안 그래도 골 흔들려죽겠구먼!"

엄마는 이불을 덮어쓰고 누워버렸다. 일 나간 게 확실하냐고 다시 물으려다 그냥 방문을 닫았다. 더 물어봐야 소용없을 것이었다.

서두른다고 서둘렀는데도 지각을 하고 말았다. 덕분에 일주일에 한 번씩 열리는 고객 응대 교육에 참석할 수 없었다. 이게 다 아버지 때문이다. 아니, 엄마 때문이다. 아니, 애초에 정신을 사납게 만든 오빠 때문이다. 어쨌든 나는 지각을 했고 교육에 참석할 수 없었고 깐깐한 성격의 매니저 H에게 이십여 분에 걸쳐 잔소리를 들어야 했다. 내가 누구 때문에, 혹은 왜 지각을 했는가 하는 점은, 적어도 H에게는 전혀 중요하지 않았다. 언제나 그게 문제였다. 내게 중요한 문제가 그들에게는 전혀 중요하지 않다는 것. 그리고 그들에게 중요한 문제가 내게는 그다지 중요하지 않다는 것. 누구나 그렇겠지만 말이다. 뒤끝이 긴 H의 잔소리를 고스란히 들은 뒤 내 자리로 가 컴퓨터를 켰다. 아, 에, 이, 오, 우, 하나, 둘, 셋, 딸깍, 정성을 다하겠습니다. 아시아생명 상담원 장연숙입니다. 무엇을 도와드릴까요, 고객님? 기계적이어서 더욱 자연스러운 일상이 다시 시작되었다. 그나저나, 아버지는 도대체 왜 그 시간에 축축한 부엌바닥에 혼자 웅크리고 앉아 있었던 걸까. 구질구질하게…… 시시때때로 머릿속에서 모래알처럼 서걱대는 아버지에 대한 생각만 제외한다면 여느 날과 다를 것 없는 하루였다.

오빠는 저녁내 나를 붙잡고 놓아주지 않았다. 관심도 기운도, 무엇보다 돈이 없다고 아무리 말해도 소용없었다.

"이게 진짜 돈이 되는 사업이라니까. 적어도 세 배, 아니 다섯 배 장사는 가뿐한 일이라고."

아무리 뒤져도 나오는 게 없자 방법을 바꾸기로 한 모양이었다. 여느 때 같았으면 제 성질을 참지 못해 화를 내도 열두 번은 냈을 텐데, 어쩐 일인지 이번엔 얼굴색 한번 바꾸지 않고 계속해서 되지도 않을 '설득'을 시도하고 있었다. 물론, 건질 거라고는 하나도 없는 말만 늘어놓고 있다는 점에선 전과 다를 바가 없었다. 이렇게 쓸데없는 말을 반복적으로 듣고 있어야 한다는 사실이 짜증스러웠다.

"글쎄, 그 다섯 배 장사라는 일이 오빠한테까지 돌아왔다는 사실 자체가 이상한 거라고 몇 번을 말해. 그 사람들이 미쳤어? 그렇게 돈 되는 일에 뭐하러 굳이 오빠까지 끌어들이겠어? 제발 정신 좀 차려."

"아, 그 형님이 끌어들인 게 아니라고 몇 번을 말하냐. 내가 끼워달라고 사정사정해서 겨우 얻어낸 몫이라니까."

오빠는 손사래까지 치며 흥분했다. 똑같은 말의 무한반복이었다. 모자라면 고분고분하기라도 하든가 고분고분하지 않을 거면 욕심이라도 없어야 할 텐데, 오빠는 모자라고 포악한 데다가 욕심까지 많았다. 한마디로 평생 남의 등골이나 빼먹고 살 인간의 전형이었다. 그런 오빠가 요즘 툭하면 내 등에 업히려 들었다. 오빠를 등에 업은 채 살아가다니! 상상만으로도 끔찍했다.

"돈이 없긴 왜 없냐. 그동안 꿍쳐둔 거 있을 거 아니야. 야, 남매 좋다는 게 뭐냐? 급할 땐 서로서로 좀 돌려서 쓰고 그러자. 오빠가 두 달 안에 최소한 세 배로 튀겨준다니까? 믿어, 응?"

"내가 무슨 돈이 있다고 이 난리야? 그리고, 나더러 오빨 믿으라고? 그거 지금 웃자고 하는 말이지? 설마 진심이야? 그런 말 하면서 찔리지도 않니? 오빠 같으면……"

이상하리만치 잘 참는다 싶던 오빠가 다짜고짜 뺨을 올려붙이는 바람에 오빠 같으면 오빠 같은 인간을 믿겠느냐는 말은 하지 못했다. 귀가 먹먹해질 정도였지만 아무런 대응도 하지 않았다. 차라리 몇 대 맞고 끝내는 편이 낫겠다는 생각이 들던 참이었다. 오빠는 '이 씨발년이 걸핏하면 사람을 무시하고 지랄이야!'라고 반복해서 소리치며 벽과 방문, 서랍장과 휴지통을 번갈아 걷어차다가 방에서 뛰쳐나갔다. 뒤이어 엄마가 열린 방문 틈으로 고개를 들이밀었다. 모자가 배턴터치라도 하는 것 같았다. 엄마의 게슴츠레한 눈에는 술기운이 역력했다. 또 어디서 잔뜩 퍼마시고 들어온 모양이었다. 잡고 있던 방문 고리를 놓치는 바람에 앞으로 고꾸라질 듯 휘청거리는 걸, 나는 무심히 바라보기만 했다. 오랜 세월 닥치는 대로 퍼마시고 되는 대로 배설하는 일이 일상이 된 사람이어서 이제는 엄마가 무슨 짓을 해도 놀랍거나 걱정스럽지 않았다.

"또 뭐라고 지랄을 해서 이렇게 시끄럽게 만든 거야? 너는 이년아, 그게 문제야, 그게. 에이, 싸가지 없는 년!"

엄마는 혀 말린 소리로 몇 마디 더 지껄이더니 휘청휘청

사라졌다. 저렇게 잘 어울리는 모자도 흔하지는 않을 거라는 생각이 들었다. 사는 게 만만해서 저러는 것인지, 두려워서 저러는 것인지, 깊이 생각해본 적은 없지만 간혹 궁금해지기는 했다.

오빠는 직업을 가져본 적이 없었다. 피시방이나 물류센터 상하차 아르바이트, 건강보조식품 다단계판매나 대리운전 같은 걸 잠깐씩 하기는 했지만, 직업이라고 할 수 있을 만큼 진득하게 일을 한 적은 없었다. 오빠는 가뭄에 콩 나듯 하는 그 알량한 일을 그만둘 때마다 똑같은 변명을 늘어놓고는 했다.

"씨발. 일은 좆나게 빡센데 월급은 열라 짜잖아. 내가 겨우 그 돈 받고 일할 사람으로 보이냐?"

누가 봐도 '겨우 그 돈 받고 일할 사람'으로 밖엔 안 보인다는 걸 모르는 사람은 오빠 자신뿐이었다. 문제는 바로 거기에 있었다. 누가 봐도 문제인 부분이 오빠 자신에게는 전혀 문제가 되지 않는다는 것. 오빠가 문제라고 인식하고 있는 부분은 누가 봐도 아무런 문제가 되지 않는다는 것. 그리고 매번 오빠가 틀린다는 것. 취업에 대한 의지도 전혀 없는 주제에 엉뚱하게도 중국 교포들이 주로 몰린다는 대림동 인근의 직업소개소를 전전하며 시간을 죽이던 오빠가, '그 동네에 의외로 능력 좋은 교포형님들이 많더라'고 설레발을 칠 때부터 예견된 일이었는지도 모른다. 어느 날인가는 능력은 있지만 이쪽

물정에 어두운 교포들의 등을 쳐서 창업자금을 마련하겠다는, 다소 어처구니없는 포부를 밝히기도 했다. 모자라고 포악한데다가 욕심까지 사나운 인간다운 발상이었다. 언젠가 내가 '상당한 능력을 가진 교포형님들이 도대체 무엇 때문에 물정도 잘 모르는 한국까지 건너와서, 하필이면 대림동 직업소개소에서 종일 죽치고 있는 것 같으냐'고 묻자 오빠는 이렇게 대답했다.

"그야, 거기 가면 교포들이 많으니까. 친구도 사귀고 정보도 교환하고, 그런 거겠지."

"중국에서 여기까지 친구 사귀러 오기라도 했다는 소리야?"

내가 다시 묻자 오빠는 공연히 눈을 부라리며 사람 함부로 의심하는 거 아니라고 화를 냈다.

"가만 보면 넌, 잘난 것도 하나 없는 년이 걸핏하면 사람을 무시하고 지랄이더라!"

그날 오빠가 화를 참지 못하고 날뛰던 끝에 주먹으로 친 방문은 가운데가 푹 꺼진 채 아직까지도 방치되어 있었다.

엄마와 오빠에게 빼앗기지 않을 수 있는 '진짜 내 돈'을 만들기까지, 수많은 시행착오를 겪어야 했다. 우선은 아무리 꽁꽁 감춰도 기어이 찾아내고야 마는 엄마와 오빠의 눈을 피해서 완벽하게 안전한 장소를 찾아내야 했다. 고등학교를 졸업하던 해부터 이 년간 다녔던 첫 직장에서 나올 때, 내 수중에 돈이라고는 지갑 속에 든 이만 칠천 원이 전부였다. 어렵사리 들키지 않을 수 있는 방법을 찾아낸 뒤에도 사정은 별로 나아지지 않았다. 두 사람이 번갈아가며 내가 자진해서 돈을 내놓지 않고는 배겨낼 수 없을 만한 문제를 일으키고는 했기 때문이다. 자의든 타의든, 나는 번번이 애써 모은 돈을 두 사람에게 빼앗길 수밖에 없었다. 칠 년을 다닌 두번째 직장을 그만둘 때도 퇴직금은커녕, 미처 갚지 못한 대출금만 이천만 원 가까이 남아 있었다. 이후 꼬박 삼 년간 낮에는 콜센터에서 일하고 밤에는 편의점 야간 아르바이트를 했다. 늘 잠이 부족해 귓속이 윙윙 울렸지만 벌겋게 충혈된 두 눈을 부릅뜨며 그 시간을 버텨냈다. 독해지지 않으면 영영 그들로부터 벗어날 수 없을 것 같았다. 자칫하다가는 아버지처럼 거죽만 남은 몸뚱이까지 살뜰하게 뜯어먹힐지도 모를 일이었다. 처음엔 두려움 때문에, 나중엔 오기로, 엄마와 오빠를 내 의식 밖으로 몰아내기 위해 노력했다. 마침내 두 사람이 무슨 짓을 벌이든 덤덤하게 방관할 수 있게 되었고, 조금씩이나마 돈이 모아지기 시작했다. 그 돈은, 이 지긋지긋한 집구석을 떠나 내 몸 하나 온전히 부릴 수 있는 공간을 마련하기 위한 것이다. 그러나 숨기고 찾고 빼앗고 빼앗기는 일을 끊임없이 반복해오는 동안, 빼앗으려는 그들이나 빼앗기지 않으려는 나나, 이미 지칠 대로 지쳐버렸다.

아버지의 어깨가 점점 오그라들었다. 허옇게 센 수염이 성

성한 얼굴엔 고단했던 하루의 흔적이 덕지덕지 매달려 있었다. 이대로 쓰러지면 다시는 깨어나지 못할 사람처럼, 생기라고는 조금도 찾아볼 수 없는 모습이었다. 오빠는 아버지의 상태 따위는 아랑곳하지 않고 제 할말만 계속했다. 아버지가 퀭한 눈으로 나를 바라봤다. 마치 구원을 요청하는 듯한 시선이었다. 나는 슬그머니 아버지의 시선을 피했다. 뜬금없이 가족회의를 하겠다며 식구들을 불러모아놓고 또다시 로듐 밀수에 대해 떠들어대고 있는 오빠를 경멸했지만, 그런 오빠로부터 아버지를 구해낼 생각도 없었다. 아버지는 엄마나 오빠처럼 술을 마시거나 도박을 하지 않았다. 폭력을 휘두르지도 않았다. 그저 평생 쉬지 않고 일만 했다. 그러나 아버지 역시 내게는 엄마나 오빠와 마찬가지로 고통스러운 존재일 뿐이다. 그의 무능이 모든 걸 망쳐놓았다는 생각을 좀처럼 떨쳐낼 수가 없기 때문이다. 무능한 가장은 절대로 무죄일 수 없다.

"무슨 말인지 잘 이해가 안 돼요? 별로 어려울 거 없는 얘긴데. 그러니까 이게, 간단히 말하자면 이런 거예요. 러시아산 로듐을 수십 킬로그램이나 확보하고 있는 이북 놈이 있는데, 그걸 들여와서 유통시키겠다는 거죠. 로듐이 뭐냐고? 왜 화이트골드라는 거 알죠? 아, 반지 같은 거 보면 금반진데 은색깔 나는 거 있잖아. 잘 모르겠으면 백금은 알죠? 좀 다르지만, 어쨌든 백금처럼 금을 허옇게 도금할 때 쓰는 거예요. 도금이 뭔지는 알지 엄마? 아무튼 아주 귀한 거야. 얼마냐고? 그것까진 알 거 없어요. 엄청 비싸다는 것만 알아두면 돼. 가격 들으면 억 소리 안 내곤 못 배긴다니까. 어쨌든, 그 물건을 가지고 있는 이북 놈이 있는데, 북쪽 사정이야 뻔한 노릇이니까, 보나마나 돈이 엄청 급한 놈일 거라고요. 게다가 그런 물건 함부로 갖고 있다가 걸리기라도 하는 날엔! 그쪽에선 재판이고 뭐고 없이 무조건 끽, 이라잖아요. 한마디로 이것저것 따지고 가릴 입장이 아닌 놈이란 소리지. 내가 잘 아는 형님 하나가 그놈하고 직접 연결이 되는데, 가격 제대로 후려쳐서 들여올 수 있는 모양이에요. 이 형님이 그쪽으론 아주 빠삭해서 벌써 판매망까지 다 짜놨거든. 잘만 하면 열 배 장사도 거뜬한 물건이에요. 지금, 있는 놈 없는 놈 할 거 없이 한몫 끼지 못해서 아주 안달이 났을 정도라니까."

오빠는 아버지와 엄마, 그리고 나까지 번갈아 바라보며 입에 거품을 물고 열변을 토했다. 아버지는 다소 멍한 얼굴로 오빠를 바라봤고 엄마는 오빠 앞에 바짝 다가앉아 연신 아이고, 그렇구나, 그래서? 따위의 말로 추임새를 넣었다. 나는 가능하면 오빠와 눈을 맞추지 않으려 노력하며 트레이닝복에 인 보풀을 떼어냈다. 문득 바라본 오빠의 시선이 아버지에게 다소 오래 머물렀다.

"아버지, 사람이 돈을 벌려면 말이죠, 머리를 써야 돼요, 머리를. 아버지처럼 죽어라고 일만 한다고 돈이 벌리는 세상이 아니란 소리예요. 믿을 만한 투자처를 찾아서 투자만 잘하면 두 배, 세 배, 아니 열 배까지도 단번에 튀길 수 있는데 뭣 때문에 죽어라 일을 해요? 막말로, 하다못해 변두리에 실내포차 하나 차리는 데도 일이 억은 우습게 깨지는 세상인데, 지금처럼 벌어서 어느 천년에 그만한 돈을 모으겠어요. 그러니까 이렇게 좋은 기회가 왔을 때 무조건 꽉 잡아야 되는 거예요. 우리도 한번, 남들 사는 것처럼 살아봐야죠. 우리라고 맨날 이 모양 이 꼴로 살란 법 있어요? 안 그래요?"

오빠는 잔뜩 흥분해서 숨도 안 쉬고 떠들어댔다. 다섯 배 장사가 열 배 장사로 뛴 것만 빼면 내게 했던 말 그대로였다. 허술하기 그지없는 사기극에 발을 담그지 못해 안달하는 꼴이 우습다못해 어이없을 지경이었다. 굳이 나까지 끌어다 앉혀놓고 똑같은 얘길 또다시 반복하는 이유는 뻔했다. 오빠는 지금 내게 저 허술한 사기극에 처박을 돈을 만들어내라고 떼를 쓰고 있는 것이었다. '우리'라는 말을 힘주어 반복하는 이유 역시 그 때문일 터였다. 하지만 나는 오빠가 말하는 '우리' 속에 포함되고 싶은 생각이 추호도 없었다. 자꾸만 주저앉히려는 오빠의 손을 뿌리치고 일어나려는데 아버지가 긴 한숨을 내쉬었다. 그 한숨이 어찌나 길고 깊은지, 한숨과 함께 아버지의 남은 생이 모두 쏟아져나와 공기중에 흩어져버릴 것만 같았다. 나는 도로 자리에 앉았다. 오빠가 말하는 그 '우리' 속에 포함되고 싶은 마음은 없었지만, 남은 생을 모조리 토해내는 듯한 아버지의 한숨 앞에서까지 단호하기는 힘들었다.

"그래, 뭐가 됐든 하자고 들면 목돈이 필요하겠지. 그런데 그만한 돈을 만들 방법이 있나, 방법이……"

한참 후 아버지가 탄식하듯 중얼거렸다. 그 소리를 들은 엄마가 눈을 빛내며 오빠를 올려다봤다. 오빠 역시 한껏 상기된 얼굴로 엄마와 나, 그리고 아빠를 차례로 쳐다봤다.

"방법이 없긴 왜 없어요. 방법이야 찾으면 되는 거죠. 그런데 아버지, 정말 방법만 있으면 뭐든 할 수 있겠어요?"

오빠가 벌쭉거리며 아버지 앞으로 바짝 다가앉았다. 엄마도 아버지 쪽으로 비비적비비적 엉덩이걸음을 했다. 그러다보니 엄마와 오빠가 아버지를 앞뒤로 에워싸고 있는 듯한 구도가 되어버렸다. 순간, 까부라진 몸을 동그랗게 만 채 낡은 싱크대 밑으로 또그르르르 굴러들어가던 아버지의 모습이 떠올랐다. 그건 정말 꿈이었을까. 나도 모르게 가슴 한구석이 서늘해졌다. 나는 조용히 일어나 내 방으로 건너왔다. 내가 아무리 사기니 뭐니 떠들어봐야 아무 소용 없을 거라는 걸 잘 알고 있었다. 말린다고 들을 사람 같았으면 애초부터 저렇게 막무가내로 덤벼들지도 않을 터였다. 아무리 털어봐야 나올 돈이 없는데 뭘 어쩌겠나 싶기도 했다. 거울 앞에 서서 한 장에 구백구십 원짜리 마스크 팩을 꼼꼼히 붙이는 동안, 아버지를 에워싼 엄마와 오빠에게서 감지되었던 불안감마저 말끔히 털어냈다.

"순 사기꾼 놈의 새끼들! 너희 같은 놈들 때문에 이 나라가 선진국이 못 되는 거야. 알아, 이 씨발것들아!"

내가 미처 입을 떼기도 전에 상대는 욕설부터 토해냈다. 발음이 새고 자꾸만 혀가 말리는 것으로 보아 술에 취한 것 같았다.

"정성을 다하겠습니다. 아시아생명 상담원 장연숙입니다. 무엇을 도와드릴까요, 고객님?"

이런 경우 딱히 용건이 없는 전화일 확률이 높았지만, 그냥 끊어버릴 수도 없었다. '무엇을 도와드릴까요, 고객님?' 이게 핵심이니까. 나는 전화를 건 사람이면 그게 누구든, 무슨 이유로 전화를 걸었든, 그리고 얼마나 무례하게 굴든 간에 상대를 도와야만 하는 사람이다. 물론 무턱대고 욕부터 퍼붓는 상대를 대하는 일이 기분 좋을 수는 없었다. 심심찮게 일어나는 일이어서 많이 단련이 되긴 했지만, 그래도 매번 가슴이 쿵쾅댔고 뒷목이 뻣뻣해졌다.

"무엇을 도와드릴까요, 고객님?"

침묵하는 상대를 향해 다시 한번 물었다.

"야, 이 씨발년아, 도와주긴 네년이 뭘 어떻게 도와줄 건데? 미친년. 니미 좆이다! 꼬박꼬박 보험료 받아 처먹으면서 빽하면 배 째라고 나오는 더러운 것들이, 뭐? 도와줘? 씨발

년, 도와줄 거면 시원하게 한번 대주든가!"

남자는 얘기 끝에 끌끌거리며 웃기 시작했다. 잠시 숨을 고르며 마음을 가라앉혔다. 고객이 욕을 한다고 해서 똑같이 화를 내거나 논쟁을 할 수는 없는 노릇이다. 설사 그 고객이 만취한 변태 쓰레기 새끼라 할지라도 상담수칙은 엄수해야만 한다. 그것이 바로 내가 회사에 존재하고 있는 이유였으니까. 상담수칙을 지키지 않는 상담원은 회사에 아무런 쓸모가 없는 존재였다. 내게 무능한 아버지가, 이기적이고 게으른 엄마가, 어리석고 포악한데다 욕심까지 사나운 오빠가 그러하듯 말이다. 책상 한쪽에 놓인 거울을 보며 억지로 입꼬리를 끌어올렸다. 나는 절대로 스스로의 존재가치를 훼손하는 인간은 되고 싶지 않았다.

"죄송합니다, 고객님. 혹시 불편하신 점이 있으십니까?"

천천히, 아주 또박또박 물었다. 갑자기 웃음소리가 뚝 그쳤다. 일정한 간격을 두고 반복해서 다시 물어봤지만, 만취한 변태 쓰레기 새끼이면서 동시에 소중한 고객님이기도 한 남자는 어쩐 일인지 대꾸가 없었다. 수화기 너머에선 숨소리조차 들리지 않았다. 수화기를 든 채로 고꾸라져 잠들어버린 건지 어쩐 건지, 알 수 없는 노릇이었다.

"고객님? 고객님? 죄송합니다만, 이만 전화 끊도록 하겠습니다. 감사합니다. 아시아생명 상담원 장연숙이었습니다. 좋은 하루 되십시오."

연결을 끊고 대기 고객 명단을 클릭한 뒤에도 만취한 변태 쓰레기 새끼이자 소중한 고객님인 남자의 끈적거리는 웃음소리가 귓전을 떠나지 않았다. 낡은 싱크대 밑으로 또그르르르 굴러들어가던 아버지의 모습이 그랬던 것처럼.

이번 고객은 상해보험의 보장내용에 대한 불만사항을 매우 구체적으로 나열하며 강력히 항의해왔다. 크게 예의에서 벗어나지 않으면서도 중요한 지점에서 말의 완급과 강약을 조절할 줄 아는 것으로 보아 호락호락한 상대는 아닌 듯했다. 나는 타 보험사들의 상품과 비교해 결코 뒤지지 않는 아시아생명 가족사랑 플러스 상해보험의 보장내용을 구체적으로 설명했다. 그리고 최대한 공손한 어조로 덧붙였다.

"고객님, 고객님께서 만족하실 만한 내용을 준비하지 못해 죄송합니다. 더 노력하고 발전하는 아시아생명이 되도록 최선을 다하겠습니다."

고객님의 만족을 위해 앞으로 회사가 어떤 노력을 기울일지, 사실 나는 잘 모른다. 내 역할은 그저 최선을 다하겠노라 약속하는 것까지다. 이후의 노력들은 그 일을 담당한 사람이 하면 될 일이다.

다짜고짜 해지환급금이 왜 이렇게 적으냐며 화를 내는 고객에게 해지환급금이 납입한 보험료에 비해 턱없이 적을 수밖에 없는 이유에 대해 설명하고 있을 때 누군가 내 어깨를 두드렸다. 매니저 H였다. H는 무표정한 얼굴로 내게 쪽지 한

장을 건네준 뒤 헤드셋을 넘겨달라는 시늉을 했다.

'부친 위독. 성한병원 응급실.'

자리에서 벌떡 일어나 H와 H가 내민 쪽지를 번갈아 바라보았다. H가 이맛살을 찌푸리며 한번 더 헤드셋을 빼라는 시늉을 했다. 허둥지둥 헤드셋을 벗다 말고 상담중이던 고객에게 양해를 구했다. H는 낚아채듯 헤드셋을 벗겨내더니 멍청하게 서 있는 나를 끌어내고 대신 내 자리에 앉았다. 나는 한동안 고객과 유연하게 이야기를 이어가는 H의 뒤통수를 바라보았다. 부친 위독. 간결하기 그지없는 말이었는데도 그 의미가 선뜻 와닿지 않았다.

아버지는 응급실이 아니라 수술실에 있었다. 엄마와 오빠는 의자에도 앉지 못하고, 수술실 앞 복도 바닥에 나란히 쪼그려앉아 있었다. 엄마는 여느 때와 다름없이 푸석푸석한 얼굴로 주위를 두리번거리고 있었고 오빠는 쉴새없이 다리를 떨며 손톱을 물어뜯고 있었다.

"무슨 일이야?"

엄마와 오빠가 거의 동시에 나를 올려다봤다. 오빠가 침버캐가 잔뜩 낀 입가를 쓱 닦아낸 뒤 일어섰다.

"사, 사고가 났어. 교통사고."

오빠의 크고 탁한 눈동자가 초점을 잃은 채 흔들렸다. 언제, 어디서, 왜, 어떻게 사고가 난 거냐고 묻고 싶었지만, 단 한 마디도 입 밖으로 꺼낼 수 없었다. 오빠와 나는 같은 피가 흐르는 인간들이다. 그건, 내가 인정을 하든 안 하든, 나로서는 도저히 어찌해볼 수 없는 사실이다. 같은 피가 흐르는 인간들인 오빠와 나 사이에는 말하지 않아도 알 수 있는 것들이 있다. 절대로 알고 싶지 않지만, 저절로 알아지는 사실 말이다.

"그래서, 지금 어떤 상태야."

나도 모르게 어깨가 축 늘어지면서 메고 있던 가방이 툭 떨어졌다. 오빠가 허리를 숙여 가방을 집어들었다.

"글쎄. 최선을 다하겠다고 했으니까 두고 봐야겠지만, 아무래도 힘들지 않겠냐? 워낙 여기저기 곯아 있었으니까."

오빠가 건네주는 가방을 받아들자마자 사정없이 오빠를 후려쳤다.

"야, 이 개새끼야. 세상에, 네가 그래도 사람 새끼라면, 이런 짓까지는, 하지, 말았어야지! 망할 자식, 나쁜 새끼, 미친 새끼, 개만도 못한 새끼!"

나는 악을 쓰며 오빠를 닥치는 대로 때리고 차고 쥐어뜯었다. 처음엔 놀란 듯 몸을 움츠리던 오빠는 곧 움츠렸던 몸을 펴고 담담히 매질을 받아주었다. 수술실 앞 의자를 가득 메우고 있던 사람들의 시선이 일제히 우리 남매에게로 쏠렸다. 개중에 몇몇이 달려들어 오빠에게서 나를 억지로 떼어냈다. 벽에 등을 기댄 채 축 늘어져 있던 엄마가 히죽히죽 웃기 시작했다. 오빠가 엄마 옆에 털썩, 주저앉았다.

내가 아는 한 엄마도 오빠도 보험 따위를 들 만한 인간들이 아니었다. 비단 보험뿐만이 아니라, 무언가를 계획하고 대비하는 일 자체가 어울리지 않았다. 그러니, 낡은 싱크대 안, 포개진 바가지들 뒤쪽에 숨겨놓은 아시아생명 가족사랑 플러스 상해보험증권을 발견했을 때의 뜨악함이란! 그 속에서 스페인어 사전 같은 게 튀어나왔다 한들 그보다 생경하지는 않았을 것 같다. 궁금한 것이 많았다. 의심스럽기도 했다. 그러나 아무것도 묻지 않았다. 엄마와 오빠를 상대로 괜한 신경전을 벌이고 싶지 않았기 때문이다. 답답하고 짜증스러우며 종국에는 다 같이 구차해질 것이 뻔한 과정들을 떠올리자 내 안의 의문들은 저절로 지워졌다. 의문들이 지워지자 거짓말처럼 의심도 사그라졌다. 오빠가 로듐을 밀수하겠다는, 터무니없는 계획을 떠벌릴 때조차 보험증권 따위를 떠올리지 않았을 만큼, 완벽하게 잊고 있었다. 그런 일이 어떻게 가능할 수 있는지 나 자신조차도 이해가 되지 않지만, 우리 가족에게 그 정도 일쯤은 조금도 이상할 게 없었다. 우리는 언제나 서로를 잊기 위해 노력하며 살아왔으니까.

아버지의 병실은 엄마와 내가 번갈아가며 지켰다. 아버지는 최선을 다한 의료진 덕에 겨우 목숨을 건지긴 했지만 여전히 하루 중 대부분을 깊은 잠으로 채우고 있었다. 오빠는 언제나 바빴다. 무엇 때문에 바쁜지는 도무지 알 길이 없었지만, 하여간 늘 바쁘다고 아우성이었다. 아주 가끔, 뱃속 어딘가에 꽁꽁 숨겨져 있던 알량한 양심주머니가 뜬금없이 덜렁거릴 때쯤 나타나 병실에서 밤을 꼬박 새우기도 했다. 하지만 그건 무심코 깬 달걀이 쌍란일 확률만큼이나 드문 일이었다. 결론부터 얘기하자면, 오빠는 로듐 밀수에 가담하지 못했다. 다섯 배, 아니, 열 배 장사는 거뜬하다던 그 일에 처박을 돈을 구하지 못했기 때문이다. 나는 끝까지 죽을힘을 다해 이놈의 집구석에서 나를 구원해줄 돈을 오빠로부터 지켜냈고, 동네 가게마다 외상 술값을 지천으로 깔아놓은 엄마는 주고 싶어도 줄 돈이 없었다. 마지막으로 아버지. 아버지는 세 번의 수술과 그 두 배나 되는 위험한 순간들을 넘기고 끝끝내 살아남았다. 돈 깨지는 소리가 천지를 울릴 정도로 요란스러운 고비들을 넘기는 동안 아버지의 몸과 정신에는 심각한 장애가 남았지만 보험 보상금은 단 한 푼도 받지 못했다. 계약서의 사인이 아버지 자필사인이 아니라는 사실이 뒤늦게 밝혀진 탓이었다. 그다지 놀랄 일도 아니었다. 애초부터 회사가 오빠처럼 허술한 작자의 꿍꿍이에 순순히 넘어가줄 리가 없었다. 보상금 대신, 오빠는 꼬박꼬박 납입했던 넉 달 치 보험료 삼십사만 구천구백이십 원을 보험사로부터 돌려받았다. 그리고 그 돈으로 이틀 내리 밤낮없이 술을 퍼마셨다. 처음에는 보험회사 건물에 불이라도 지를 기세로 미쳐 날뛰던 오빠가 제자리로 돌아오기까지는 대략 보름가량이 걸렸다. 그 이후부터는 평소처럼 매사 모자라게 굴었고 만만한 상대를 골라 포악을 떨어댔으며 욕심 사납게 제 몫 챙기기에만 급급했다. 그러니까, 아버지의 목숨을 담보로 한 무모한 모험의 대가로 오빠가 치른 것은 겨우 보름 동안의 방황뿐이었다는 뜻이다. 마지막 순간까지 오빠로부터 지켜냈던 내 돈은 가해차량의 차주가 가입한 운전자보험 보상금을 가뿐히 초과해버린 아버지의 병원비에 탈탈 털어넣었다. 그뿐만 아니라 갚아야 할 빚이 지금 이 순간에도 차곡차곡 쌓여가고 있는 중이다. 수없이 겪어왔던 일이니만큼 새삼스레 억울하거나 화가 나는 것은 아니었다. 그저 조금 생게망게하다고 해야 할까. 아무튼 맥이 탁 풀리는 것만은 어쩔 수 없었다.

"배가 고프구나. 배가 고파."

오랜 잠에서 깨듯 어느 날 조용히 눈을 뜬 아버지는 이후로 내내 같은 말만 되풀이했다. 그리고 그때마다 나는 낡은 싱크대 밑으로 또그르르르 굴러들어가던 아버지의 모습을 떠올렸다. 이번에야말로 아버지는 낡고 추레한 진짜 어둠 속으로 굴러들어간 것이었다. 다시는 돌아나오지 못할 거라는 걸 알면서도, 아버지는 스스로 그 어둠 속으로 굴러들어가버렸다. 도대체, 왜.

보호자 침상에서 쭈그려 잠든 나를 누군가 툭툭 건드렸다. 눈을 떠보니 동공이 반쯤 풀린 오빠가 나를 내려다보고 있었다.

"이 시간에 무슨 일이야?"

힘겹게 일어나 앉으며 물었다. 온몸의 마디마디가 쑤시고 결려서 견딜 수가 없었다. 나는 양어깨를 번갈아 주무르며 오빠를 올려다봤다.

"아버지가 새처럼 날았어. 진짜 새처럼, 붕, 떠올랐다가 툭 떨어졌지. 절대로 내가 강요한 게 아니었어. 그건 아버지의 선택이었다고. 정말이야. 그러니까 너도 믿어야 돼."

오빠는 동공이 풀린 눈을 끔벅거리며 침버캐가 잔뜩 낀 입가를 쓱 문질렀다. 나는 계속해서 어깨를 주무르며 고개를 끄덕였다. 오빠의 말을 믿든 안 믿든, 달라질 것은 아무것도 없을 터였다. 오빠의 말을 곧이곧대로 믿는 것은 아니었지만, 믿지 못할 이유도 없었다.

"배가 고프구나. 배가 고파."

언제 깼는지 모를 아버지가 중얼거렸다. 오빠가 아버지 쪽으로 휘청휘청 다가섰다. 그리고 아버지의 야윈 손을 꼭 쥐었다.

"내 말이 맞죠, 아버지? 내가 그러라고 한 게 아니잖아요. 아버지가 그냥 혼자서 새처럼 붕 날아오른 거였잖아. 그렇죠?"

오빠는 한참 동안이나 같은 말을 반복하며 칭얼거렸다. 아버지 역시 마찬가지였다. 정말이지 더할 수 없이 구질구질한 광경이었다.

"물안개다!"

새벽 미명 속에서 웅성거리던 무리 중 누군가가 소리쳤다. 그 외침을 기점으로 무리는 소리 없이 우물을 향해 움직였고, 말라가던 종려나무들은 일제히 새로운 생명을 빨아들이기 시작했다. 잠시 후, 모래언덕 너머로 해가 고개를 내밀자 종려나무 숲에 자욱하던 물안개는 순식간에 걷혔다. 마침내 모습을 드러낸 우물가로 사람들이 몰려들었다. 메말랐던 우물은 새로운 생명으로 콸콸 넘쳐흐르고 있었다.

"흑."

누군가 울음을 터뜨렸다. 무리 중 가장 어린 소녀였다. 소녀는 한 손으로 입을 틀어막은 채 다른 한 손으로 우물의 한가운데를 가리켰다. 무리의 시선이 일제히 소녀의 손가락이 가리키는 곳을 향했다. 그곳에선 늙은이의 노쇠한 몸뚱이가 넘쳐나는 생명과 함께 힘차게 소용돌이치고 있었다.

"아버지!"

비명과도 같은 소녀의 외침이 출렁이는 우물을 갈랐다. 소녀를 비롯한 몇몇이 허둥지둥 우물로 달려들었다.

"아직 안 돼! 물길이 잠잠해질 때까지 기다려. 태양이 숲 한가운데까지 오면, 그때 건져올려도 늦지 않아."

우물로 뛰어들려는 사람들을 막아선 것은 늙은이에게 새괭이자루를 깎아 갈아끼워준 아들이었다. 무리는 우물을 에워싼 채로 태양이 생생해진 종려나무 끝에 매달리길 기다렸다. 막막한 어둠 속에 홀로 남겨진 채 석회암 판에 곡괭이를 내리꽂던 늙은이의 바람대로 젊은 놈들의 삶은 계속되고 있었다.

작가의 말

2011년 5월의 어느 봄밤, 토지문화관에 머물던 동료작가들과 함께 야간산행에 나섰다. 거창할 것은 없었고 보름달이 뜨는 밤이니 인근의 숲길을 산책하며 달구경이나 하자는 것이었다. 그 밤, 달빛 아래 하얗게 반짝이던 숲길이 나는 아직도 눈에 선하다. 그 길을 따라 천천히 걸으며 우리는 많은 이야기를 나누었다. 누군가의 선창으로 다 함께 노래를 부르기도 했고, 맥락도 없이 깔깔대며 웃기도 했다. 서너 걸음 앞서 걸으며 한 번씩 돌아볼 때마다 여전히 그 자리에 있는 사람들이 너무 좋아서 나도 모르게 벙싯벙싯 웃음이 났다. 부드러운 바람이 불어올 때마다 나뭇잎들이 수런대는 숲길이 온통 아름다워서 가슴이 울렁댔다. 정말이지, 그대로 시간이 멈춰도 좋을 것 같은, 그런 밤이었다. 그런데 그날, 그 아름다운 길의 끝에서 나는 추락했다. 말 그대로 추락이었다. 흉추가 부러졌고 그 바람에 흉수가 손상됐다. 차가운 계곡물에 반쯤 잠긴 몸에선 뭐라 말로 표현하기 힘든 통증이 느껴졌다. 추락 지점에서 구조되어 원주의 병원으로, 원주에서 다시 서울로, 서울에서도 몇 군데의 병원을 더 전전해야 했다. 그러는 동안 나는 끔찍한 통증에 압도된 채 보는 사람마다 붙잡고 살려달라 애원했다. 간신히 수술을 해주겠다는 병원을 찾아 수술을 받을 수 있었고, 중환자실에서 깨어나 수술이 잘되었다는 말을 전해 듣고 나서야 살았다는 걸 실감할 수 있었다. 길고 긴 입원생활이 시작되었다. 불과 며칠 사이에 세상은 완전히 달라져 있었다. 달라진 세상에 적응할 새도 없이 몇 차례의 수술을 더 받았지만, 결국 하반신 완전 마비 판정을 받았다. 분명 수술은 잘되었다고 했다. 수술이 끝날 때마다 들었던 '잘되었다'는 말이 도대체 무슨 의미였는지 아무리 되새겨봐도 이해가 되지 않았다. 다시는 걸을 수 없다는 의사의 말이 도무지 현실 같지 않아서 제대로 이해도 하지 못한 채 고개만 주억거렸다. 그때까지도 나는 그날 밤에 머물러 있었다. 가슴이 울렁거리도록 아름답던 그 밤, 그 길, 그 다리 위에서 나는 매일 밤 매일 낮 끝도 없이 추락했다. 추락을 증명이라도 하듯 지독한 통증은 멈추지 않고 계속됐다. 주치의는 어차피 평생 함께해야 할 통증이니 통증과 친구가 되어보라고 했다. 세상이 부러져버렸다고 생각했다. 영영 아무 것도 돌이킬 수 없을 거라 믿으며 통증 속에서 추락을 반복하는 나를 그만 놓아버렸다.

2021년 5월의 어느 봄밤, 휠체어를 밀고 책상 앞으로 와 연필을 들었다. 작가의 말을 쓰기 위해서였다. 책을 처음 내는 것도 아닌데, 막상 작가의 말을 쓰려니 마치 처음인 듯 낯설었다. 도무지 무슨 말을 하면 좋을지 알 수가 없어서 한참 동안 공책을 내려다보고 있는데, 느닷없이 눈물이 핑 돌았다. 십 년이나 지나 이제야, 제자리로 돌아온 기분이었다. 멀리 돌아오는 길이 너무 험난해 힘이 들었지만 결국 돌아왔으니 되었다는 생각이 들었다. 끝내 돌아올 수 없을지도 모른다는 생각을 내내 품고 지낸 시간이었다. 그 시절, 끝도 없이 이어지던 추락에서 나를 건져올린 건 소설이었다. 소설을 읽을 수도 쓸 수도 없는 시간을 보내는 동안 내가 '살고 싶다'는 건 '소설을 쓰고 싶다'는 말의 다른 표현이라는 걸 깨달을 수 있었다. 매일매일 죽고 싶다는 생각을 하면서도, 어쩐 일인지 소설만은 쓰고 싶었다. 나는 끝내 살아남았고, 영영 묻혀버릴 줄 알았던 소설들은 책으로 묶였다. 놀랍고 고마운 일이다.

혼자서는 일어나 앉지도 못하던 날 이렇게 일으켜 앉힌 우리 엄마, 성여사님께 이 책을 온전히 드리고 싶다. 이제는 먼 곳으로 가버린 우리 아빠, 의석씨와 동생 내외, 그리고 아름다운 조카들이 아니었다면 나는 끝내 살아남을 수 없었을 것이다. 좌절할 때마다 따끔한 충고와 따뜻한 위로로 다독여준 단톡방의 언니들과 친구에게 존경과 사랑을 전한다. 지금쯤 제주에 있을 사랑하는 미가 다시는 아프지 않았으면 좋겠다. 바쁜 와중에도 기꺼이 추천사를 써주신 이만교, 한지혜, 두 분의 작가님께 고마운 마음을 전하고 싶다. 세상 깊숙한 곳에 묻혀 있던 나를 알아봐주시고 이렇게 특별한 책을 만들어주신 교유서가 신정민 대표께도 마음 깊이 감사드린다.

어느 한 시절의 내가 그랬듯 생을 놓아버리고 싶을 만큼 좌절한 누군가에게 내 이야기가 조금이라도 도움이 된다면, 쓰고 또 쓸 준비가 되어 있다. 다른 이들보다 느릴지언정 멈추지는 않을 것이다. 다시는 일어설 수조차 없고 매 순간 끔찍한 통증에 몸부림치며 살아가고 있지만, 그래도 살아 있어서, 소설을 쓸 수 있어서 다행이라고 생각한다. 돌이킬 수 없이 낡아버렸다 해도, 아직은 봄밤이다.

| 수록 작품 발표 지면 |

매듭 …… 테마소설집 『파인다이닝』(은행나무, 2018년)

HOME …… 경기문화재단 창작지원 수혜작(2017년)

어떤 이별 …… 〈좋은소설〉(2015년 겨울호)

그들만의 식탁 …… 〈서울신문〉(2007년 신춘문예 당선작)

통증 …… 〈소설문학〉(2013년 겨울호)

금 …… 문장 웹진(2014년 11월호)

소녀들 …… 문장 웹진(2018년 7월호)

우화, 혹은 우화 …… 〈현대문학〉(2007년 4월호)

리르와디, 당신의 우물 …… 〈내일을 여는 작가〉(2012년 62호)

황시운
2007년 서울신문 신춘문예로 등단. 2011년 제4회 창비장편소설상 수상.
장편소설 『컴백홈』, 소설집 『홈HOME』, 『파인다이닝』(공저), 산문집 『책이 선생이다』(공저)가 있다.

그래도, 아직은 봄밤

초판 인쇄 2021년 5월 15일
초판 발행 2021년 5월 25일

지은이 황시운 | 펴낸이 신정민

편집 이원주 신정민 | 디자인 윤종윤 이주영
마케팅 정민호 김경환 | 저작권 김지영 이영은
홍보 김희숙 김상만 함유지 김현지 이소정 이미희 박지원
제작 강신은 김동욱 임현식 | 제작처 상지사

펴낸곳 (주)교유당
출판등록 2019년 5월 24일 제406-2019-000052호

주소 10881 경기도 파주시 회동길 210
문의전화 031) 955-8891(마케팅), 031) 955-3583(편집)
팩스 031) 955-8855
전자우편 gyoyudang@munhak.com

ISBN 979-11-91278-44-6 03810

교유서가는 (주)교유당의 인문 브랜드입니다.